ENQUÊTES & SUSPENSE®

Aux Éditio

Dans la col

ENQUÊT

W0225512

Stéphane Jaffrézic

- Chili-Concarneau
- Ville bleue et beaux dégâts *(épuisé)*
- Disparitions en Pays Fouesnantais
- Tri Yann Tro Breizh
- Vengeances croisées à Nantes
- Escale forcée à Brest
- Dolmens sanglants en Bigoudénie
- Escapade à Landerneau *(épuisé)*
- Le mauvais fils de Guidel
- Murder party à Quimper
- Rendez-vous raté à Quimperlé
- La Korrigane de Concarneau
- Coup de chaud à Bénodet

Michèle Corfdir

- Le Crabe
- Mortel Hiver sur le Trieux *(épuisé)*
- Chasse à corps à Bréhat
- Larmes de fond *(épuisé)*
- Vent contraire à Loguivy-de-la-Mer
- Herbes amères à Belle-Isle-en-Terre *(épuisé)*
- Il court, il court, le furet des Abers *(épuisé)*
- Fest-Noz sur le Nil
- Eau dormante en Trégor *(épuisé)*
- Nuits assassines à Paimpol
- Crime à l'Armoricaine *(épuisé)*
- Vendredi noir sur l'Arcouest
- Sueurs froides sur le Goëlo
- Baignade clandestine à Bonaparte

Gisèle Guillo

- Dernier rendez-vous à Vannes
- Du Léman au Morbihan *(épuisé)*
- Tempête à Quiberon
- La Belle de Carnac *(épuisé)*
- Le Saigneur de Quimper
- Vol de pigeons à Arradon *(épuisé)*
- Cash-cash au Crouesty *(épuisé)*
- Le Diable noir de Saint-Cado
- Clair-obscur à l'Île-aux-Moines *(épuisé)*
- Port-Louis, les ombres de la citadelle
- La Maison au bord du Golfe
- Les Amants Terribles de La Trinité
- Étel coupable ?
- Danger à Saint-Goustan

Jacques Minier

- Traque mafieuse à Saint-Malo
- Double peine à Rennes

- Quimper sur le gril
- Douarnenez, piège à Mouettes
- Les Galets de Tréguennec
- Les bas-fonds de Quimper
- Pas de pardon à Locronan
- Un pavé dans La Loire
- Psychose sur Bénodet
- Sang d'encre au Mans
- La Torche entre deux eaux
- Du Pastis dans l'Odet
- Les Ombres du Rennes-Quimper
- La Madone du Faouët
- Effet domino à Concarneau
- Le Môme de Fouesnant
- Hors la loi à Groix
- Omerta Bigoudène
- Alliance explosive à Audierne
- Jeux pervers à Quimper
- Chasse à l'homme au Ménez-Hom

Michel Courat

- Ça meurt sec à Locquirec
- Marée rouge à Plestin-Les-Grèves
- Coup de grisou à Pleumeur-Bodou *(épuisé)*
- Mort en vrac à Morlaix
- Sauvage farandole à Paimpol *(épuisé)*
- Mise à mort en Bretagne nord *(épuisé)*
- Masques de Terreur à Lanmeur
- Été meurtrier à Tréguier
- Le raisin coule à Lesneven
- Le Diable s'invite à Locquirec
- Morts à gogo à Plouguerneau
- Morlaix, TERminus !
- Les dessous de Plougasnou
- Granite écarlate
- Dernier tango à Plouescat

Rémi Devallière

- L'esprit d'Hoëdic
- Calculs sévères à Saint-Nazaire
- Sacré bidule à Pornichet
- "Pari" au mois d'août
- Piriac et son caillou mystérieux
- Vol 744 pour Le Pouliguen

Aux Éditions Alain Bargain

Dans la collection
ENQUÊTES ET SUSPENSE :

Martine Le Pensec
- Onde de choc sur Fermanville
- Angoisse sur Penmarc'h *(épuisé)*
- Lumière noire sur la Penfeld
- Printemps funeste à Brest
- 13e lune à Concarneau *(épuisé)*
- 32 octobre à Roscoff *(épuisé)*
- Terminus à Lannilis *(épuisé)*
- L'Enfer de Plogoff
- Alerte rouge à Brest *(épuisé)*
- Bad Trip à Lorient
- Le Cobra de Brest
- Le Mouton noir de Roscoff
- Sang pour sang à Recouvrance
- Amnésie sur Quimper
- Chat noir à Brest

Marie Vaillant
- Chantage Bigouden
- Les corps mourants de Plozévet *(épuisé)*
- Vague blanche au Pouldu
- Malaise sur la côte lorientaise
- Vie de château à Pont-L'Abbé
- Locronan a la gueule de bois

Simone Ansquer
- Téviec, le Secret *(épuisé)*
- Aux tours de La Rochelle
- Grain de sable à Saint-Pierre-Quiberon
- Le mystère de la Cathédrale de Vannes *(épuisé)*
- Carnac, les menhirs disparus
- Bons baisers de l'île de Houat
- Nuit d'Enfer à Quiberon
- Belle-Île ne répond pas

Bernard Enjolras
- Îlot mortel à Trégastel
- 3 petits singes en Côtes-d'Armor
- Mauvais sorts dans Le Trégor
- Micmac à Ploumanac'h
- Sale temps sur Penvénan
- Jeu d'échecs à Perros-Guirec
- Guêpier à Tréguier
- Jackpot dans le Léon
- Requiem à Paimpol
- Escale à Cancale
- L'inconnue de Saint-Thégonnec
- Code assassin à Trébeurden

Catherine Schubert
- Odeur de sang à Penvénan

Séverine Le Corre-Mongin
- Drame en Morbihan

Serge Le Gall
- La secte de l'Aven *(épuisé)*
- Sables mouvants à Bénodet *(épuisé)*
- La Douarneniste et le Commissaire *(épuisé)*
- Corps-mort à l'Île-de-Batz *(épuisé)*
- Traque noire à Audierne *(épuisé)*
- Fugue mortelle en RÉ *(épuisé)*
- Le moine rouge de Carantec *(épuisé)*
- La Sirène de Port Haliguen *(épuisé)*
- Coup fourré dans les Mts d'Arrée *(épuisé)*
- Vagues à lames à Noirmoutier *(épuisé)*
- Dépression sur les Glénan
- Belle-Île "Amère" *(épuisé)*
- Calvaire à Plougastel-Daoulas *(épuisé)*
- Course-poursuite sur l'Aven *(épuisé)*
- Cible ultime dans les Montagnes Noires
- Rouge baiser de Crozon *(épuisé)*
- Sac de nœuds à Trévignon
- Retour coupable à Pont-l'Abbé *(épuisé)*
- Quiberon Enrage *(épuisé)*
- Secrets salés à Fouesnant
- Fausses notes à Larmor-Plage
- Jeux de drames à Douarnenez
- Nature morte à Pont-Aven
- Châtiment à Port-Launay
- La belle endormie de Port-Manech
- Matin blême à Rosporden
- Coup de balai à Carnac

Jean-Louis Kerguillec
- Carantec à corps perdu
- Enlèvement en Baie de Morlaix
- Mauvaise passe sur l'île Callot
- Les Amours Noires du Léon
- Le disparu du Taureau
- Frai*zh* Connection
- Le Crapaud de l'île de Batz

Aux Éditions Alain Bargain

Dans la collection
ENQUÊTES ET SUSPENSE® :

Élisabeth Mignon
- Fontaines mortelles à Quimper
- Jardins funèbres en Cornouaille
- Déferlantes au Guilvinec

Pierre Engélibert
- L'Ours du Finistère

Jean-Michel Arnaud
- Cavale à Brest
- Blues en Rafale à Landivisiau
- Le bagad bombarde à Quimper
- Loto létal dans le Léon
- Fresque de sang sur le Ponant
- Lettres mortes à Lannilis
- Lame scélérate à Morgat

Philippe-Michel Dillies
- Meurtres à Monnaie *(épuisé)*
- Chasse à Tours *(épuisé)*
- Train d'enfer pour Saint-Pierre-des-Corps
- Les roses noires de Chartres
- Du raisiné à Vouvray
- Partie truquée à Descartes
- Embrouille à Amboise *(épuisé)*
- L'écheveau de Blois
- Anicroches à Loches
- Murmures en Saumur
- Les plumes noires de St-Cyr-sur-Loire
- Clash à Tours

Patrick Bent
- Erquy profite le crime *(épuisé)*
- Le macchabée du Val-André *(épuisé)*
- Saint-Cast priez pour eux ! *(épuisé)*
- Hécatombe à Saint-Malo
- Nuit noire à Dinard *(épuisé)*
- Algues fatales à Erquy *(épuisé)*
- Rock'n'Roll à Lamballe
- Pluie de fiel sur Fréhel
- Arnaque à Erquy

Jean-Jacques Égron
- Marais mouvant dans le Golfe
- Tracto Breizh
- Embruns toxiques sur Lorient
- Les Privés du Croisic
- Vannes à l'encre rouge

Alain Couprie
- Ça chauffe à Roscoff *(épuisé)*
- Pas d'oignons pour le Léon
- La Mutilée de Saint-Renan
- Dragué folle à Lannion

Gérard Croguennec
- Voile épais au Conquet
- Brest, Abri 668
- Morlaix en eaux profondes
- La martyre du Conquet

Christophe Chaplais
- Pâté de Corbeau aux amandes amères *(épuisé)*
- Le calisson jusqu'à la lie
- Farz aux herbes de Portsall
- Addition salée au Croisic
- Salade russe aux noix de Grenoble *(épuisé)*
- Fourchette mortelle à Chinon *(épuisé)*
- Soupe de Crabes à Brest *(épuisé)*
- La face cachée des Étoiles *(épuisé)*
- Mélodie gourmande à Guérande

Vincent Cabioch
- 5 Diables Verts à Huelgoat

Jean-Pierre Farines
- Brume sur la Presqu'île
- La route de Rocamadour
- Le Phénix est mort à Camaret
- Cercueil vide en Mer d'Iroise

Vengeances croisées à Nantes

Aux Éditions Alain Bargain

Dans la collection ***POL'ART :***

Serge Le Gall
- Sombre dessein à Pont-Aven
- Meurtres du côté de chez Proust *(épuisé)*
- Eaux-fortes à Ste-Marine *(épuisé)*
- Ciel rouge au Pouldu *(épuisé)*

Loïc Gourvennec
- Le râle du basson *(épuisé)*

Yves Horeau
- Monsieur Butterfly *(épuisé)*

Renée Bonneau
- Nature morte à Giverny *(épuisé)*
- Séquence fatale à Dinard *(épuisé)*
- Sanguine sur la Butte *(épuisé)*

Stéphane Jaffrézic
- Toiles de fond à Concarneau
- Le Rubis de Châteauneuf-du-Faou

Le blog de l'auteur : http://stephanejaffrezic.blogspot.com

Cet ouvrage de pure fiction n'a d'autre ambition que de distraire le lecteur. Les événements relatés ainsi que les propos, les sentiments et les comportements des divers protagonistes n'ont aucun lien, ni de près ni de loin, avec la réalité et ont été imaginés de toutes pièces pour les besoins de l'intrigue. Toute ressemblance avec des personnes ou des situations existant ou ayant existé serait pure coïncidence.

La loi du 11 mars 1957 n'autorisant, aux termes des alinéas 2 et 3 de l'Article 41, d'une part, que les *copies ou reproductions strictement réservées à l'usage privé du copiste et non destinées à une utilisation collective*, et, d'autre part, que les analyses et les courtes citations dans un but d'exemple et d'illustration, *toute représentation ou reproduction intégrale ou partielle, faite sans le consentement de l'auteur et de l'éditeur ou de leurs ayants droit ou ayants cause, est illicite* (alinéa 1er de l'Article 40).
Cette représentation ou reproduction, par quelque procédé que ce soit, constituerait donc une contrefaçon sanctionnée par les Articles 425 et suivants du Code Pénal.
2018 - © Quadri Signe - Editions Alain Bargain

Stéphane JAFFRÉZIC

Vengeances croisées à Nantes

Collection

ENQUÊTES & SUSPENSE

Quadri Signe - Editions Alain Bargain
125, Vieille Route de Rosporden - 29000 Quimper
E-mail : contact@editionsalainbargain.fr
Site Internet : www.editionsalainbargain.fr
Facebook : https://www.facebook.com/editionsalainbargain

À Alexis et Lucas, les jumeaux qui, le 13 octobre 2009, sont venus agrandir la famille.

REMERCIEMENTS

- À monsieur Vincent Martin.

- Au capitaine Ronan Louarn et aux fonctionnaires de l'identité judiciaire du commissariat de Quimper.

- À monsieur Nicolas Husard, directeur du bar et du restaurant du Lieu Unique à Nantes.

- À toute l'équipe des Éditions Alain Bargain.

I

— Entrez, capitaine Moreau ! Je suis enchanté de faire votre connaissance.

Proche de la retraite, le commandant Jules Pernault dirige le commissariat central nantais. Il me tend une main soigneusement manucurée tout en souriant de ses dents trop blanches et trop parfaitement alignées pour qu'elles soient vraies. Sûr et certain que ce n'est pas du “made in maman”. N'empêche, il a l'air sympa. Ses yeux marron ne m'inspectent pas de la tête aux pieds, comme cela m'est arrivé de le supporter parfois, et le regard est franc, pas comme ceux de certains qui ne s'attardent pas et glissent sur vous comme sur un parquet fraîchement encaustiqué pour aller se réfugier dans un coin de la pièce ou au plafond.

— Bonjour, Commandant !

— Je n'ai pas pu vous recevoir plus tôt, j'étais en communication avec Monsieur le directeur. Avec la rave qui s'annonce, il y a une foultitude de choses à régler… Enfin bon, vous êtes là pour gonfler notre effectif, et c'est là l'essentiel.

Lâchant ma main, il contourne son bureau, se pose

sur un fauteuil en cuir de qualité et me désigne un siège à l'assise impeccable.

— Asseyez-vous, je vous en prie. Nous allons nous accorder quelques minutes pour discuter un peu et faire plus ample connaissance.

Tandis que je m'exécute, il poursuit sur un ton sincère :

— D'ores et déjà, merci d'être des nôtres. Vous verrez, Nantes est une ville très agréable. En ce début septembre, la température est agréable et il fait bon flâner le long de la Loire, aux abords du château des Ducs de Bretagne ou encore au Jardin d'acclimatation. Les buts de balade ne manquent pas, mais malheureusement vous n'aurez pas le loisir d'en profiter. Ou si peu, avec le travail qui nous attend…

— Je ne suis pas ici pour faire du tourisme. Et rien ne m'interdit de revenir avec mon amie un de ces week-ends !

— Tout à fait ! Nous ne sommes qu'à deux heures de voiture de votre lieu de résidence. Dites-moi, Maxime… Vous permettez que je vous appelle Maxime ?

— Bien sûr, Patron… heu, Commandant.

— Allons, pas de chichi entre nous : appelez-moi Jules ! Qu'est-ce que je disais, déjà ? Ah oui ! J'allais évoquer la masse de travail qui nous échoit. Mais d'abord, expliquez-moi pourquoi vous avez postulé. Présentez-moi votre motivation, voulez-vous…

Pesant sur les appuie-bras de la chaise, j'adopte une position qui me convient et plaisante pour détendre un peu plus encore l'atmosphère :

— Ce n'est évidemment pas le festival de musique techno qui m'a attiré. Ce n'est pas un genre musical que j'affectionne.

— Moi non plus, bien sûr. D'ailleurs, peut-on parler de genre musical ?

— Vaste débat, Commandant.

— Trop vaste en effet pour que nous entamions le sujet. Parlez-moi plutôt de vous…

— Comme vous avez pu le constater sur mon curriculum vitae, je suis en poste à Concarneau depuis pas loin d'un an. Au fin fond du Finistère – et c'est heureux ! – la criminalité n'est pas de nature à assurer les montées d'adrénaline qui font que j'ai choisi ce métier. Alors, j'ai vu dans cette proposition un moyen de pimenter un petit peu mon existence. À défaut d'action, cela me permettra de découvrir le pays nantais et de rencontrer des gens nouveaux.

— Soit ! Je me suis effectivement attardé sur votre CV. Vous avez un parcours intéressant, mais votre mutation en Bretagne et la recherche de poussées d'adrénaline me semblent contradictoires. Paris ou une autre grande ville française aurait pu plus facilement assouvir votre quête d'action…

— Oui, bien sûr, mais la vie parisienne offre aussi son lot de désagréments. Dans le même temps, je me suis aperçu qu'une force intérieure me poussait à revenir dans ma Bretagne natale. J'ai donc été muté, à Rennes tout d'abord, puis maintenant à Concarneau. J'ai l'impression que la boucle est bouclée, je me sens en harmonie avec moi-même. Néanmoins, parce qu'il me faut vibrer pour mieux me sentir vivre, je refuse d'être enfermé dans un train-train ennuyeux. Ceci m'a donc amené à postuler lorsque j'ai su que des renforts étaient demandés sur Nantes.

— Il ne s'agit que d'une mission d'une semaine, n'est-ce pas trop court pour vous sortir de votre routine ?

— Toute expérience est bonne à engranger. Et puis cela étoffera mon dossier dans la perspective de mon versement à la PJ.

— Vous êtes candidat ?

— Oui. J'espère que la prochaine CAP* satisfera ma demande. Sinon, j'espère une promotion et, peut-être, la place de mon supérieur.

— Il fait jouer son droit à la retraite ?

— Pas encore, mais un pépin de santé contrarie ses plans de carrière.

— Il est arrêté ?

— Plus maintenant. Il vient heureusement de reprendre le travail aujourd'hui, sinon ma candidature n'aurait pas été retenue pour cette mission car

---

*Commission Administrative Paritaire.

j'assurais son intérim depuis plusieurs mois. D'un autre côté, si je lui succédais, une grande partie de mon temps de travail se cantonnerait à des tâches administratives, et je ne suis pas persuadé que cela me passionnerait bien longtemps…

Il hoche la tête, dresse un tas des feuilles disséminées sur son bureau et entreprend d'en constituer une seule pile en les tapotant côté par côté sur le meuble.

— Comme vous le savez, puisqu'il s'agit du motif de votre venue, une rave party se déroulera sur Nantes à partir du week-end prochain. Plus exactement, ce festival débutera dès après-demain, mercredi, pour se terminer dimanche. Il s'agit d'un rassemblement national pour lequel on attend des milliers et des milliers de teufeurs. L'an dernier, pareil événement s'était déroulé près d'Albi, dans le Tarn. On avait recensé plus de cent quatre-vingts mille festivaliers pour cette semaine de folie, principalement des jeunes dont certains fortement alcoolisés et un pourcentage, non négligeable, sous l'empire de narcotiques. Vous n'ignorez pas que cet échantillon de la population traîne une détestable réputation quant à l'usage et au trafic de stupéfiants. Vous imaginez un peu ce que cela va donner… Il y aura de la musique en permanence, « du son » comme ils disent. Des champs en bordure de l'espace imparti ont été réquisitionnés pour recevoir tentes de camping et bivouacs de toutes sortes. Les pompiers et la Croix-Rouge seront présents, des douaniers aidés de chiens patrouilleront à la recherche de produits illicites… Enfin, bon, c'est une grosse, une très grosse organisation ! En quelque sorte, c'est le Woodstock du troisième millénaire, avec ce que cela engendre comme difficultés. Aussi mon adjoint, le capitaine Balandier, et moi-même seronsnous sur la brèche, sur le site ou à proximité, quasiment tout le temps. Il vous appartiendra de faire tourner la boutique pendant ce temps et de traiter les affaires courantes. Vous pourrez compter sur Houssay, Piron et Sidoine pour vous épauler et simplifier vos déplacements dans la ville.

— Entendu.

— Les avez-vous rencontrés ?

— Oui, nous avons été présentés lorsque le capitaine Balandier m'a fait découvrir les locaux.

— Bien. Vous verrez, Nantes est une ville dont la réputation quant à la douceur de vivre et la qualité de vie n'est pas usurpée. Si dans le Finistère vous n'avez pas souvent de grosses affaires, ici de même les homicides sont rares.

Il pioche une carte de visite dans la poche intérieure de sa veste couleur moutarde.

— Tenez : en cas de souci, vous pourrez me joindre à l'un de ces numéros.

— Merci Patron !

— Il n'y a pas de patron ici, Maxime. Donnez-moi plutôt du Jules, vous dis-je. Je formule le souhait que votre passage parmi nous soit aussi paisible que le cours de la Loire en cette saison.

— Je le souhaite également, cependant on affirme que ce fleuve se révèle dangereux lorsque les pluies viennent augmenter son débit…

— Efforcez-vous quoi qu'il arrive de garder la tête hors de l'eau. Mais ne craignez rien, je ne vous laisserai pas vous noyer. Au pire, je vous lancerai une bouée de sauvetage…

*

Le capitaine Éric Balandier a rangé la surface de son bureau afin que je ne me sente pas malvenu. Une photo d'enfants, une fille et un garçon dont la chute des dents de lait a clairsemé les mâchoires, apporte une touche d'humanité à la rigueur administrative des lieux : travertin digne d'une salle des pas perdus, peinture murale terne, mobilier fabriqué en série. Il est prévu que nous nous partagions l'espace jusqu'à ce que la rave commence, quand Balandier et Jules Pernault installeront leurs quartiers sur le site du festival, au nord de la ville. Pour l'heure, il est occupé à classer des documents.

— Alors, comment tu trouves le “Vieux” ? demande-t-il lorsque je passe le seuil.

— Il est sympa. Je pense même que ce doit être un brave type, pas trop chiant du moment que chacun fait son boulot.

— Ce n'est pas le mauvais cheval, Jules. Derrière ses manières un tantinet précieuses, il cache une bonhomie qui le rend proche de ses hommes.

Il se lève et étire son mètre quatre-vingt-cinq.

— T'es partant pour un caoua ?

— Pourquoi pas. C'est où ?

— Suis-moi, c'est par là.

Au fond d'un couloir en cul-de-sac, une petite salle fait office de salle de repos, cafétéria, magasin de stockage pour le petit matériel de bureau et vestiaire. Elle est équipée d'un distributeur de boissons chaudes, d'un autre de boissons froides, d'une cafetière électrique, d'un four à micro-ondes et d'un évier. Les distributeurs rendent la monnaie, ce qui est pratique car on n'a jamais, ou très rarement, l'appoint. Nos cafés machine à la main, car la cafetière est à sec, il me dirige vers le bureau des personnes sur qui je pourrai compter en cas de coup dur. Les yeux rivés sur l'écran de leur ordinateur, nul ne fait attention à nous. La voix de Balandier signale notre présence :

— Quel silence ! On entendrait une mouche voler.

— Ce serait le comble, un vol dans un commissariat !

Le brigadier-chef Bertrand Piron, l'auteur de ce trait d'humour, est un solide quinquagénaire. Lors de notre première entrevue ce matin, il m'a raconté son cursus : après vingt années de police-secours, il a suivi une formation de six mois à Bruz, près de Rennes, et est devenu OPJ, officier de police judiciaire. De ses cheveux bruns légèrement bouclés, il ne reste plus que de rares mèches au milieu d'une épaisse touffe poivre et sel. À son lobe d'oreille gauche, un anneau doré brille dans le soleil qui pénètre par la fenêtre.

— Qui fait quoi ? demande Balandier.

— Je suis sur le vol de carburant à la station-service, renseigne Piron.

— Moi, fait le brigadier Laurent Houssay en se grattant la nuque, je reprends les témoignages dans l'affaire du camping. Il y a quelque chose qui ne colle pas.

La trentaine bien sonnée, il a la tête rasée. D'épais sourcils confèrent à son visage une dureté qui en impose. J'imagine que, lors des arrestations ou des interrogatoires, son physique conditionne le comportement de ses vis-à-vis, les amenant à modérer leurs réactions ou à cracher le morceau plus rapidement.

— Et moi, j'espérais terminer mon rapport sur le cambriolage de la pharmacie, mais j'ai un détail à aller vérifier sur place avant de mettre la touche finale.

Fraîchement sortie de l'école de police de Cannes-Écluse, le lieutenant Gwenaëlle Sidoine est l'élément le plus jeune de l'équipe.

Lors de notre prise de contact à huit heures ce matin, elle m'a dit avoir vingt-huit ans et être célibataire, contrairement à ses collègues qui ont conjoint et enfants.

Le teint hâlé par des loisirs au grand air, élancée, cette sportive a un corps que je devine superbe sous le jean délavé et le t-shirt blanc sous lequel deux pointes hardies annoncent du 95 C. Elle n'est pas maquillée, n'en a pas besoin pour être belle.

— Tu y vas quand, Gwen ?

— Dans quelques minutes. Pourquoi ?

En disant cela, elle rejette une mèche de ses cheveux châtain derrière son oreille droite, dans un geste que j'apparente à un tic puisque cela ne me semblait pas nécessaire.

— Tu pourrais peut-être emmener Maxime avec toi. Ça lui donnerait un aperçu de la ville…

S'adressant à moi, le jeune lieutenant questionne d'un air étonné :

— Tu ne connais pas la ville ? Tu n'es jamais venu à Nantes ?

— Si, bien sûr. Disons simplement que je connais les principales rues, mais je ne me repère pas suffisamment pour ne pas m'y perdre.

— Voilà une occasion de parcourir la ville ! conclut le capitaine Balandier. Max, tu restes avec Gwen ? Elle est née à Nantes, elle te servira de guide.

— Ça marche pour moi. Le temps de prendre ma veste et je suis prêt.

— Je prépare mon matos et on se retrouve en bas, lance la jeune femme dans un sourire.

De retour dans le bureau de Balandier, celui-ci saisit également sa veste et nous descendons ensemble au rez-de-chaussée.

— Et toi, tu fais quoi ? demandé-je.

— Les gars de service pour la semaine de rave ont une formation complémentaire de BDP* aujourd'hui. Je vais aller voir comment ça se passe.

— OK. À plus.

Le commissariat central est installé Place Waldeck Rousseau. Un œil sur la circulation incessante, puis j'attends que Sidoine me rejoigne. Quand elle arrive quelques instants plus tard, son premier réflexe en sortant de la grande maison est de sortir une clope de son paquet et de se la planter entre les lèvres. Avant de l'allumer, elle questionne :

— Je peux ? J'ai envie d'en griller une.

— Vas-y. On n'est pas à deux minutes près.

Un briquet publicitaire dispense sa flamme. La première bouffée de tabac dessine un sourire sur son visage aux traits volontaires et déterminés malgré une féminité qui ne se dément pas.

---

*Bâton de Défense à Poignée latérale, dit aussi "tonfa".

— On a beau savoir que c'est du poison, fait-elle avant de téter à nouveau le filtre à bout doré, c'est quand même du bonheur.

— Ils ont tout compris, les industriels de la cigarette. Quelques agents de saveur et le tour est joué : bonjour la dépendance !

— Oh, je ne suis pas dépendante ! Si je veux, je sais que je peux m'arrêter du jour au lendemain. J'ai assez de volonté pour ça.

— J'en connais d'autres qui ont tenu le même discours…

— Je n'aime pas trop ta manière de dire ça, dit-elle en durcissant le regard. Tu doutes de ma volonté ?

— L'essentiel n'est pas que je doute ou non de ta volonté. L'important, c'est que toi, tu sois persuadée que tu peux arrêter à ta guise. Mais je te le répète, beaucoup ont dit la même chose avant toi mais n'ont jamais tenu leur engagement.

— On fait un pari ? propose-t-elle en présentant le plat de sa main. Tiens, je te parie que j'arrête d'ici… d'ici après-demain. D'accord, Maxime ? À partir de mercredi, je ne fume plus.

— Je tiens le pari ! dis-je en topant sa paluche. Ce sera avec plaisir que je le perdrai.

— Attends, il faut une mise. Allez, une tournée d'apéros ?

À sa place, une majorité de femmes auraient choisi

un autre enjeu, une pâtisserie par exemple. Ça m'amuse, ce côté garçon manqué qui ajoute à son charme. Elle balance son mégot d'une pichenette et, comme à l'ancienne quand un paysan et un acheteur s'étaient mis d'accord sur le prix d'une vache ou d'un cheval, frappe à nouveau ma main pour sceller notre accord.

En quittant Waldeck Rousseau dans une 206 blanche on ne peut plus banale, elle garde le silence quelques secondes avant de jouer au guide Michelin au gré du parcours :

— La rivière, sur ta droite, c'est l'Erdre. Au milieu, c'est l'île de Versailles.

— De Versailles ? Le Roi Soleil serait-il venu à Nantes ?

— C'est tout simplement le nom du quai, sur l'autre rive. L'île est un ancien marécage qui a bénéficié de remblai lors de travaux sur le canal de Nantes à Brest. C'est un but de promenade très prisé.

Elle est amoureuse de sa ville, Gwen. Il suffit de voir avec quelle délectation elle prononce les noms des rues et bâtiments administratifs ou religieux pour le comprendre. Je la soupçonne d'ailleurs de faire quelques détours pour me montrer la préfecture, l'Hôtel de Ville, la cathédrale Saint-Pierre-et-Saint-Paul, le château des Ducs de Bretagne, l'église Sainte Croix… Comme les taxis parisiens qui ont la fâcheuse réputation de profiter de la confiance de leurs clients pour allonger les courses, et par là leur bénéfice, elle me gratifie d'un itinéraire bis. Ceci n'est pas pour me déplaire.

Enfin, elle se gare dans une rue dont je n'ai pas noté le nom. Je sais seulement que nous sommes en plein centre-ville. Elle arrête le moteur, enclenche les warnings et m'impose :

— Vaut mieux que tu m'attendes ici, je suis mal garée. Je n'en ai pas pour longtemps, je vais à pied jusqu'à la pharmacie, un peu plus loin par là, rue des Halles.

Pendant que Gwen se dirige vers l'officine avec son ordinateur portable afin de recueillir des réponses aux questions qu'elle se pose, je reste à côté de la voiture dont l'arrière dépasse sur le couloir de circulation, et attarde mon regard sur les quidams qui flânent. Des teufeurs sont déjà arrivés sur l'agglomération nantaise, en avance de deux journées sur le grand rassemblement qui s'annonce. Dans l'ensemble, ils paraissent crados dans leurs tenues généralement kaki. La plupart portent une casquette que je ne me poserais pas sur la tête de peur de me salir les cheveux. Les sacs à dos ne sont pas très gros, si on considère qu'ils comportent vraisemblablement un sac de couchage. Tout au plus une tenue de rechange. C'est peu pour tout un festival… J'ai dans l'idée que le "Flower power" se souciait plus d'hygiène… Les filles, elles non plus, ne sont pas très clean. Elles accordent plus de fantaisie aux coloris de leurs vêtements, mais tout ça n'est cependant pas très attirant. Il ne s'en faudrait pas de beaucoup pourtant pour qu'en s'arrangeant, elles deviennent, pour certaines, de véritables beautés.

Deux couples de retraités croisent un groupe d'une dizaine de teufeurs et échangent à voix basse leurs impressions. Les femmes secouent la tête, alors que leurs époux rigolent doucement. Lorsqu'ils passent à côté de moi, j'entends un papy dire à son copain :

— Si on les obligeait à mettre un treillis et des rangers, ils feraient tout pour se soustraire au service militaire. Ah, dommage que ça n'existe plus ! J'te les aurais matés, moi, ces p'tits cons !

S'apercevant que j'ai capté ses paroles, le septuagénaire dresse le menton dans l'espoir de recevoir mon assentiment.

Ne voulant pas entrer dans ce débat, je me contente de sourire en haussant les épaules et écartant les mains, et porte mon regard sur la vitrine d'une boulangerie. À côté d'une affiche annonçant le festival de musique techno, une autre affiche signale un concert sous chapiteau des célèbres Tri Yann. La date est passée de plus d'un mois, mais l'affiche est toujours en place. Originaires de Nantes, les musiciens sont domiciliés sur la ville ou les communes alentour, et sont la fierté de nombre d'habitants. J'ai eu l'occasion de les rencontrer il y a peu, tous au grand complet, régisseur, attachée de presse et techniciens compris, et j'en garde en excellent souvenir*.

Lorsque Gwen revient de la pharmacie, je devine à sa mine radieuse que sa visite est couronnée de succès. Elle place son ordinateur portable dans le coffre, va pour cueillir une cigarette dans son paquet puis se ravise en m'annonçant :

— Voilà une bonne chose de faite ! Je vais pouvoir faire avancer le dossier.

*

Avec le commandant Pernault et le capitaine Balandier, nous consacrons une partie de l'après-midi à faire le point sur les dossiers en cours, puis je répercute les ordres à Piron, Sidoine et Houssay. Après seize heures, c'est Yves Perrot qui vient me chercher pour me faire visiter son bureau de la PJ. Yves et moi, on se connaît depuis Cannes-Écluse, l'école des officiers de police. Lorsque je lui ai appris que je venais momentanément grossir les rangs de la police nantaise, il s'est empressé de me proposer gîte et couvert le temps de mon séjour. Ils n'ont pas d'enfant, au grand désespoir de Lætitia, sa charmante épouse, bien que les chambres ne manquent pas dans la maison

---

*Lire *Tri Yann Tro Breizh*, même auteur, même éditeur.

récemment acquise sur la commune de Thouaré-sur-Loire, à quelques kilomètres de Nantes. Murielle, mon amoureuse, n'est pas de service le week-end prochain à l'hôpital Laënnec de Quimper, et il est prévu qu'elle vienne nous rejoindre. Normalement, je ne devrais pas avoir trop de boulot, ce sera donc l'occasion de découvrir la cité des Ducs de Bretagne. Peut-être pousserons-nous le dimanche jusqu'à Saint-Nazaire ou Guérande…

Nous sommes en train de boire un café avec le commandant Marcel Perrin, chef de la PJ que j'ai rencontré lors de l'affaire des Tri Yann, quand une triste nouvelle tombe : le corps d'un enfant d'environ huit ans a été sorti de la Loire à la hauteur de l'île Forget. Les premières constatations indiquent qu'il a séjourné plusieurs jours dans l'eau. Curieusement, nulle disparition n'est signalée sur l'agglomération nantaise, ce qui nous laisse pantois. Aussitôt les hommes de la PJ sont sur les dents, épluchant la liste des disparitions au niveau national, passant nombre de coups de fil et vérifiant la moindre information pendant qu'une équipe composée de Perrin, Yves Perrot et trois autres hommes, se déplace sur les lieux en compagnie de techniciens de la Police Technique et Scientifique. Sur une carte murale, je repère l'île Forget, à l'est de l'île de Nantes, cette île qui divise la Loire en deux bras qui finissent par se rejoindre.

Comme orphelin après le départ de Perrin et Yves,

je me sens étranger à l'effervescence qui s'est emparée de la PJ. Tellement étranger que je regagne le bureau de Balandier en traînant des pieds. Ici aussi les bureaux sont quasi déserts et ma présence n'est pas indispensable. Alors, je glandouille en consultant régulièrement ma tocante. N'y tenant plus, parce qu'il n'est pas dans mon habitude de tirer au flanc, je décide dès dix-sept heures trente de mettre le cap sur Thouaré-sur-Loire. Yves n'est pas revenu à son bureau, et il est prévisible que son retour n'est pas pour tout de suite.

*

C'est génial, le GPS. Il me suffit de taper l'adresse de mon pote pour que le kilométrage et une estimation du temps nécessaire pour s'y rendre apparaissent sur l'écran. Je n'ai plus qu'à me laisser guider, même si j'ai ma petite idée sur l'itinéraire. À Thouaré, en revanche, je suis condamné à faire confiance au GPS car, si je suis déjà venu une fois chez Lætitia et Yves, c'était dans la petite maison de Brains, sur la route touristique du vignoble nantais.

Lætitia est surprise de me voir arriver seul.

— Yves n'est pas avec toi ? demande-t-elle en m'embrassant.

— Je crois qu'il est loin d'avoir terminé sa journée. Avec ses collègues, ils sont sur une grosse affaire.

— Oh, le pauvre ! Il va encore rentrer tard.

J'objecterais bien que ça ne me dérangerait pas de rejoindre le bercail à plus d'heure si le boulot en valait la peine. Si j'avais le choix entre une enquête intéressante et un quotidien banal, je n'hésiterais pas longtemps !

II

La matinée du mardi est d'un ennui tel que je me demande ce que je suis venu faire dans cette galère. Leur présence n'étant pas nécessaire sur le site tant que le festival n'a pas commencé, le commandant Jules Pernault et le capitaine Éric Balandier occupent leurs bureaux respectifs. De leur côté, le lieutenant Gwenaëlle Sidoine, le brigadier Laurent Houssay et le brigadier-chef Bertrand Piron planchent sur les affaires dont ils sont chargés. Il s'agit de menus larcins déjà élucidés dont il faut maintenant clore les dossiers en y joignant les procès-verbaux avant de les transmettre au barreau.

Yves Perrot est rentré tard hier soir. Avec Lætitia, on l'a attendu longtemps en discutant avant de se mettre à table. De guerre lasse, nous avons mangé avant de nous abrutir l'esprit devant la télévision pour une série aussi absurde qu'irréaliste. Seule la flemme nous retenait d'attraper la télécommande pour changer de chaîne ou d'aller nous coucher. L'arrivée d'Yves a servi de détonateur, nous arrachant de la profondeur qui d'un fauteuil qui d'un canapé, pour aller nous asseoir à table avec lui. Il ne s'est pas appesanti sur la découverte du corps du petit garçon, nous en épargnant les détails pour ne pas ruiner la soirée voire la nuit de son épouse, mais soulignant tout de même au passage qu'il était ligoté. Dès lors, l'assassinat était évident. Après, la discussion a vite dérapé vers des banalités et le plaisir de nous voir.

À midi, à mon coup de téléphone pour aller déjeuner, on me répond qu'Yves Perrot n'est pas disponible car il est retenu pour l'autopsie du corps du petit noyé. Mes collègues n'ayant pas terminé leur turbin ou rentrant chez eux pour déjeuner, c'est seul que je sors du commissariat pour aller avaler un morceau dans un snack du centre.

Un faux-filet frites, un quart de vin et un café plus tard, j'erre dans les rues, l'âme en peine, me demandant si je ne vais pas sauter dans ma bagnole et me tirer chez moi. Ça fait un jour et demi que je suis là, et je ne me sens pas à ma place. Hier soir, j'éprouvais une gêne à dîner en tête-à-tête avec Lætitia, et aujourd'hui la monotonie du travail et l'inaction me pèsent. En plus, Murielle me manque. Soit, je lui ai parlé au téléphone, mais ce n'est pas pareil. Ce n'est pas comme la voir, la sentir, la toucher, entendre sa respiration…

Je me sens plus animal que jamais, soucieux de faire jouer mes sens. Attention, Maxime, à ne pas virer bête sauvage !

Comme il est encore trop tôt pour rallier le commissariat, ou parce que je me cherche un prétexte pour ne pas y retourner me tourner les pouces, je vais me poser à la terrasse d'un bar. Le pittoresque de la vue sur la Loire vaut largement le bureau de Balandier et les sourires ébréchés de ses rejetons sur la photo. L'arrière-saison est belle, ce qui explique que la quasi-totalité des tables sont prises d'assaut. Mes voisins, deux quadras, parlent du début de championnat du Football Club de Nantes Atlantique. À les entendre, les Canaris – qui doivent leur surnom au jaune et au vert de leur maillot – sont bien partis cette fois. Trois victoires et un match nul d'affilée, soit dix points en quatre matchs, il y a longtemps qu'on n'avait vu ça. Un peu plus loin, plusieurs jeunes femmes sont attablées. J'ignore leur sujet de conversation, mais de grands éclats de rire ponctuent chaque phrase. À toutes les tables, les visages sont détendus, empreints d'une grande sérénité. Le bien-être et la douceur de vivre sont réels, palpables. J'ai franchement l'impression de faire tache au milieu de la félicité ambiante. L'ennui de mon travail – de mon inaction serait plus correct – déteint sur mon état d'esprit. Le pire est que je ne vois rien qui soit susceptible de m'apporter un minimum de satisfaction. J'en viens à regretter d'être venu traîner mes savates sur les bords de Loire. En fait, je crois que je suis jaloux de mon pote Yves. Je sais que ça ne se fait pas, mais c'est plus fort que moi. Je n'arrive pas à encaisser qu'il s'éclate dans son job alors que moi je m'ennuie ferme.

Coup de blues, j'appellerais bien Murielle si je ne la savais au boulot. Je me fais l'effet d'un solitaire, un ours à qui personne ne parle, que tout le monde évite… Je sais bien qu'il n'en est rien, que chacun est emporté par le tourbillon de sa vie ou de son taf, mais c'est difficile que de s'en faire une raison.

« Max, il faut que tu te ressaisisses avant de virer parano ! Tu vas finir maboule à broyer du noir comme ça ! »

Déjà, je suis sur pied et règle ma consommation avant de me diriger d'un bon pas vers l'hôtel de police.

*

Malheureusement, le début de l'après-midi est du même tonneau que la matinée. Me croisant dans le couloir alors que je reviens du distributeur de boissons, le commandant Jules Pernault m'apostrophe :

— Comment allez-vous, Maxime ? Vous ne semblez pas dans votre assiette…

— Pour tout vous dire, Patron, je tourne en rond. Je me sens totalement inutile.

— Allons, ne dites pas cela. Pour l'instant, nous sommes encore là, Balandier et moi, mais dès demain, il vous appartiendra de nous suppléer. Il vous faut patienter. Profitez donc de ce répit pour agir à votre guise. Vous n'avez personne sur le dos et n'avez aucun compte à rendre, alors occupez-vous. Baladez-vous, visitez, promenez-vous ! Je ferme les yeux sur votre emploi du temps pour l'après-midi, et si quelqu'un vous questionne, répondez que je vous ai chargé d'une mission en dehors de nos murs.

Tu parles d'un patron ! Il est le premier à m'encourager à ne rien foutre. Celle-là, on ne me l'avait jamais faite.

Mais bon, si j'ai sa bénédiction… Un coup d'œil vers la fenêtre m'assure que le soleil est de la partie, alors pourquoi rester enfermé ?

— Attendez, fait Pernault en fouillant dans son portefeuille.

Il en extrait un petit ticket qu'il m'offre dans un sourire.

— Vous verrez, vous ne regretterez pas le voyage ! Et ce sera moins fatigant qu'à pied ou en vélo.

*

Un moyen de locomotion génial pour se déplacer dans Nantes, c'est le tramway. J'ai lu quelque part que c'est cette ville qui fut la première en France à en être équipée, les premières machines fonctionnant à l'air comprimé.

Je passe l'après-midi à me balader d'une station à

une autre. Lorsque les lieux m'inspirent, je descends et me promène. Je sillonne ainsi la ville, devenant presque incollable sur les noms des stations. De belles images plein les yeux, je reviens à Waldeck Rousseau peu après dix-huit heures. Croisant Yves par hasard près de l'accueil, nous prenons ensemble la direction de Thouaré sans que je ne remonte au bureau.

III

Ce mercredi matin marque un tournant dans mon séjour au commissariat de la place Waldeck Rousseau. Désormais, j'occupe seul le bureau du capitaine Éric Balandier, et j'assume le poste de responsable. En réalité, je dispose d'un effectif réduit, du fait de la rave qui mobilise un maximum de personnel de tous grades. D'un côté, ce n'est pas plus mal, car il n'y a pas bésef de boulot. Pas facile de partager le peu qu'il y a.

Je suis en train de me demander ce que je vais faire de ma journée, hésitant pour l'instant entre une partie de réussite et la lecture du journal local, quand le téléphone sonne :

— Un appel pour vous, Capitaine.

Une seconde puis je reconnais l'organe de mon copain Yves.

— C'est moi, Max. On a du taf par-dessus la tête, et je ne sais pas si je serai disponible pour déjeuner à midi. Mieux vaut que tu ne comptes pas sur moi.

— C'est au sujet de l'histoire du gosse ? Vous avez appris du positif ?

— Dans cette affaire-là, non, pas pour l'instant. Mais dans le même temps, on vient de nous signaler un double homicide à Couëron. Un témoin a découvert deux corps dans une voiture, près des marais. On est tous sur la brèche.

— Ça n'embauche pas, chez vous ? Je me fais chier comme un rat mort ici alors que vous vous croulez sous le turbin.

— Si cela ne tenait qu'à moi… Mais bon, ne désespère pas… À plus, Max.

— Salut Yves.

Entre l'identification et les circonstances du décès du petit garçon noyé, et maintenant un double homicide, les gars de la PJ n'ont pas de quoi chômer. Quelque part, je ne peux m'empêcher de les envier. Occultant l'aspect indéniablement sordide de ces événements, je me verrais bien mener une enquête. À moi aussi, il me plairait de démêler un écheveau. À cran, je retourne d'un geste exaspéré mais contrôlé la photo des sourires ébréchés de la descendance de Balandier.

L'entrée de Gwenaëlle Sidoine dans mon espace vital apporte une diversion. Plus belle que jamais, elle est vêtue d'une jupe en denim noire et d'un bustier couleur crème en coton sur lequel elle a passé une légère veste noire. Elle ne s'est pas maquillée ce matin non plus, mais a retenu ses cheveux d'un serre-tête lui aussi crème.

Elle pose à un angle du bureau un dossier refermé par une sangle et annonce :

— L'affaire de la pharmacie est enfin close. Au fait, tu n'étais pas là hier après-midi, donc tu n'es au courant de rien.

— Au courant de quoi ?

— Une autre pharmacie s'est fait braquer, hier en début d'après-midi. Les empreintes digitales relevées sur place et le portrait-robot de la pharmacienne nous ont menés à un toxico hyperconnu sur Nantes. On a transmis son signalement aux patrouilles et il s'est fait serrer hier soir du côté de la gare. Il a d'abord nié, mais il a fini par reconnaître les faits. Dans la foulée, il a aussi avoué le cambriolage de la pharmacie de la rue des Halles. Tout est dans le dossier, si tu veux le lire avant que ça parte au parquet…

— Pourquoi pas, dès que j'aurai quelques minutes.

Ce qu'il ne faut pas dire pour se donner une contenance, alors que j'ai du temps à ne plus savoir qu'en faire ! Intérieurement, je bous. Pour une fois qu'il y avait un peu d'action, j'étais absent.

— Tu vas faire quoi, là maintenant ? questionné-je en prenant un air absorbé.

— Comme tu étais en ligne, l'agent de l'accueil m'a parlé d'un appel au sujet d'une jeune femme que ses parents n'arrivent pas à joindre depuis deux jours. Ils sont inquiets et, comme ils habitent à l'autre bout de la France, du côté d'Aubagne, je crois, ils demandent à ce que l'on se rende chez elle. Je pensais faire un saut jusqu'à son appartement voir de quoi il retourne. Tu m'accompagnes ?

— Hum… Allons-y. Le reste peut attendre.

Je choisis le siège passager, laissant à Gwen le soin de driver la 206 banalisée dans une ville qu'elle connaît sur le bout des doigts. Sa jupe, comme toutes les jupes, a la bonne idée de remonter lorsque la femme qui la porte s'assoit. Elle a de belles jambes, Gwen, magnifiquement fuselées et dorées à point, ce qui est normal au sortir de l'été. En manque de Murielle depuis bientôt trois jours, j'ai intérêt à tourner la tête et à penser à quelque chose de triste, sinon je ne réponds plus de rien, d'autant plus que son bustier légèrement détendu est une invitation à l'œillade. Elle s'est habillée de manière plus féminine qu'hier et avant-hier, mais elle n'a pas pour cela l'encombrant sac à main de ses congénères. D'une poche de sa veste se dessine la forme d'un paquet de cigarettes, et l'autre poche doit contenir une pièce d'identité et son portable. Strict minimum.

— Elle habite dans quel quartier, la petite ?

— Boulevard Albert Thomas, répond Gwen en rejetant une mèche de cheveux derrière l'oreille, comme elle le fait souvent. C'est à l'ouest de la ville, à côté du parc de Procé. On y sera dans quelques minutes.

— Parle-moi un peu d'elle…

— Julie Sénéchal a vingt-deux ans. Elle bosse pour une boîte de la région depuis deux mois en tant que technico-commerciale.

Tout au long du trajet, elle mêle l'utile à l'agréable en m'indiquant les monuments ou les principaux axes empruntés. De temps à autre, elle lâche une grossièreté, quand la manière de conduire des autres automobilistes ne lui plaît pas. Quiconque ne la connaît pas ne supposerait jamais qu'une belle fille dans son genre possède un tel vocabulaire. Quelques minutes plus tard, nous sommes Boulevard Albert Thomas, devant un immeuble de bon standing sans être cossu.

— Si j'ai bien compris, elle loge au troisième et dernier étage. T'as vu, il y a deux cages d'escalier mais aucune n'a de numéro. À ton avis, Maxime, c'est laquelle la bonne ?

— Aucune idée. Comment veux-tu que je le devine.

— Je te parie que c'est celle de droite. On joue un euro là-dessus ?

— C'est quoi, cette manie que tu as de parier sur tout et n'importe quoi ?

— C'est comme ça, se défend-elle, c'est un petit jeu auquel je jouais déjà toute petite avec mes trois frères. Si t'es d'accord, on parie, et le gagnant ramasse la mise. Alors, tu joues ou quoi ?

— T'es une gosse ! Allez, un euro sur la porte de gauche. Mais c'est bien pour te faire plaisir.

Selon le rite établi, on se tope la main. Guillerette, elle va consulter les boîtes à lettres de la porte de droite. Dix secondes plus tard, elle ressort sans tendre un pouce vainqueur. Un euro pour moi, un ! Alors qu'elle fouille dans le porte-monnaie qu'elle dissimule dans une poche intérieure de sa veste en toile, je me dirige vers la porte de gauche. Problème, ici non plus il n'y a pas de boîte au nom de Julie Sénéchal.

— Range ton blé, dis-je à Gwen lorsqu'elle me tend sa pièce d'un euro. Il n'y a pas de gagnant.

À son tour, elle va s'attarder sur les noms puis se tourne vers moi :

— Attends, je vais appeler le poste et demander à ce qu'on contacte les parents. Il a dû y avoir confusion dans l'adresse…

Privilège de la jeunesse ajouté à des pratiques sportives, elle est déjà loin.

Le temps qu'elle s'assure de l'information, je lève la tête vers les fenêtres. Partout les volets sont ouverts, sans exception. Une moue sur les lèvres, Gwen me fait signe de la rejoindre.

— Tu parles d'une embrouille ! Celton est le nom de ses parents adoptifs, mais pour l'état civil, la jeune femme est bel et bien née Sénéchal.

— Ça ne change pas grand-chose, il n'y a pas non plus de Celton sur les boîtes aux lettres.

— Pas côté gauche, mais côté droit il y a un J Celton. Tu me dois un euro !

Elle ne perd pas le nord !

— Je pourrais protester en argumentant que le pari est faussé, mais je serai beau joueur. Tiens ! Ce qui m'intéresse le plus, c'est de savoir pourquoi elle n'a pas mis son nom sur la boîte mais celui de ses parents adoptifs.

— Peut-être que ce sont eux qui paient le loyer, dit-elle en glissant ma pièce dans son porte-monnaie.

— Peut-être, oui. Je ne vois que ça comme explication.

Il y a un ascenseur, mais nous optons pour l'escalier. Il est large, ce qui est bien pratique lors d'un déménagement.

Direction le troisième étage. Sur la sonnette, il est également écrit J Celton. Nulle réponse ne faisant écho à notre coup de sonnette, Gwen en envoie un deuxième, par acquit de conscience, mais il semble bien que Julie Sénéchal ne soit pas chez elle. Nous redescendons par le même chemin.

Alors que nous marchons vers la 206 du service, il me vient une idée en regardant le parking occupé par quelques voitures :

— Appelle le poste et demande si elle a une bagnole. Si oui, note le modèle et la plaque.

Alors qu'elle s'exécute, je remarque une mamie qui s'en revient des courses.

Elle peine à porter son sac plastique plein à ras

bord, tandis que son caniche trottine vers la porte de l'immeuble. Ma carte de flic à la main pour la rassurer, je me compose un visage avenant :

— S'il vous plaît, Madame ! Excusez-moi de vous déranger, mais je souhaiterais savoir si vous avez vu mademoiselle Celton ces jours-ci.

— Oh, la petite demoiselle ! Oui, je l'ai vue samedi après-midi. Elle rentrait quand j'allais promener Youki.

— Vous ne l'avez pas croisée depuis samedi ?

— Attendez que je me souvienne... Non. Mais vous savez, il s'écoule parfois une semaine, plus même parfois, sans que je ne rencontre un autre habitant de la résidence. Nous ne sommes que six à demeurer ici, et six autres locataires dans l'autre cage d'escalier.

— Pouvez-vous me dire si sa voiture est sur le parking ?

— Sa voiture ? Ah oui, attendez... C'est la petite blanche, là.

La grand-mère désigne une Mini-Cooper immatriculée dans les Bouches-du-Rhône.

— Savez-vous si elle travaille ? Et dans ce cas, à quel endroit et pour quelle entreprise ?

— Non, je ne sais pas. Elle n'habite ici que depuis environ deux mois. On a eu l'occasion de discuter une seule fois, et elle a été très discrète. Je n'ai pas osé lui demander.

— Je vous remercie, Madame, pour ces renseignements. À quel étage habitez-vous ?

— Au premier.

Elle pose la main sur mon avant-bras et baisse la voix.

— Elle a fait quelque chose de mal ?

— Absolument pas ! Ses parents s'étonnent de ne pas avoir de nouvelles, c'est tout.

— Ah, je me disais aussi ! Elle a l'air trop gentille pour que les flics… oh, pardon !

— Ce n'est pas grave. Bonne journée, Madame.

Je clos la conversation comme Gwen coupe sa communication et marche vers moi.

— Alors ?

— J'ai eu son père en ligne, ou plutôt son père adoptif. J'en sais un peu plus sur elle. Elle est sur Nantes depuis le premier juillet parce qu'elle a décroché un emploi de technico-commerciale dans une entreprise d'isolation. Ils se bigophonent toutes les semaines, au moins deux ou trois fois. Les Celton n'étaient pas chez eux ce week-end, ils étaient invités chez des amis, et c'est en rentrant lundi qu'ils ont cherché à joindre Julie, plus exactement lundi soir vers dix-neuf heures, soit après son travail. Comme elle n'a pas décroché, et ne les a pas rappelés bien qu'ils aient laissé un message, ils ont recommencé hier. Sans résultat, cette fois encore. Ils ont récidivé ce matin, avant l'heure de son départ pour le travail, mais devant un nouvel échec, ils se sont résolus à nous contacter.

— Elle n'a pas de portable ?

— Si, mais elle ne répond pas non plus sur celui-là.

— Tu as le nom de la société qui l'a engagée ?

— Oui, la SNMIE. La Société Nantaise de Matériaux Isolants et d'Étanchéité.

— Tu as aussi le numéro de téléphone de la SNMIE ?

— Je l'ai griffonné sur ce papier.

Un chapelet de secondes et je suis mis en liaison avec un responsable, un certain Pascal Malcoste.

— Bonjour, Monsieur. Je suis le capitaine Moreau, du commissariat de Nantes. La famille de Julie Sénéchal, votre employée, nous a fait part de son inquiétude car elle n'a pas donné de ses nouvelles depuis plusieurs jours. Est-elle au travail, ce matin ?

— Non, répond une voix que j'attribue à un quinquagénaire. Julie ne s'est pas présentée ce matin, et j'en suis d'ailleurs étonné.

— Et hier ?

— Elle avait demandé congé pour lundi et mardi. Elle doit reprendre ce matin, mais il est déjà près de dix heures…

— Est-elle coutumière de ces absences ou retards ?

— Non. Elle est avec nous depuis un peu plus de deux mois, mais elle a toujours été ponctuelle.

Je laisse un blanc puis questionne :

— Voyez-vous une explication ?

— Non, aucune. Julie me fait l'effet d'une jeune femme sérieuse, même s'il m'est parfois arrivé de la voir dans la lune. Je ne sais quoi penser.

— Avez-vous tenté de la joindre au téléphone ?

— Oui, par trois fois. J'ai d'ailleurs laissé un message lors de mon dernier appel sur son fixe et un autre sur le portable mis à sa disposition par la société.

— Merci pour ces réponses, monsieur Malcoste. Si elle vient travailler ou si elle téléphone pour annoncer un arrêt de travail, sa démission ou tout autre motif de son abscncc, mcrci de me le faire savoir. Oh, une dernière question : où se trouve votre entreprise ?

— Dans la zone industrielle de l'Étoile, à Carquefou. Je tiens à préciser que je ne suis pas le directeur général mais simplement le directeur administratif.

— D'accord. Dites-moi, je ne connais pas bien l'agglomération nantaise. Faut-il nécessairement que Julie prenne sa voiture pour aller au travail ?

— Oui, nous ne sommes desservis ni par les bus ni par le tram.

— Merci pour ces renseignements.

J'interromps la conversation mais ne range pas mon mobile dans son étui à ma ceinture.

— Je n'aime pas ça, Gwen. La Mini-Cooper sur le parking et l'absence de la jeune femme à la SNMIE ne me disent rien qui vaille. Appelle le CIC* pour une demande d'intervention des pompiers.

Les soldats du feu font fissa pour nous rejoindre. Ils sont trois à descendre d'un VSAB**, balançant en douce des regards salaces en direction de mon appétissante collègue. Ils ont pris soin de se munir du matériel utile pour ouvrir une porte, même récalcitrante.

Dès que nous arrivons au troisième étage, ceci n'est l'affaire que de quelques secondes. Près de la porte, trois paires de chaussures, de sport pour la première, de ville à talons plats pour la seconde et plus élégantes à talons très hauts pour la dernière, renseignent sur la pointure de la maîtresse de maison : 39, soit dans la norme féminine. Les chaussures à hauts talons sont placées sur les autres, ce qui laisse à penser que ce sont les dernières qui ont été portées. Gwen Sidoine et moi laissons le plus gradé des pompiers s'introduire dans les lieux avant d'avancer.

Les portes intérieures sont ouvertes sur les pièces qui composent le logement, à savoir sur le séjour, la cuisine, une chambre dont les volets sont ouverts, les

---

*Centre d'Information et Commandement, plus simplement la salle-radio.

**Véhicule de Secours aux Asphyxiés et Blessés.

toilettes et la salle de bain, ce qui permet une vue d'ensemble depuis l'entrée ou le couloir.

On peut ainsi constater que, dans le salon, la table basse est couverte de revues et d'un sac à main, que, dans la kitchenette, la vaisselle est faite et que tout est parfaitement rangé à l'exception d'un verre et d'une bouteille d'eau, que, dans la chambre, le lit n'est pas défait, et que… dans la salle de bain, le corps d'une jeune femme obstrue le passage entre le lavabo et le bidet.

Deux mares de sang et les yeux grand ouverts sur le vide indiquent qu'il n'y a plus rien à faire pour elle. Il est évident que la mort l'a surprise.

Sur le sol, je ne vois pas d'arme qui aurait pu causer le décès, mais aucun doute quant à un acte criminel car elle présente sur le tronc une blessure qui n'a assurément rien de naturel.

Quant à l'origine de la blessure sur l'arrière de la tête, impossible pour l'instant d'en deviner le caractère. Peut-être la même arme.

L'odeur qui se dégage du corps nous prend à la gorge, aussi refluons-nous tous vers l'escalier.

Deux ou trois mots, puis les pompiers nous saluent avant de disparaître.

Au passage, je note qu'ils se sont tous les trois retournés pour guigner les jambes de ma partenaire.

— C'est comment le nom du procureur, Gwen ?

— Landrain. Son nom et son numéro sont écrits là.

— Mets en branle le CIC pendant que je le préviens… Allô, Monsieur le procureur ? Ici le capitaine Maxime Moreau…

IV

Max Jacob a dit : « la vie est un livre suffisant ». M'ouais… Moi, je dirais : « la vie est question de rencontres, avec leur lot de surprises bonnes ou mauvaises ». Ainsi, lorsque j'annonce à Landrain la mort de Julie Sénéchal, je peste intérieurement contre la PJ parce que je sais qu'elle va hériter du bébé pendant que mes hommes et moi, façon de parler puisqu'il y a une femme dans nos rangs, on s'échinera à coincer des auteurs de vandalisme ou de coups tordus à la petite semaine. Aussi quelle n'est pas ma stupéfaction en entendant le proc' soupirer de dépit puis se lamenter :

— Mais c'est incroyable ! D'habitude, il ne se passe pas grand-chose, mais cette semaine c'est une vraie hécatombe ! La PJ est sur les dents en ce moment, avec deux grosses affaires qui mobilisent tous ses agents…

Un temps, puis il enchaîne :

— Bon, je ne vous connais pas, Moreau, mais vous croyez que c'est dans vos cordes, une affaire de ce genre ?

— Oui, Monsieur le procureur. Ce ne serait pas la première fois que…

— Alors je vous charge de l'enquête de flagrance, Moreau. Ne me décevez pas et tenez-moi constamment au courant des avancées de vos investigations ! Je suis du genre pointilleux et j'exige un rapport aussi souvent que cela sera nécessaire !

Y a plus qu'à ! Abandonnant à Gwen le soin d'accueillir le SLPT*, le médecin requis pour constater le décès, la patrouille pour bloquer l'accès et les pompes funèbres, j'observe la scène de crime sans m'en approcher de trop pour ne pas la polluer. Allongée sur le dos, la femme peut avoir vingt ans, peut-être un peu plus, mais assurément pas trente. Il y a donc de fortes présomptions qu'il s'agisse de Julie Sénéchal, dont un peu plus tôt dans la voiture le lieutenant m'a renseigné sur ses vingt-deux ans. J'attends de comparer avec la photo d'une pièce d'identité pour lever le doute. Elle est fringuée avec goût, comme toutes les jeunes filles ou jeunes femmes de son âge. La jupe en tissu découvre de belles jambes bronzées, aussi belles que celles de Gwen mais moins musclées. Centrée à l'emplacement du foie, une large tache de sang macule son débardeur blanc sur lequel est écrit en lettres noires : I LOVE L.A. Pour le commun des mortels, ces initiales évoquent Los Angeles,

*Service Local de Police Technique.

la cité des Anges, mais je sais pour en avoir déjà vu dans cette région que, dans le cas présent, elles désignent la Loire-Atlantique. Du rouge à lèvres et du mascara apportent un peu d'éclat au visage au teint cireux. Sur le carrelage, sous les cheveux châtain, du sang s'est répandu et compose une fine croûte sèche. Sur le bidet, des traînées rougeâtres et rosâtres sur les extérieurs ont coulé depuis le rebord jusqu'au sol.

Gwen me rejoint alors que je termine mon examen visuel.

— Qu'est-ce que t'en dis ?

— Hum… Elle a dégusté un pruneau dans le foie, ce qui se remarque à l'emplacement de l'impact et à la couleur sombre du sang. On devine l'orifice d'entrée, et la présence de la balle, là-bas sur le carrelage, augure qu'il y a un orifice de sortie dans le dos de la victime. D'après moi, c'est du neuf millimètres parabellum ou du trente-huit. En s'effondrant, la victime s'est cogné la tête au bidet. Maintenant, quelle est l'origine de la mort – la bastos ou la chute ? – seule l'autopsie nous l'apprendra. Selon moi, le décès remonte à deux ou trois jours.

— C'est un bon début. Attendons l'arrivée du SLPT pour faire parler le corps.

— Il parle déjà, tu sais. Pour peu que tu l'écoutes, et que tu cogites, il cause. Tiens, tu vois le maquillage et les chaussons aux pieds ? Ça suppose qu'elle achevait de se préparer avant de sortir ou qu'elle était rentrée depuis peu. Dans les deux cas, il s'en fallait de quelques minutes.

— On sort ? Je n'aime pas le parfum de la mort.

— Moi non plus. C'est vrai que ça renifle vilain ! Allons sur le palier.

— Je ne pige pas ce que tu veux démontrer, relance Gwen en faisant demi-tour.

— Je n'ai rien l'intention de démontrer : les techniciens du SLPT sont bien plus fortiches que moi pour cela. J'analyse, simplement… Je veux dire qu'elle se préparait à quitter son logement, mais pas dans les secondes qui suivaient car elle avait ses chaussons aux pieds, ou alors elle était rentrée depuis plusieurs minutes. En observant le maquillage parfait et les cheveux coiffés, je déduis qu'elle était fin prête. Je penche donc pour la seconde hypothèse. Je me dis ensuite qu'elle est sans doute rentrée seule. Tu sais aussi bien que moi, Gwen, que les femmes sont souvent truqueuses.

— Ça veut dire quoi, ça, capitaine Moreau ? questionne-t-elle en durcissant simultanément, le ton et le regard façon Super Nanny, ce personnage de la télévision. Seriez-vous phallocrate ?

— Absolument pas, Lieutenant Sidoine. Même si vous me connaissez depuis peu, vous n'ignorez pas que j'ai bien trop de respect pour les femmes pour m'abaisser à cette causticité hors du temps !

J'ai répliqué en usant moi aussi du vouvoiement.

Cette petite passe d'armes terminée, je reviens au tutoiement de rigueur :

— Tu peux constater que Julie Sénéchal n'est pas très grande, un mètre soixante-cinq tout au plus. Je subodore que si elle avait ramené un micheton chez elle, ce qui n'aurait sûrement pas été pour lui tirer les cartes, elle aurait gardé ses chaussures à talons. Pour se faire plus désirable, plus sexy, elle aurait conservé ses chaussures plutôt que mis ses chaussons. Je suis disposé à les croire confortables, mais leur aspect élimé n'en fait pas un atout de charme. Je me trompe ?

— Non. Au début, j'ai cru que tu allais me la jouer macho en raillant la gente féminine, mais il faut convenir que ton raisonnement est cohérent.

— N'est-ce pas ? dis-je en clignant de l'œil pour ne pas forcer sur ma modestie. C'est un raisonnement basé sur la logique. Pour renforcer mon hypothèse, j'ai vu sur le lavabo une lingette et une lotion démaquillante. Donc, on peut établir avec quasi-certitude que Julie Sénéchal était rentrée de sa soirée et se préparait à se mettre au lit. Les volets ne sont pas fermés, ce qui renforce l'option qu'elle était rentrée depuis peu, excepté si elle les fermait d'ordinaire avant de sortir. J'avancerais qu'elle était là depuis quelques minutes, cinq à dix, quand son agresseur est arrivé.

— Qu'est-ce qui te rend certain de ce laps de temps ?

— L'observation, une fois encore. Que fait-elle en rentrant ? Elle tire les godasses qui lui ont martyrisé les arpions durant toute la soirée – quand on veut tricher sur les centimètres, on assume ! – puis elle va poser son sac à main sur la table basse du salon, passe ensuite par la cuisine pour avaler un verre d'eau et se rend à la salle de bain. Elle attrape une lingette démaquillante et la lotion dont elle dévisse le bouchon quand, soudain, on sonne. Rien, sur la porte, le chambranle ou la serrure, n'indique une effraction. Donc, elle a ouvert la porte ! Il fallait nécessairement qu'elle ait confiance pour ouvrir à cette heure tardive et pour revenir dans le lieu d'intimité qu'est la salle de bain avec le ou les tueurs. Par conséquent, il nous reste à faire le tour de ses proches, famille et amis. Ah, nous disposons d'un indice si la scène s'est déroulée de nuit : l'assassin est du genre économe car il a pris soin d'éteindre la lumière avant de refermer à clef.

— Belle démonstration, Maxime ! On croirait les déductions du grand Sherlock Holmes.

— Alimentaire, ma chère Gwen ! dis-je en souriant de ce trait d'esprit. Pour Sir Arthur Conan Doyle, l'observation et l'analyse jetaient les bases qui orientaient les investigations de son personnage fétiche. Idem pour le Belge Georges Simenon. As-tu déjà vu le commissaire Maigret courir ? Eh bien non ! Une gymnastique intellectuelle vaut souvent mieux qu'une épuisante et effrénée poursuite.

L'arrivé des personnels du SLPT met un terme à notre dialogue. Ils sont deux, une petite rousse aux yeux verts et un grand blond sec. La femme prend l'initiative :

— Bonjour, je suis le technicien Faligot, voici l'agent spécialisé Le Clézio. Êtes-vous entrés dans l'appartement ? Avez-vous touché à quelque chose ?

— Seulement dans l'entrée et le couloir, pour répondre à votre première question. Et pour répondre à la seconde, non, nous n'avons touché à rien.

— D'accord, fait-elle sans prendre ombrage de ma réplique. Nous allons vous demander de nous laisser travailler…

— Allez-y. Pendant ce temps, nous allons interroger les voisins.

Alors que les techniciens de scène de crime enfilent combinaison blanche et surchaussures, je sonne à la porte palière. Ce simple geste est encore un prétexte pour ma partenaire pour parier :

— Couru d'avance qu'il n'y a personne. On mise dix euros ?

— Non, car moi aussi je suppose qu'il n'y a personne. Sinon, l'arrivée des pompiers et notre conversation auraient…

Un tour de clef dans la serrure apporte un démenti. Non seulement il y a quelqu'un mais, en plus, l'occupant nous épiait derrière le judas. Avant que la porte ne s'ouvre, Gwen murmure :

— Merde ! Je ne le sentais pas, c'coup là ! Dix euros de perdus.

De petite taille, une honorable octogénaire, voire nonagénaire, montre le bout de son nez. Le visage comme un vieux parchemin, non pas roulé et dont les coins rebiquent, je veux parler de la teinte, elle nous toise derrière ses lunettes. Les fentes de ses paupières sont tellement étroites qu'on la croirait endormie, l'ancêtre.

— Oui ? C'est pour quoi ?

— Bonjour, madame Blutch, dis-je à faible débit pour ne pas l'extraire trop subitement du semi-coma dans lequel elle semble baigner. Nous sommes…

— Comment vous savez mon nom ?

Moi qui la croyais endormie, j'en suis pour mes frais. Sa voix a un je-ne-sais-quoi d'aigrelet qui agresse les tympans.

— Il est écrit ici, Madame, à côté du bouton de la sonnette. Nous sommes officiers de police. Voici le lieutenant Sidoine, je suis le capitaine Moreau. Nous sommes porteurs d'une triste nouvelle. Votre voisine, mademoiselle Sénéchal, est décédée.

— Qui ? C'est pas son nom, à la garce d'en face !

Quel réveil tonitruant ! Honorine Blutch, du haut de son mètre cinquante, pique un coup de sang dont je ne la croyais pas capable. Sortant de sa léthargie, elle darde sur nous deux prunelles noires aux lueurs de feu.

L'index en travers des lèvres, je souffle un peu amène « chut ! » pour la ramener à plus de retenue, mais c'est un minimum à opposer à son antipathie. Un fichu sur la tête et on obtiendrait la troisième Vamp.

— Mademoiselle Sénéchal avait pour nom Celton-Sénéchal. Il semble que vous ne l'appréciiez pas beaucoup…

— Ah ça non ! Et ce qui lui est arrivé, c'est bien fait pour elle ! Voilà ce qui arrive quand… quand on a une vie de… de débauche !

Attiré par les éclats de voix de la mamie, le grand maigre du SLPT vient aux nouvelles, avant de s'en retourner vers le cadavre en haussant les épaules.

— Ne criez pas, madame Blutch. Est-il possible que j'entre chez vous pendant que ma collègue va interroger d'autres voisins aux étages inférieurs ? Vous pourriez m'expliquer ce qui motive votre réaction quant à votre voisine…

Quand on veut calmer une personne et en tirer le meilleur, monopoliser la conversation en usant d'un ton pondéré et de longues phrases est un exercice souvent couronné de succès.

— J'ne sais pas si je dois… Allez, venez alors…

Faut croire que j'ai une bouille qui lui revient, à la grincheuse. Je la suis dans son antre pendant que Gwen descend les premiers degrés de l'escalier. C'est nickel de partout, même si ça sent un peu le renfermé.

Rien ne traîne, chaque chose est à sa place. Elle me guide vers la salle à manger et se laisse choir sur une chaise avant de m'en proposer une.

— Alors, comme ça, elle est morte, cette catin ! jette-t-elle en guise de préambule.

— Vous ne devriez pas parler d'elle en ces termes, madame Blutch. J'ignore ce qui s'est passé, mais faut-il que ce soit grave pour que vos paroles soient aussi dures. Puis-je savoir ce qu'elle vous a fait ?

— Pfou ! Une dévergondée, Monsieur le commissaire ! Si j'vous disais que je ne lui ai jamais adressé la parole ! Une fois, j'ai essayé, un jour qu'elle était avec son bonhomme, mais elle ne m'a même pas répondu alors que lui baissait la tête et regardait ses chaussures. C'était la première fois que je la croisais dans l'ascenseur, depuis bientôt deux mois qu'elle habite ici, et elle ne m'a même pas répondu. Malpolie, va !

— Il ne s'agit que d'incivilité ; Il n'y a pas de quoi en faire toute une histoire, si ? Peut-être n'avait-elle pas entendu votre bonjour. Ou peut-être avait-elle l'esprit préoccupé…

— Tatatata ! On ne me la fait pas, à moi. Elle m'a très bien entendu. Et puis trois ou quatre jours plus tard, quand elle était avec son deuxième jules, elle a évité mon regard.

Ceci retient mon attention. J'ai déjà calepin et stylo en main.

— Julie Sénéchal avait deux hommes dans sa vie ? Pourriez-vous me les décrire ?

— Dame oui ! Surtout le plus âgé, parce que c'est lui qui venait le plus souvent.

— Comment est-il ?

— Entre quarante et cinquante ans, de taille moyenne, il est plutôt bien conservé. Il est brun, les bras couverts de poils. Il a parfois des lunettes de soleil.

— En vous demandant de me le décrire, madame Blutch, j'escomptais des renseignements moins généralistes. Comprenez bien que des bras poilus et le port de lunettes de soleil risquent peu de m'aider à l'identifier. Pourriez-vous me parler de sa voiture, par exemple ? L'avez-vous vue ?

— Oui, deux ou trois fois sur le parking. Mais la plupart du temps il venait dans la petite voiture de la, bouchez-vous les oreilles, de la salope !

La situation prêterait à rire s'il n'y avait un corps dans l'appartement voisin.

— Quelle est la marque de sa voiture ?

— Ah ben ça ! Je ne connais rien là-dedans. Je sais seulement que c'est une grosse voiture noire.

— Par grosse voiture, voulez-vous dire qu'elle est longue, ou pourrait-il s'agir d'un 4x4 ?

— Ah, peut-être… C'est possible, mais je vous dis que je ne connais rien là-dedans. Je n'en ai jamais eu, alors pourquoi voulez-vous que je m'y intéresse ?

— Semblait-elle plus haute que les autres, cette voiture ?

— Vue de ma fenêtre, oui. Plus haute et surtout plus longue que celle de la petite putain.

Je plante mes yeux dans les siens.

— Vous ne voulez pas arrêter de l'insulter ? Là où elle est, elle ne vous embêtera plus. Faites un effort, s'il vous plaît ! Parlez-moi du deuxième, maintenant.

Ainsi morigénée, la gorge serrée par mon ton sec et la dureté de mes paroles, elle opine en tremblotant des lèvres avant de déglutir pour pouvoir répondre :

— Le plus jeune est plus grand que l'autre. C'est un jeunot d'à peine vingt ans. Tout maigre, y'a rien sur lui. Que la peau et les os. Il a une voiture grise. Une plus petite que la noire mais plus grande que celle de la gar… Pardon.

— Autre chose à son sujet ?

— Non. Ça ne fait pas longtemps qu'il vient la voir. Peut-être trois semaines, pas plus. Tiens, maintenant que j'y pense, ça fait à peu près depuis ce temps que le plus vieux ne vient plus aussi souvent.

— Y a-t-il d'autres hommes à venir la rencontrer ?

Elle réfléchit une seconde avant de répliquer de manière incisive :

— Pourquoi ? Vous ne trouvez pas qu'il y en a assez avec deux ? Elle était chaude à ce point-là ?

Mon silence et mon regard dur la ramènent à de meilleurs sentiments.

— Non, balbutie-t-elle sur le ton de la confession, je n'ai vu personne d'autre.

— Et des femmes ?

— Non plus. À part les deux hommes, je n'ai jamais vu personne avec elle.

— Dans ce cas, c'est un peu léger pour la traiter comme vous le faites, non ?

Silence gêné, avant qu'elle n'objecte :

— Ben non, vu que je l'ai revue avec le premier depuis. Soit une femme est avec un homme, soit elle est avec un autre. Mais pas avec deux en même temps !

— Êtes-vous certaine qu'elle entretenait une double relation ?

— Ah ça oui ! Pas de doute !

Je me tasse sur mon siège et attaque sur un autre ton, comme pour clore un chapitre et en ouvrir un autre :

— Hum ! Nous ignorons pour l'instant le moment du décès, mais avez-vous entendu quelque chose durant le week-end ?

— Je n'étais pas chez moi. Mon fils est venu me chercher pour m'emmener chez lui, à Laval. C'était ses quarante-cinq ans de mariage et une fête était organisée. Il y avait toute la famille, même mes neveux que je n'ai pas vus depuis…

— Quand êtes-vous partie et quand êtes-vous revenue ?

— Je suis partie samedi matin, et mon fils m'a ramenée lundi après-midi.

— D'accord… Il est vraisemblable que la mort soit intervenue durant ce laps de temps. Voyez-vous quelque chose à ajouter, madame Blutch ?

Elle ferme les paupières et avance son visage fripé.

— Non. Mais, si vous me posez des questions comme ça, c'est qu'il y a sûrement quelque chose de… de pas clair. De… de quoi est-elle morte ?

— On ne le sait pas encore, mais elle a reçu une balle dans le corps.

— Oh, la pauvre !

La dragonne serait-elle capable d'humanité ?

— Heureux de vous l'entendre dire. Au revoir, madame Blutch. Si un détail vous revient, merci de m'appeler au commissariat.

Deux agents en uniforme sont arrivés dans l'intervalle, attendant sur le palier en devisant tranquillement. Je leur ordonne de bloquer l'accès à l'appartement et poursuis ma recherche de témoignages. Au deuxième étage, sur le seuil de l'appartement situé en dessous de celui de Julie Sénéchal, Gwen est en train d'interroger un homme. Il semble trouver ma partenaire à son goût car il lui adresse force sourires enjôleurs. Je sonne à l'autre porte. N'obtenant pas de réponse, je descends d'un étage. Là encore ma première sollicitation est un échec. À la seconde, la mamie qui un peu plus tôt revenait des courses avec son caniche.

— Tais-toi, Youki ! Tu le connais, le monsieur, tu l'as vu tout à l'heure.

Le clebs vient me renifler le bas du pantalon avant d'aller se placer aux pieds de sa maîtresse. En quelques mots, je mets la petite vieille au courant du drame et lui demande de me parler de la demoiselle. Elle m'invite à entrer dans son intérieur propret, me propose un café que je refuse et me dirige vers le salon. Sitôt sollicitée, elle aussi évoque les deux hommes qui accompagnaient parfois la victime.

— Il y a un homme d'âge mûr et un jeune homme. Mais à la manière dont elle les tenait par la main ou par la hanche, j'ai compris la place qu'elle leur accordait dans sa vie. Je suis un peu vieille France, normal vu mon âge, mais je me suis dit : elle a bien raison, la gamine ! Si, de mon temps, les moyens de contraception avaient existé, moi aussi je…

— Pouvez-vous me les décrire ? coupé-je car sa libido passée ou actuelle n'est pas à l'ordre du jour.

— Par lequel je commence ? Le plus jeune ?

— Si vous voulez.

— C'est compliqué… Ils se ressemblent tous, les jeunes d'aujourd'hui. Ils sont tous grands et habillés de la même manière. Celui-ci a les cheveux courts, coupés à la tondeuse sans doute. Il ne doit pas avoir beaucoup plus de dix-huit ans, car sur sa voiture il y a le A qui a remplacé le 90. Elle est jolie, sa voiture, mais c'est dommage qu'il l'ait abîmée.

Enfin un embryon de piste. Voilà le genre de détail qui peut être exploité.

— Par abîmée, vous pouvez préciser ?

— Sur le côté droit, l'aile et la portière sont enfoncées. Plus maintenant, parce que cela a été réparé, mais la semaine dernière, le lundi, sa voiture était dans cet état. Samedi, quand je suis sortie avec Youki pour sa promenade du soir, elle était comme neuve. Je me suis d'ailleurs fait la réflexion qu'il avait dû payer cher pour la faire réparer.

— Quelle est la couleur de cette voiture ?

— Elle est grise.

Ceci corrobore la version d'Honorine Blutch.

— Sa marque ?

— Je ne sais pas.

— Pourriez-vous la reconnaître sur un catalogue ?

— Non, s'excuse-t-elle. Pour moi, elles se ressemblent toutes.

— C'est dommage, cela nous aurait permis de progresser. Passons à l'autre homme, s'il vous plaît…

— Oh, lui, il a environ quarante ans. Peut-être moins, parce qu'il n'a pas la surcharge pondérale qui frappe la plupart des hommes vers la quarantaine. Il est assez grand, mais pas trop. C'est trompeur parce que mademoiselle Celton est de taille moyenne. Oui, tout bien réfléchi, il mesure peut-être un mètre soixante-quinze alors que le jeune fait bien dix ou quinze centimètres de plus. Il est bel homme, un peu dans votre genre, et si j'avais quarante ans de moins… je rigole !

Pendant qu'elle s'esclaffe à s'en faire jaillir le dentier, je note mentalement qu'elle a parlé de la défunte au présent, lui donnant le nom de ses parents adoptifs.

— D'autres détails ?

— Oui, il a une gourmette en or au poignet droit. Ça a dû lui coûter cher, un bijou pareil, parce que les maillons sont larges. Tout comme sa montre d'ailleurs. Elle a un large cadran et un bracelet qui brille. Ah, je sais que sa voiture, c'est un 4x4 noir de chez Mercedes.

— Vous en êtes certaine ? j'interroge en écrivant sur mon calepin.

— Oui, ma fille et mon beau-fils ont le même.

— Son immatriculation ?

— Avec les nouvelles plaques, je m'y perds un peu. Je sais qu'il y a le quarante quatre sur le côté. Il est immatriculé en Loire-Atlantique, aucun doute là-dessus, mais le reste…

— Ceci restreindra déjà nos recherches. Avez-vous vu mademoiselle Sénéchal avec d'autres gens, hommes ou femmes ?

— Mademoiselle Sénéchal ? Mais elle s'appelle Celton, c'est écrit sur sa boîte aux lettres !

— C'est en effet ce qui est écrit, mais nous savons qu'elle s'appelait réellement Julie Sénéchal. Celton est le nom du couple qui l'a élevée. Pour en revenir à ma question…

— Ah, heu, non je n'ai jamais vu personne d'autre avec elle. Seulement ces deux hommes… Ah si, une dame, un jour, il y a quatre ou cinq semaines environ. Je promenais Youki devant la résidence et je l'ai entendue dire : « Allez, Anaïs, viens boire un verre à la maison ! » C'est vrai qu'il faisait chaud ce jour-là. L'autre femme est sortie de sa voiture et l'a suivie. Moi, j'ai continué parce que Youki avait repéré Câline, la Yorkshire de monsieur Webb qui habite dans l'autre cage d'escalier.

— Le modèle de la voiture de cette dame ?

— Une Clio rouge. Je le sais parce que ma cousine Ginette a la même, sauf qu'elle est grise.

C'est compliqué de mener un interrogatoire quand ton interlocutrice part dans des chemins de traverse afin de trouver un renvoi qui justifie ses dires. J'occulte Câline la Yorkshire et la cousine Ginette de mon esprit et reprends :

— Durant le week-end, avez-vous entendu des bruits inhabituels en provenance de l'appartement de Julie Sénéchal ?

— Non. Il y a deux étages d'écart, vous savez. Et c'est parfaitement insonorisé.

— Les locataires disposent-ils d'une cave ?

— Non, malheureusement. Ce serait bien pratique pour y ranger ce dont on se sert rarement, ou jamais, mais que l'on garde par nostalgie.

Nous discutons pendant encore quelques minutes sans qu'un élément ne m'interpelle. Je retiens néanmoins que l'un des personnages, le plus jeune, est grand. Cela me ramène aux chaussures aux talons démesurés vues à l'entrée de l'appartement. Il est plus que crédible qu'elle les mettait pour ne pas sembler lilliputienne aux yeux de son cher et tendre lorsqu'ils sortaient. Me vient alors une question à laquelle je serais enclin de répondre oui : a-t-elle passé les derniers instants de sa vie avec lui ?

Les employés des pompes funèbres arrivent en même temps qu'un toubib de SOS-Médecins. Je leur indique l'appartement, demandant au dernier de me transmettre rapidement le certificat de décès.

Gwenaëlle Sidoine m'attend dehors en fumant une cigarette.

— J'ai comme l'impression que tu es mal partie pour gagner ton pari…

— Lundi, on a parié que j'arrêterai dans deux jours. On est mercredi, alors j'arrête la clope ce soir. Demain soir, la tournée d'apéros sera pour ta pomme.

— On verra. Tu as du positif ?

— J'ai rencontré monsieur Henri, le voisin du dessous de Julie Celton.

— Toi aussi, tu l'appelles Celton ?

— À force de le lire sur la boîte aux lettres puis sur sa sonnette, et d'en parler avec monsieur Henri, ça me vient tout seul. Bref, monsieur Henri est sorti beaucoup ce week-end : restau, cinéma, balade… Il n'a rien remarqué ni entendu. Sa voisine est tellement discrète qu'il ne l'a jamais vue. Il ne sait pas à quoi elle ressemble depuis deux mois qu'elle crèche ici.

— Eh bien, pendant que tu te tapes l'autre cage d'escalier, je vais aller voir le SLPT puis j'irai interroger les voisins des maisons d'en face. On se retrouve à la voiture.

Une heure plus tard, on fait le point. L'enquête de proximité a permis de déterminer un seul point, à savoir que la voiture du plus jeune est un coupé BMW. Ça la fout mal, avec un A aux fesses. Encore un fils à papa. La crise ? Quelle crise ?

Leur examen de la scène de crime et de l'appartement tout entier achevé, la petite rousse et le grand blond du SLPT se préparent à lever les voiles juste quand nous montons aux nouvelles.

Me tendant un sachet plastique contenant la balle pour que j'y appose les scellés, la femme prend la parole :

— Nous avons relevé différentes empreintes dont nous vous communiquerons rapidement les résultats. Au regard des circonstances, le médecin a évidemment mis un obstacle médico-légal sur le certificat de décès. Il situe la mort à au moins trois jours, mais il faudra l'autopsie pour se prononcer définitivement. Idem pour la nature de la mort, même si la blessure au foie était mortelle. Sinon, rien n'indique qu'il y a eu viol, mais ça reste à prouver. On vous laisse la place.

— Vous êtes certaine qu'il s'agit de la propriétaire de l'appartement ?

— Oui, plus ou moins. Une photo dans la chambre correspond à la victime.

Les employés des pompes funèbres attendent mon accord avant de glisser le corps dans une housse mortuaire et de le diriger vers la morgue. Je m'attarde un peu dans la salle de bain puis leur fais signe qu'ils peuvent procéder à l'emballage. Pas la peine d'y mettre du bolduc, ce n'est pas pour offrir.

Dans la pièce à vivre, Gwen a entrepris d'écouter les messages enregistrés sur le répondeur téléphonique. Julie ne possédait pas d'ordinateur, du reste son mobilier se limite au minimum. Dans son sac à main, je déniche permis de conduire et carte d'identité dont les photos officialisent que la victime est bien Julie Sénéchal, née à Nantes il y a vingt-deux ans. Je trouve également deux portables cellulaires que j'amène à Gwen :

— Tu t'occuperas de ceux-ci après. L'un est son téléphone professionnel, mais on ne sait jamais…

Quittant le séjour, je vais dans la chambre. Sans être rudimentaire, il y a ici aussi le minimum : un lit, une armoire, une table de chevet. Dans l'armoire, les vêtements accrochés sur des cintres ou impeccablement pliés sont conformes à ceux qu'achète une jeune femme de son âge. Idem pour les accessoires comme ses ceintures. Dans le bas du meuble, un sac à main Versace capte mon regard. À lui seul, il vaut autant que toute la garde-robe réunie. Étrange, parce que pas en adéquation avec le reste qui augure qu'elle vivait plutôt chichement. À côté du sac à main, un carton d'environ trois fois la taille d'une boîte à chaussures, au couvercle fermé. Je m'agenouille et soulève le couvercle. Oh oh ! Sans être sadomasochiste, mademoiselle Sénéchal-Celton était apparemment une fervente adepte des plaisirs de la chair. Sex toys et autres godemichés de toutes tailles et couleurs voisinent avec jarretelles, porte-jarretelles et strings transparents ou de couleur. Sous une première couche d'objets à usage purement charnel, une paire de menottes, un masque blanc façon *Scream*, le film d'horreur, une petite cravache, et encore des godemichés et des sex toys. Ben dis donc, elles devaient être torrides les soirées de la Julie ! Les soirs de volupté, les voisins devaient en prendre plein les oreilles ! Pour peu que la miss et son ou ses partenaires soient du genre démonstratif dans leurs ébats, pas la peine d'allumer la télé. Macache aussi pour dormir ! Je remets le tout en place sans en aviser Gwen : je ne la connais pas suffisamment pour cela et je n'ai pas envie de me faire taxer d'incitation à la débauche ! Dans notre société de plus en plus corrompue par les pratiques américaines, faut se gaffer si on ne veut pas finir au tribunal.

Sur la table de chevet, un agenda à la couverture noire voisine avec une lampe et une photo encadrée de Julie assise sur des rochers, au bord de la mer. Je le feuillette, puis repoussant à plus tard le moment de l'éplucher en bonne et due forme car il n'y a rien d'inscrit pour le week-end dernier, moment supposé de la mort, j'ouvre l'unique tiroir. Outre une boîte de pilules contraceptives, des préservatifs, un périodique ouvert à la page des mots croisés, un crayon gris et une gomme, il contient un album photos et trois écrins à bijou provenant de la même bijouterie si j'en crois le logo. Ouvrant le plus grand, je découvre un collier en or, finement ouvragé. Dans le plus petit étui se trouve une bague du même métal sertie d'un diamant gros comme ça. Dans le moyen, un bracelet ramène au collier dans le sens où il est travaillé de la même manière. Pour l'ensemble, elle a dû se ruiner. À moins que ce ne soit celui qui les lui a offerts… Est-ce le même homme qui a offert le sac Versace ? Fallait-il qu'il soit accro à Julie et à l'aise financièrement pour s'autoriser ces dépenses… Ça devait donner, les soirs de jouissance effrénée, car fallait qu'elle se dépense à la hauteur de l'investissement de son bonhomme ! Sous ma coiffe, ça carbure à toute vitesse : si un mec sort son carnet de chèques ou fait chauffer sa carte bancaire pour couvrir sa nana de cadeaux, ce n'est pas pour que ces mêmes cadeaux demeurent dans l'armoire ou le tiroir de la table de nuit. Donc, c'est parce que la nana n'avait pas rencard avec son amant friqué et qu'elle ne voulait pas que l'autre soit jaloux qu'elle a laissé ses trésors à la maison. De même, si j'en crois son look jupe en jean, débardeur I love L A et chaussures à talons hauts, elle avait rencard avec le jeune dont les témoins évoquent invariablement la grande taille.

— Il y en a pour de la thune ! fait Gwen dans mon dos. Je te parie que ça vaut dans les…

— Arrête avec tes paris, et raconte-moi plutôt si les turlus ont causés.

Elle ne s'effarouche pas de mon ton limite pète-sec et répond :

— Sur le répondeur, je suis remontée jusqu'à samedi à vingt heures dix. Il s'agit de la voix d'un homme qui regrette qu'elle ne soit pas disponible ce soir-là car il se languit d'elle. Il propose qu'ils se voient le lendemain, car il a dit à sa femme qu'il irait faire de la voile ; comme celle-ci déteste la plaisance, ils seraient tranquilles toute la journée. Ce gros dégueulasse n'y va pas par le dos de la cuillère pour expliquer à quoi ils passeraient leur temps sur le bateau. Il n'y a pas eu d'appels le dimanche, seulement le lundi. Par trois fois, entre dix-neuf et vingt-deux heures, ses parents ont cherché à la joindre. Ils ont récidivé hier soir, et encore ce matin. Ça correspond à ce qu'ils m'ont affirmé. Il y a aussi un message de Malcoste, le directeur administratif de la SNMIE, pour s'étonner de son absence, ce matin à neuf heures zéro sept. Sur son portable professionnel, il n'y a qu'un appel de Malcoste.

— Conclusion ?

— Ça correspond pile-poil à ce qui nous a été certifié, tant par ses parents que par son employeur. On perd donc sa trace dès samedi soir, voire plus tôt dans la journée.

— Tu vois autre chose qui mérite notre attention ?

— Oui. Il me reste à inventorier le placard du couloir. À vue de nez, il recèle des produits d'entretien, une valise, des bouquins dans des cartons et des paperasses que je vais éplucher.

Pendant qu'elle s'affaire, j'ouvre l'album photos. D'abord bébé, je vois Julie franchir une à une les étapes qui conduisent à l'adolescence. Au gré des pages, elle grandit pour ressembler de plus en plus à ce qu'elle était avant qu'un événement qu'il m'appartient de découvrir et d'en appréhender le ou les auteurs lui ôte la vie. Sur les clichés, ce sont toujours les mêmes personnes qui l'entourent – sûrement le couple Celton – et des enfants dont je retrouve régulièrement les minois. Sans doute des cousins ou des voisins, des copains et des copines de classe.

Introduisant l'album photos et l'agenda dans une grande enveloppe kraft car je ne les feuilletterai qu'au bureau, je retire la photo du cadre sur la table de chevet et apostrophe Gwen :

— T'en es où ?

— J'ai terminé. Il n'y a que des bulletins de salaire, des quittances de loyer, des notices d'emploi pour la télé ou les appareils ménagers et des paperasses de ce genre.

— Avant de rentrer à Waldeck Rousseau, je voudrais entendre les voix des hommes qui ont téléphoné ici. Fais-moi écouter les messages pendant que je pose les scellés sur le sachet contenant la balle et que je remplis le PV de constat et les diligences annexes. Si de ton côté tu as terminé, va dire à madame Blutch qu'on la nomme gardienne des scellés qui seront placés sur la porte de l'appartement. Histoire de se rabibocher avec elle, parle-lui de la prime que cela sous-entend et prend monsieur Henri comme second gardien.

Pendant que Gwen s'exécute, j'écoute les messages. Le premier, effectivement, est celui d'un homme. Difficile de déterminer son âge. Pas celui d'un vieillard, c'est certain. Il tutoie Julie, regrettant qu'elle ne soit pas disponible le soir même et projetant pour le lendemain une sortie en mer sur son voilier. Des « ma chérie » et autres mots doux lèvent toute ambiguïté quant à leur relation, et le programme qu'il lui propose dans une couchette ou sur le pont du voilier fait preuve d'une imagination sans limite. Par la suite, il y a cinq appels du même numéro et, à chaque fois, un petit message des parents adoptifs, parfois lui, parfois elle. Un message de Malcoste clôt la liste.

J'éteins l'appareil et le débranche. Comme il n'est pas très volumineux, je peux lui aussi le glisser dans une enveloppe kraft. Puis je reviens vers mon procès-verbal de constatations. Le stylo en l'air, un détail m'interpelle soudain : si son chéri lui a téléphoné pour une sortie en mer le lendemain, comment se fait-il qu'il ne l'ait pas rappelée pour s'étonner de son absence ? À moins qu'ils aient conversé par le biais du téléphone portable, je ne vois qu'une seule réponse, d'une logique implacable : parce qu'il savait qu'elle n'aurait pas pu lui répondre ! De là à imaginer que ce soit lui qui l'ait supprimée…

V

Je n'avais pas consulté ma tocante de la matinée, aussi de découvrir qu'il est plus de treize heures quarante quand nous revenons au commissariat me stupéfie. Avant de nous accorder une pause d'une demi-heure, je sacrifie à la plus désagréable partie de mon travail : l'annonce de la nouvelle aux proches. Une formation m'a préparé à cet exercice, mais ça me plombe le moral rien que d'y penser. Et encore, je m'en tire bien cette fois, parce que cela va se passer par téléphone.

— Allô !

Après m'être présenté, je peine à trouver mes mots. Présumant du caractère de mon appel, Raymond Celton pige à mon silence que j'apporte une mauvaise nouvelle. Enfin, les mots sortent. A l'autre bout du fil, le silence. Puis, quasiment imperceptible d'abord et de plus en plus fort, mon interlocuteur émet des gémissements alors qu'en toile de fond, je distingue les lamentations et les pleurs de son épouse.

— Que… que s'est-il passé ?

Terrassé par l'affliction, il articule péniblement, son accent chantant du Midi ne l'étant plus.

— Elle a été assassinée, monsieur Celton. Vous comprendrez que, par téléphone, je ne vous fournisse pas de détails. Vous serait-il possible de venir assez rapidement sur Nantes ?

— Oui… oui bien sûr. Le… le temps de s'organiser ; avec ma femme, nous y serons demain matin.

— Je vous attends. À demain, monsieur Celton.

Je déteste cette épreuve. C'est en poussant un profond soupir que je raccroche.

*

Une demi-heure plus tard, le sandwich pourtant excellent me laisse un goût bizarre dans la bouche. Le jambon-beurre-cornichons a aujourd'hui le goût amer de la mort que le demi pression ne parvient pas à faire oublier. Idem pour Gwen et son casse-dalle rillettes arrosé d'un Perrier-citron.

Nous avons décidé d'un commun accord de ne pas discuter boulot durant la pause. Un temps pour tout. Alors, elle me parle de son enfance et de son adolescence dans cette bonne ville de Nantes qu'elle adore et qu'elle ne quitterait pour rien au monde. Comme beaucoup de femmes, il ne faut pas la prier pour qu'elle se raconte. Son débit de paroles est impressionnant. Tout y passe : la passion, les soirs de match quand elle allait avec son père et ses frères à la Beaujoire supporter les “Canaris”, le surnom des joueurs du FCNA, le football-club Nantes Atlantique, les parties de pêche en famille le dimanche, les bagarres avec ses frangins, son inscription dans un judo-club pour apprendre à se défendre des attaques répétées de ces mêmes frangins, les études de Droit, l’entrée à l’école d’officiers de police, les mois d’instruction, l’examen final et, en récompense aux excellentes notes et appréciations, son affectation dans sa ville natale. Elle conclut en évoquant les copines perdues de vue pendant les études puis retrouvées. Le bonheur. Seule ombre au tableau, elle n’a personne dans sa vie. D’accord, ils sont toute une flopée à se bousculer au portillon, mais elle attend son heure pour choisir l’élu de son cœur. Ce serait dommage d’avoir le choix et de le porter sur un branque…

De retour au bureau, nous ne voyons ni Laurent Houssay ni Bertrand Piron. On se vote un café et redevenons professionnels en faisant le point. À la suite de l’enquête de voisinage, nous avons plusieurs angles d’attaque. Aussi, pendant que Gwen va faire le tour des concessionnaires BMW et Mercedes de la région, me proposé-je une visite à la SNMIE, la société qui employait Julie. Avant de se mettre en chasse, je lui demande d’entrer en relation avec l’opérateur téléphonique du portable de Julie afin de déterminer les appels reçus et expédiés depuis deux mois.

Sur mon bureau, ou plutôt celui d'Éric Balandier puisque j'occupe sa place, une pochette kraft attire mon regard. J'en extrais l'agenda à la couverture noire. En voici un qui a peut-être des choses à me conter… Je vais chercher un deuxième café avant de m'asseoir pour débuter ma lecture.

Quelques minutes suffisent pour remonter du premier janvier au trente juin de l'année en cours et en apprendre un peu plus sur Julie. Ce premier semestre est sans relief, émaillé d'encarts qui indiquent les noms d'entreprises d'Aubagne ou de Marseille dans lesquelles elle a travaillé en tant qu'intérimaire et le nombre d'heures effectuées. De temps à autre, un horaire pour un rendez-vous chez le dentiste et une fois chez le gynécologue. Je lis aussi des anniversaires ou des événements qu'elle ne souhaitait pas oublier de fêter : anniv David, anniv papa, Fête des Mères, Fête des Pères, anniv maman et ainsi de suite pour d'autres prénoms féminins et masculins. Figure aussi la date d'une épreuve pour un concours de la fonction publique. Début juin, une date pour un entretien d'embauche à la SNMIE et, cinq jours plus tard, un rendez-vous dans une agence immobilière nantaise, annoncent sa future installation dans la cité des Ducs de Bretagne.

Le 17 juillet, en dehors de l'anniversaire d'une certaine Chloé, deux lettres de l'alphabet m'interpellent : un A et un S. Les deux mêmes lettres le 20 qui est également l'anniversaire d'une Nicolle, prénom curieusement écrit avec deux l. Il y a une heure de notée, mais pas de mention pour me mettre sur la voie. Est-ce l'heure d'un rendez-vous ? Et ces A et S, sont-ce des initiales ? Le S correspond-il au nom Sénéchal ? Mais le A n'est pas l'initiale de Julie, que je sache. A-t-elle des frères, des sœurs ?

Courant août, les deux mêmes lettres reviennent plus souvent, accompagnées le plus souvent d'une heure de début de soirée, hormis le week-end où l'heure se situe en début d'après-midi. À partir du 26, A et S se raréfient au profit d'un T et d'un S. Le 26, un samedi, les lettres T et S sont précédées du mot midi alors que A et S sont suivies de 20 h 00.

Pour septembre qui a débuté depuis treize jours, A et S n'apparaissent plus alors que T et S sont écrites plus fréquemment, à savoir le 2, le 3, le 5 et le 9, le samedi de sa mort.

Si je me fie au témoignage de l'inégalable – et c'est tant mieux – Honorine Blutch, Julie Celton avait deux hommes dans sa vie. Depuis qu'elle était avec le second, le premier ne venait qu'occasionnellement. Coïncidence, cela va de pair avec la progressive disparition des lettres A et S et l'apparition de T et S. Oui, ça se tient. Les bijoux et le sac Versace, probables cadeaux de A S, étaient camouflés dans l'armoire car sinon T S n'aurait manqué d'interroger Julie sur leur provenance. Logique, tout cela. Si je poursuis mon raisonnement, j'en déduis que A S est blindé côté compte en banque. De son côté, T S et sa BMW ne doit pas non plus être à plaindre. En attendant d'en apprendre plus, voici ce qu'il fallait démontrer à partir des éléments en ma possession.

Et maintenant, cap sur la SNMIE.

*

La Société Nantaise de Matériaux Isolants et d'Étanchéité a établi ses locaux dans la zone industrielle de l'Étoile à Carquefou, à quelques kilomètres de Nantes. Pascal Malcoste, le directeur administratif, est bien le quinquagénaire que sa voix laissait augurer au téléphone. Façon Valéry Giscard d'Estaing, il garde longs les quelques cheveux qui lui restent et les coiffe en travers de son crâne pour créer l'illusion.

— Je suis vraiment peiné, fait-il en se laissant tomber dans son fauteuil lorsque je lui décris la fin tragique de Julie. Elle était gentille, elle faisait son boulot sans sourciller. Non, il n'y avait rien à en redire. Je suis persuadé qu'après la période d'essai de trois mois, on l'aurait gardée. Ah, c'est triste ! Vous savez qui l'a… ?

— Non. C'est d'ailleurs pour tenter de le découvrir que je suis venu vous rencontrer.

Comme ses yeux s'agrandissent pour une question informulée, je clarifie :

— Je ne sous-entends pas que son assassin travaille à la SNMIE, je veux simplement collecter un maximum d'informations pour mieux cerner la victime.

— Vous me rassurez !

— Commençons, voulez-vous : les initiales A S ou T S correspondent-elles à quelqu'un de l'entreprise ?

En proie à la réflexion, il se frotte lentement le front de deux doigts seulement car, sinon, il toucherait à ses cheveux qui en profiteraient pour manquer de discipline.

— Non. Nous sommes plus de soixante-dix ici, mais ces initiales n'évoquent rien pour moi. Attendez, je vais faire vérifier par ma collaboratrice.

Il appuie sur une touche de son téléphone et, sans décrocher, lance son ordre :

— Anaïs, regardez dans le fichier du personnel si vous trouvez les initiales A S et T S.

Puis à moi :

— Ce sera rapide. Avez-vous d'autres questions ?

— Y a-t-il dans vos effectifs le propriétaire d'un 4x4 Mercedes noir ou d'un coupé BMW gris ?

— Non. Je suis catégorique ! J'aime les voitures et j'aurais remarqué ces modèles.

— Julie gagnait-elle correctement sa vie ?

— Oh, vous savez, les salaires ne sont pas mirobolants. Il ne faut pas pleurer ses heures et toujours faire du chiffre pour s'en sortir. Elle gagnait sa vie, mais pas excessivement.

— Ce n'est pas très courant, une femme technico-commerciale dans votre secteur d'activité ?

— Tout comme vous, c'est ce que j'ai d'abord cru. Je me suis dit qu'elle allait se ramasser et que bientôt elle démissionnerait. Mais elle était travailleuse. Elle a potassé nos catalogues et rapidement elle a pu rencontrer ses premiers clients. D'ailleurs, sa première vente nous a tous bluffés tant pas son montant que par la panoplie des produits vendus. Elle avait sûrement bataillé ferme pour vanter nos fournitures et notre savoir-faire.

— Les initiales A S ou T S peuvent-elles être assimilées à un de ses clients ?

— Vous me prenez au dépourvu… Je suis incapable de vous répondre.

Une seconde fois, il appuie sur une touche de son téléphone.

— Anaïs ? Établissez un listing des clients de Julie. Qu'il soit non exhaustif.

— Quel était son secteur de vente ? l'interrogé-je lorsqu'il retire son doigt de la touche.

— Vendée, Loire-Atlantique et Bretagne. C'est vaste, mais elle ne rencontrait que des professionnels, ce qui limitait le nombre de ses interlocuteurs. En plus, elle travaillait beaucoup par téléphone et par fax.

— Rentrait-elle tous les soirs chez elle ou arrivait-il qu'elle couche à l'extérieur du département ?

— Cela dépendait des semaines. En moyenne, son job l'obligeait à dormir une ou deux nuits par semaine à l'extérieur.

— Abordons sa vie privée, maintenant : à votre connaissance, avait-elle quelqu'un dans sa vie ?

— Elle n'a jamais mentionné le prénom d'un homme ni rien dit qui pouvait présager qu'elle vivait en couple. Pas devant moi, en tout cas. Mais si vous le souhaitez, je peux le demander à ses collègues…

— Faites-le, s'il vous plaît, je n'ai pas le temps d'interroger soixante-dix personnes.

— Non, bien sûr, mais cela se révélerait inutile car sa fonction ne l'amenait pas à côtoyer une grande partie de l'effectif.

Un coup bref à la porte, et la secrétaire entre. Elle tend quelques feuilles à son chef et, après m'avoir expédié un sourire aguicheur qui découvre des dents chevalines dans le style Fernandel, sort en dandinant du fessier.

Deux raisons m'interdisent de me retourner pour la regarder : la première est la présence de Pascal Malcoste, la deuxième est que son dargeot fait le double de ce que j'estime la taille standard.

Saisissant un stylo, Malcoste en pose la pointe sur le premier nom du listing du personnel, pointe qu'il descend au fur et à mesure qu'il lit. Puis il opère de même une minute plus tard avec le listing des clients de Julie Sénéchal.

— Ni A S ni T S sur aucune des listes. Remarquez, bien souvent, ce ne sont pas les noms des gérants ou des directeurs qui sont indiqués, mais la raison sociale des sociétés. Après, nous ne connaissons pas personnellement tous nos clients car nous ne traitons pas directement avec eux.

— Je comprends. Puis-je garder ces listes ?

— Je vous en prie.

Malcoste me raccompagne jusqu'à la porte de son bureau.

— Nous regretterons Julie. Je vais annoncer la nouvelle à ses collègues, puis nous nous organiserons pour que ceux qui le souhaitent puissent assister aux obsèques. Au revoir, Capitaine.

— Bonne fin de journée malgré tout, monsieur Malcoste. Questionnez l'ensemble de ses collègues sur ses fréquentations et prévenez-moi si les lettres A S ou T S correspondent à un nom connu de quelqu'un. Opérez de même auprès des responsables des entreprises avec lesquelles elle travaillait.

Derrière son bureau, la secrétaire me mate en douce.

Elle compte sur son léger strabisme pour que je ne m'en aperçoive pas, mais je ne suis pas dupe. Sitôt que la porte de Malcoste se referme, je marche vers elle.

— Dites-moi, Anaïs, avez-vous le temps de répondre à une ou deux questions ?

Surprise que j'ai retenu son prénom, jouissant de l'instant, elle adopte tout un tas d'attitudes en frétillant du dargeot. Je ne voudrais pas être à la place de sa chaise ! Sur le moment, j'ai l'impression d'être face à l'inénarrable José Garcia quand, dans "Nulle part ailleurs" sur Canal +, il interprétait une Sandrine Troforte, sosie improbable du mannequin Cindy Crawford. Mais Antoine de Caunes n'est pas à son côté, déguisé en Richard Jouir.

J'ai beau y mettre les formes, ce qui est la moindre des choses quand on s'adresse à une femme de son gabarit, lorsque je lui annonce la nouvelle de la mort de sa collègue, Anaïs sanglote pour de vrai, à grosses larmes. Ce n'est pas du chiqué. Elle hoquette à s'en malmener les glandes mammaires qui tressautent à chaque reniflement. Quand enfin elle se ressaisit, je peux entamer ma série de questions :

— Je voudrais savoir si Julie vous a un jour évoqué la présence d'un homme dans sa vie…

— Non, dit-elle en se mouchant et en séchant ses larmes à l'aide du même mouchoir. Je lui ai posé la question, un jour qu'on s'accordait une pause-café. Elle m'a affirmé qu'elle était célibataire. C'était une fille formidable. Elle faisait l'unanimité ici.

— C'est bien vous qui avez ramené Julie chez elle il y a environ un mois ? Avez-vous une Clio rouge ?

Elle marque un temps en s'apercevant que j'en sais

beaucoup sur elle et, pour le coup, croit qu'elle m'intéresse.

— Ben… oui. Elle… elle est garée sur le parking. Voulez-vous que…

— Inutile que je la voie. Je voudrais simplement savoir pourquoi vous aviez raccompagné Julie il y a quelques semaines…

Elle a repris du poil de la bête, Anaïs. Ses joues perdent très vite de la rougeur qui les avait envahies, ses yeux retrouvent leur lucidité, même si irrémédiablement ils ne sont pas parfaitement alignés, ses idées se remettent en place. Son appétit sexuel aussi est revenu si j'en crois la langue gourmande qu'elle se passe sur les lèvres.

— Sa Mini-Cooper était en panne. C'était sur ma route pour la déposer. J'habite Rue…

Les laiderons, si tu leur laisses l'initiative, tu es cuit. Il faut toujours qu'elles en fassent beaucoup plus que ce qu'on leur demande.

— Oui, je sais. Monsieur Malcoste m'a donné vos coordonnées. En cas de besoin, je sais où vous trouver.

— À votre service. À bientôt.

Vite, je prends la fuite avant qu'elle ne me croque de ses grandes quenottes d'équidé.

VI

Lorsque je suis de retour au commissariat, l'ADS (Adjoint de Sécurité) en poste à l'accueil me tend un petit papier m'avertissant que Raymond Celton a tenté de me joindre. Il a laissé son numéro de téléphone, numéro que je compose dans mon bureau après être allé me servir un café. Il décroche dès la troisième sonnerie et, de son accent qui fleure bon le soleil et la lavande malgré sa détresse, engage la conversation :

— Excusez-moi de vous causer ces désagréments, mais je ne sais plus trop où j'ai la tête. Mon épouse et moi sommes complètement déboussolés.

— Il n'y a pas de souci, monsieur Celton. C'est parfaitement compréhensible. Quel était le motif de votre appel ?

— Heu… je ne sais pas comment dire ça, mais je me suis souvenu que, vendredi soir au téléphone, Julie… notre petite Julie… m'a dit que samedi soir elle devait se rendre dans un drôle d'endroit.

Truffée de sanglots étouffés, cette déclaration requiert mon attention.

— Quel genre d'endroit ?

— Je ne sais pas, et je m'en veux de ne pas m'en souvenir. Lorsqu'elle m'en a parlé, j'étais obnubilé par le week-end auquel nous étions invités, mon épouse et moi, si bien que je n'étais pas très réceptif.

— Essayez de vous remémorer cette conversation. Qu'a-t-elle dit exactement ?

— Je ne sais plus, avoue-t-il après un silence.

— Par drôle d'endroit, voulait-elle parler d'un endroit dans lequel elle n'avait pas pour habitude de se rendre ? Fouillez votre mémoire, il y a sûrement un mot-clé dont vous allez vous souvenir. Concentrez-vous.

Une poignée de secondes s'écoule, puis il balbutie :

— Elle a prononcé le mot usine et elle a parlé de gâteaux.

— Usine… pâtisserie… boulangerie… biscuiterie… farine…

— Oh, je suis désolé. Je m'en veux.

— Continuez à réfléchir, monsieur Celton. Si une bribe de la discussion refait surface, appelez-moi. Au fait, à quelle heure arrivez-vous demain ?

— Nous allons voyager de nuit. Nous arriverons à la gare de Nantes au petit matin.

— Je serai au commissariat dès huit heures. Je vous attendrai. Au fait, Julie avait-elle des frères ou des sœurs ?

— Non. Elle était fille unique, même si elle a grandi avec mes deux fils.

— Les initiales A S et T S évoquent-elles quelqu'un de son entourage ?

— Attendez que je réfléchisse… non.

Je suis dans l'expectative quand je raccroche. Ça doit se voir sur mon visage, car lorsqu'il passe devant mon bureau, le brigadier-chef Bertrand Piron marque le pas :

— Quelque chose ne va pas ?

— Il y a de ça, ouais. Tu es en poste à Nantes depuis combien de temps, Bertrand ?

— Ça fera seize ans en novembre.

— Je considère donc que tu connais les lieux. Est-ce que ça te dit quelque chose, un drôle d'endroit ?

— Un drôle d'endroit ! À première vue, non. Note bien qu'il y a de drôles d'endroits dans toutes les villes. J'ai droit à un joker ?

— Je viens de jacter avec le beau-père de la petite assassinée. Il m'a affirmé qu'elle allait passer son samedi soir dans un drôle d'endroit dont il ne se souvient plus du nom.

— En tout cas, la suite n'a pas été drôle pour elle…

— J'en conviens. Tu ne vois donc pas ce que pourrait impliquer l'appellation de drôle d'endroit ?

Il tire sur quelques mèches de ses cheveux bouclés, puis tripote l'anneau doré à son oreille gauche, ce qui visiblement constitue chez lui un signe de profonde et intense réflexion.

— Un drôle d'endroit ? Il y a cinquante mille endroits que l'on pourrait estimer drôles, selon l'idée qu'on se fait de ce qui est conventionnel ou non. Décomposons, ça nous aidera peut-être. Commençons par drôle : amusant, risible, inattendu… Tu en as d'autres, Maxime ?

— Bizarre, cocasse… distrayant…

— Voyons pour endroit, maintenant : emplacement, lieu… Nom de Dieu, je l'ai ! Je te file mon billet que le drôle d'endroit où elle avait rendez-vous est le “Lieu Unique” !

— Le Lieu Unique ? J'ai bien peur de ne pas comprendre.

— Comme tous les gosses, tu as déjà mangé des petits-beurre, non ?

— Évidemment. Je me souviens, je mangeais d'abord les quatre coins avant de les grignoter.

— Moi pareil ! Et mes frangines aussi. Tu sais que ces biscuits étaient fabriqués ici, à Nantes, à l'usine LU. Mais sais-tu ce que signifie exactement LU ?

Lisant mon ignorance sur mes traits, il explique :

— Au milieu du XIXe siècle, le pâtissier Jean-Romain Lefèvre épouse Pauline-Isabelle Utile. Ils vont créer une florissante biscuiterie à laquelle ils vont donner les initiales de leurs noms respectifs et que leurs descendants vont développer, avant que, bien plus tard, il y ait des prises de contrôle pour former de puissants groupes. Des délocalisations vont faire que l'usine va être abandonnée et les bâtiments seront rachetés par la ville en 1996. Bien sûr, une partie a été détruite, comme l'une des deux tours, mais le reste a été confié à un architecte pour en faire un Lieu Unique, ce qui reprend le L et le U de Lefèvre et Utile. On y trouve le Centre de Recherches pour le Développement Culturel, mais aussi un bar, un restaurant, une librairie, une salle qui reçoit des expositions d'art contemporain…

— Le Lieu Unique, dis-je pensivement. LU. C'est incroyable le nombre d'initiales que je croise aujourd'hui ! C'est ouvert, à cette heure-ci ?

— Oui. Tu veux y faire un saut ?

— Et comment ! J'ai hâte de voir ça !

*

Bertrand gare la voiture le long du canal Saint Félix, Rue Lefèvre Utile. Nous revenons à pied, longeant le canal qui est en fait un lien entre l'Erdre et la Loire. Amarré sur l'autre rive, un remorqueur transformé en boîte de nuit mériterait un coup de peinture. À moins que cet aspect ne soit voulu.

Sur le parvis, quelques tables et chaises qui ressemblent à des transats sont occupées par des consommateurs. Le site est agréable. Le bruit de la circulation rappelle qu'on est en ville, mais même de l'extérieur, on a conscience d'arriver dans un endroit à part, en dehors du temps et de l'espace. La tête levée vers le ciel, Bertrand me retient par la manche de ma veste.

— C'est chouette, hein !

Nous dominant, la tour LU attire immanquablement le regard. Ravalée de blanc, elle met en avant le bleu et le rouge qui reprennent les couleurs du papier d'emballage des célèbres petits-beurre.

Devant les parties vitrées, tout là-haut, le L et le U sont artistiquement mêlés en une composition d'acier.

Bertrand pousse une lourde porte en verre et nous entrons dans un lieu… unique. Je sais, c'est facile et convenu de dire ça, vu qu'il s'agit du nom de l'établissement. N'empêche, je n'effectue que deux pas avant de stopper net pour examiner la place.

Ce qui me frappe, d'emblée, c'est la hauteur de plafond et les matériaux architecturaux utilisés dans leur plus simple expression. Il a fallu composer avec l'existant – l'ancienne biscuiterie – et l'usage sans retenue d'acier et de béton renvoie à la vocation première du bâtiment. Pas de fanfaronnade ici, on est allé à l'essentiel. Devant nous se trouve une librairie. Mais pas n'importe quelle librairie ! De dimensions somme toute modestes, elle est entourée de solides barreaux d'acier. On voudrait emprisonner la culture qu'on ne s'y prendrait pas autrement, même si ce n'est évidemment pas là le but recherché. L'air sérieux ou détendu des clients qui feuillettent des ouvrages me rassure quant à leur liberté de mouvement et au caractère volontaire de leur présence. Mon regard file plus loin sur la droite vers une autre cellule, identique à la première, qui assure l'accueil et la réservation des spectacles. Nous parcourons quelques mètres dans cette direction, découvrant une boutique, une porte point de départ pour la visite de la tour LU, et un hammam. Revenant sur nos pas, nous disposons d'une vue générale sur la partie bar. C'est grand. Très grand. Le comptoir mesure au bas mot une dizaine de mètres de long, il y a un grand nombre de tables aux fauteuils de couleur rouge ou orange.

Il n'y a pas grand monde à cette heure de la journée. Par pas grand monde, j'entends par rapport à la superficie du bar, car bon nombre de bistrots aimeraient compter comme clients la vingtaine ou trentaine de consommateurs présents. Mais en regard des dimensions du lieu, on perd ses repères. Bertrand et moi nous dirigeons vers le comptoir et nous juchons sur d'esthétiques tabourets rouges.

— Bonjour Messieurs ! nous accueille un jeune homme rasé de frais et au sourire chaleureux pendant qu'une collègue essuie des verres et les range. Que vais-je vous servir ?

— Un café, fait Bertrand. Deux ?

Devant mon assentiment, le serveur se tourne vers la machine à café.

— Tu as vu, fait le brigadier-chef en m'indiquant un plateau surélevé. Le vendredi et le samedi soir, un gars s'installe là-dedans pour mixer, et les clients envahissent la piste pour danser. Il y a une ambiance du tonnerre.

— Comment le sais-tu ? Il t'arrive d'amener ta moitié ici ?

— Côté bar non, mais on vient de temps en temps se taper la cloche à côté.

— Où est la salle de restaurant ?

— Derrière toi. Tu vois les portes battantes… Oh, il y a un truc sur lequel tu dois absolument jeter un œil ! Je suis certain que tu n'as jamais vu ça ailleurs.

— Explique.

— Les toilettes ! À elles seules, elles valent le détour. Fais-y un saut, tu ne regretteras pas.

— C'est par où ?

— Là, sur la droite.

Un escalier mène en sous-sol. Le TOC que je suis ne peut s'empêcher de compter les marches, en en dénombrant dix-neuf en une seule volée. Ici encore, l'endroit est incroyable. Des tags multicolores constellent les murs. J'ai failli dire “ornent”, mais je ne suis pas assez sensible à cet art urbain pour être aussi affirmatif. D'ailleurs, ils sont si nombreux que je ne sais où regarder. À l'image de l'étage supérieur, le plafond ici aussi est très haut. Par curiosité, je pousse jusque chez les femmes, m'abstenant évidemment de rentrer. Le royaume des tags se poursuit, n'épargnant pas les portes.

— Étonnant, non ? m'interroge Bertrand lorsque je reprends ma place sur le tabouret.

— Très ! J'ai l'impression d'être sur une autre planète.

— Et encore, tu n'as pas vu la salle de restaurant ! Il y a en son centre une cheminée dans laquelle on grillerait un bœuf entier. Et contre le mur, à gauche en entrant, un meuble d'épicerie d'environ six mètres de long sur cinq de haut. Il abrite des conserves de foie gras de canard, des rillettes, de l'axoa de veau, des bocaux décoratifs, des bouteilles de vin, des copies des premières boîtes de petits-beurre… Tout au fond de la salle, le mur est habillé de pirogues du Mali en bois cousu. Ça dépasse l'entendement. Je te l'avais dit, c'est vraiment un endroit hors norme !

— C'est un Lieu Unique, d'où son nom.

Nous avalons nos cafés, puis je lui demande :

— Tu as questionné le serveur durant mon absence ?

— Non, je t'attendais.

Prenant dans ma poche la photo de Julie que j'ai prélevée dans son cadre, sur la table de nuit, j'appelle discrètement le barman pendant que Bertrand adresse un signe à la serveuse.

— Police, nous souhaiterions savoir si vous avez vu cette jeune femme samedi soir. Nous pensons qu'elle projetait de venir ici.

Le jeune homme s'attarde sur le visage, clôt les paupières, les rouvre, regarde à nouveau puis secoue la tête.

— Non. Mais il y a tellement de clients que je ne peux me souvenir de tous.

— Et vous, Mademoiselle ?

Elle regarde, esquisse une moue, finit par déplorer :

— Je ne crois pas. Vous savez, le samedi, on reçoit tellement de monde…

— Ça va de soi. Combien êtes-vous à travailler ici ?

— Pour le bar, on est huit.

— Et le restaurant ?

— Je ne sais pas vraiment. Faudrait qu'on compte.

Difficile dans ces conditions d'obtenir une réponse nette et tranchée.

— Le patron est-il là ?

— Il est dans son bureau, mais je ne sais pas s'il est disponible…

— Demandez-lui de nous rejoindre ou de nous recevoir, ce serait plus discret. Nous n'en aurons pas pour longtemps.

Pendant que la jeune femme retourne essuyer les verres qui sortent du lave-vaisselle, le serveur va enfoncer une touche d'un téléphone, parlemente quelques secondes dans le combiné avant de raccrocher.

— Il va vous recevoir. Il vous demande une petite minute.

Je règle les consommations et remets mon porte-monnaie dans ma poche quand Bertrand dit :

— C'est dommage qu'il n'y ait pas d'expo en ce moment, ça aurait été plus agréable pour patienter.

— Parce qu'il y a aussi une salle d'exposition ?

— Oui. Tiens-toi bien, il y a aussi une crèche !

Nous échangeons quelques paroles, sans prêter attention à un homme qui vient se planter devant nous.

La trentaine, un visage sympathique, il nous apostrophe d'une voix chaleureuse :

— Bonjour, Messieurs. Vous avez demandé à me rencontrer ?

— Bonjour. Capitaine Moreau et brigadier-chef Piron. Pourrions-nous aller dans votre bureau ?

— Bien entendu. Venez…

Dans son refuge, il nous propose de confortables chaises. Puis il demande en croisant les bras non pas comme le solide du quartier qui n'entend pas s'en laisser conter, mais au contraire en adoptant une position relaxante :

— Quel est le but de votre visite ?

— Nous cherchons à identifier la ou les personnes qui accompagnaient une jeune femme qui comptait sans doute au nombre de vos clients, samedi soir. Tenez, voici sa photographie.

Il prend le temps d'étudier le cliché avant de me le rendre.

— Ce visage ne me dit rien. Ceci ne veut absolument pas dire qu'elle n'était pas ici samedi soir, mais disons que ce n'est pas une habituée.

— Je vois. Il faudrait que nous interrogions la totalité de vos employés et que nous leur soumettions la photo. Cela pose-t-il problème ?

— Non, aucun problème. Notre équipe est composée de huit employés. Vous avez déjà fait la connaissance de Gina et Michaël. Sandy, Sébastien et Thomas seront ici en début de soirée, vous les verrez si vous revenez à partir de dix-neuf heures. Quant aux trois autres, ils ne travaillent pas aujourd'hui. Je vais vous donner leurs coordonnées.

— Merci. Pour le restaurant, c'est également à vous qu'il faut s'adresser ?

— Oui. Je peux vous fournir la liste des employés, si vous le souhaitez.

— Ce serait génial. Combien de personnes y travaillent ?

— Ils sont très exactement vingt.

Il se tourne vers l'écran de son ordinateur, déplace la souris sur son rectangle et clique plusieurs fois avant que l'imprimante entre en action.

*

Il est dix-sept heures à ma tocante quand je suis de retour Place Waldeck Rousseau, Bertrand Piron étant resté au Lieu Unique avec pour mission d'interroger le personnel du restaurant au fur et à mesure de leur arrivée. Je vais pour poser ma veste quand retentit la sonnerie de la ligne extérieure.

— Allô !

— C'est moi, Max. Je me suis procuré l'identité du propriétaire de la BMW. Qu'est-ce qu'on fait ? J'y vais seule ou tu es du voyage ?

— Passe me pêcher, Gwen, on va y aller à deux. Balance son nom que je vois si on a un dossier sur lui, dis-je en allumant mon ordinateur.

— Ça m'étonnerait, c'est un gars de la haute, un fils à papa. Enfin, regarde quand même au nom de Tristan Sauquin Coquenet de Mondate.

Dix minutes plus tard, je m'assois à côté du lieutenant Sidoine et claque la portière de la 206.

— On n'a rien au fichier sur ton zigoto. Le seul membre de sa famille qui ne soit pas complètement clean est son père. Il y a une ligne sur son casier au motif d'un accident en état d'ivresse, il y a deux décennies de cela.

— Je te l'aurais parié qu'il n'y avait rien. C'est le gratin du gratin, les Coquenet de Mondate. Il s'agit d'une famille très connue sur Nantes depuis des générations et des générations. Leurs ancêtres étaient armateurs. Ils se sont enrichis au XVIIIe siècle, surfant allègrement sur la vague de la traite des Noirs. Depuis les années soixante/soixante-dix, de successifs revers de fortune les ont forcés à vendre progressivement leurs biens. Leur standing en avait pris un coup jusqu'à ce que le mariage de Clémence, la dernière descendante, avec un homme d'affaires du nom d'Alexandre Sauquin, permette de renflouer les caisses. Ils ont accolé leurs noms, l'un profitant d'une illustre lignée, même si elle est entachée d'épisodes peu glorieux, l'autre bénéficiant de la fortune d'un fougueux et inventif entrepreneur en bâtiment. Sauquin a créé la SCDMC, la Sauquin Coquenet de Mondate de Construction, une grosse boîte qui marche à fond. Le siège social est à Nantes, mais ils ont des succursales un peu partout dans le grand Ouest : Rennes, Brest, Lorient, Vannes, La Roche-sur-Yon, Le Mans…

— Tu en sais plus long sur eux que mon PC.

— Je te l'ai dit, je suis quasiment incollable sur tout ce qui concerne ma ville natale. Et toi, tu as fait quoi cet après-m' ?

— Ah ben, tiens, on va voir si tu es si forte ! Raymond Celton, le beau-père de Julie, m'a rappelé pour me dire qu'elle avait rendez-vous samedi soir dans un drôle d'endroit. Ça t'évoque quoi, cette appellation ?

— Donne-moi un indice, sinon comment veux-tu que je…

— Je n'avais que cet élément. Cherche.

Pendant qu'elle se creuse les méninges, mon regard est attiré par une grande tour qui surplombe la ville. Je l'aperçois de temps à autre, au gré des trouées que laissent les constructions. Il me semble que nous nous en approchons.

— Un drôle d'endroit ? répète Gwen à voix haute. Qu'est-ce qui pourrait correspondre ? Le passage Pommeraye, peut-être ?

— C'est quoi, ce passage Pommeraye ?

— Dans le plus pur style rococo, c'est une galerie marchande comme tu n'en as sûrement jamais vue. Construite dans la première moitié du dix-neuvième, elle est couverte d'une verrière et ornée de statues. Les commerces sont parfaitement alignés, parfois en mezzanine. Deux escaliers monumentaux descendent le promeneur de la rue Santeuil à la rue de la Fosse. C'est un incontournable lieu de visite qui a servi de lieu de tournage pour plusieurs films. C'est ça ? J'ai bon ?

— Non.

— Merde… Alors, le pont de Cheviré ?

— Non plus.

— Trentemoult et ses jolies petites maisons colorées ?

— Non plus.

— Tu fais chier, Max. Je donne ma langue au chat, dit-elle en actionnant le clignotant et en interrogeant le rétroviseur intérieur du regard. Ce ne sont pas les endroits magiques qui manquent sur Nantes, mais on est arrivés. Oh, une dernière chance : elle avait rencard sur une péniche ?

— Toujours non.

— Alors, c'est quoi ?

— Avec Bertrand on a joué au jeu des synonymes. On est rapidement – plus rapidement que toi – tombé sur le Lieu Unique.

— Mais oui, bien sûr ! Comment n'y ai-je pas pensé ? C'est top là-bas ! Pour le prochain pari, on mettra en jeu un repas au Lieu Unique.

Elle est incorrigible.

— On est où, ici ?

— Rue Mercoeur, dans les beaux quartiers. Il n'y a que du beau linge ici. Pas de torchons, que des serviettes !

— Et c'est quoi la grande tour dans la rue voisine ?

— La Tour de Bretagne, un immeuble de bureaux haut de cent quarante-quatre mètres. Il y a sept étages de parking, ce qui est bien pratique en centre-ville.

Elle se gare à l'arrache, dans un espace insuffisant si bien qu'un créneau étant irréalisable, le nez de la Peugeot est sur le trottoir tandis que l'arrière dépasse sur la rue. À quelques mètres, un coupé BMW gris nous attire. Nous en faisons le tour, vérifiant que la plaque d'immatriculation correspond au numéro en notre possession, transmis par le service de préfecture ad hoc. Rien n'indique que sur le côté droit l'aile et la portière ont été détériorées et réparées.

— On dirait que l'oiseau est au nid. C'est à quel numéro ?

— Attends que je relise mes notes. C'est là.

Seul le nom Sauquin Coquenet de Mondate est inscrit sur l'interphone, ce qui signifie qu'ils occupent à une seule famille un espace qui pourrait être dévolu à plusieurs ménages. Un œilleton indique que l'appareil est équipé d'une caméra.

— Oui ? fait une voix féminine après que nous ayons sonné.

— Police, Madame. Nous souhaiterions parler à Tristan Sauquin. Est-il à la maison ?

— Oui. Avant d'ouvrir, puis-je savoir ce qu'il a fait ?

— Nous n'avons rien contre lui. Nous voulons simplement obtenir son témoignage pour une affaire.

— Montrez-moi vos cartes. Placez-les devant la caméra.

Prudente, la dame. Cette vérification effectuée, elle daigne enfin nous ouvrir. La porte se referme sur nous dans un son à la fois lourd et feutré. Ça sent l'opulence. La vraie, pas la tape-à-l'œil.

Un massif escalier en marbre nous emporte vers l'étage, abandonnant au rez-de-chaussée des pièces qui doivent servir de fourre-tout mais dont rien que les portes et les poignées dorées doivent valoir un gros paquet de biftons. La rampe, en fer forgé et peinte en noir, a certainement nécessité des heures et des heures de travail pour être ouvragée de la sorte.

Une femme nous attend en haut des marches, plutôt belle même si quatre ou cinq kilos en plus et bien répartis ne lui feraient pas de mal. Un carré blond méché de fauve enserre son petit visage aux joues creuses et aux yeux vitreux enfoncés dans les orbites. Elle porte un pantalon pervenche et, sur son chemisier blanc qui laisse augurer d'une poitrine pauvre, un collier aux reflets multicolores. Cela se voudrait du toc, mais ce sont bien des pierres précieuses. À son poignet, un bracelet en or aux maillons finement ciselés, tandis qu'une multitude de diamants à ses trois bagues brillent de tous leurs feux. Indéniablement, il y en a pour du pognon. Sur son alliance est serti un diamant comme il ne m'a jamais été donné d'en voir ailleurs que dans une bijouterie de la place Vendôme. Rien qu'avec ce bijou, le fameux trou de la Sécu, dont on nous abreuve depuis que je suis né et dont on nous abreuvera toujours, car c'est bien pratique pour justifier de nouvelles charges sociales, serait en partie comblé !

— Bonjour Messieurs. J'avoue que votre visite me surprend. Avant d'appeler Tristan, pourrais-je savoir ce que vous lui reprochez ?

La voix n'est pas assurée, la langue pâteuse.

Problème d'élocution ou a-t-elle fait la fiesta hier soir ? À moins que ce ne soit l'apéro de midi qui ait traîné en longueur… Dans un milieu défavorisé, je n'hésiterais pas, mais là…

— Bonjour, Madame. Capitaine Moreau et lieutenant Sidoine. Votre fils étant majeur, nous allons nous entretenir directement avec lui. Libre à lui ensuite de vous narrer le but de notre visite. Où est-il ?

— Dans sa chambre, là-haut. Veuillez me suivre.

Une femme rondelette apparaît à ce moment, vêtue comme une soubrette. Sa patronne recule d'un pas, ou plutôt tente de reculer, mais sa jambe gauche renâcle et elle se rattrape au mur pour ne pas tomber. Elle a biberonné, la dame. Elle n'est assurément pas dans son état normal. Vexée, elle bredouille :

— Vous pouvez disposer, Marion. Mais débarrassez d'abord la table du salon.

Elle est franchement ivre, la maîtresse de maison. Elle tient à peine debout. Nous esquissons un sourire gêné à l'adresse de l'employée et attaquons l'escalier. Sa largeur nous permet de monter à trois de front, mais Gwen monte derrière la femme de peur qu'elle ne perde l'équilibre. Une plaque dorée sur la première porte apprend qu'elle abrite Cassandre, vraisemblablement la sœur de Tristan. Encore une volée de marches et une porte identique, nue de toute indication. La femme frappe du dos de la main. N'obtenant pas de réponse après une dizaine de secondes, elle pèse sur la poignée.

— Tristan ? Où es-tu ?

C'est vrai qu'on peut se poser la question, car nous ne débouchons en aucune manière dans une chambre mais dans un hall d'où part un couloir sur lequel donne une demi-douzaine de portes. Certaines sont ouvertes, d'autres non. La hauteur du plafond, la longueur et la largeur du couloir confèrent un évident standing à l'appartement. S'apercevant de notre légitime étonnement, elle bredouille :

— Ce n'est pas la place qui manque ici, aussi Tristan et Cassandre disposent-ils chacun d'un étage entier.

Elle s'exprime en termes choisis qui dénotent une certaine éducation. Malheureusement, son ébriété manifeste ternit l'idée que l'on se fait d'une femme du monde. Débarquant d'une pièce située sur la droite au fond du couloir, peut-être sa chambre, un jeune homme vient à notre rencontre. Il est grand, plutôt frêle, fringué comme les jeunes d'aujourd'hui d'un long tee-shirt et d'un bermuda desquels dépassent des membres très fins, sans muscles presque. Il a un visage intelligent, auquel il est curieusement difficile d'assimiler le regard qui manque de la flamboyance de la jeunesse. Les cheveux sont très courts, ce qui correspond aux dires de la maîtresse de Youki le caniche.

— Ces messieurs de la police sont là pour toi, Tristan. Aurais-tu fait une bêtise ?

À ces mots, il cesse d'approcher et s'appuie contre le mur, à côté d'une gravure ancienne encadrée avec soin et qui représente le château des Ducs de Bretagne lors de sa construction. Son trouble est évident, mais il ne faut pas tirer de conclusions hâtives. N'importe quel adolescent de son âge serait désemparé face à deux flics en civil. Même ceux qui jouent les terreurs devant leurs potes subissent un choc lorsqu'on les menotte, ou plus tard entre les quatre murs d'un bureau de commissariat. Peut-être faut-il aussi adjoindre son malaise à la honte que lui inspire le piteux état de sa mère.

— Bonjour, Tristan. Laissez-nous, Madame, s'il vous plaît…

— Mais… mais…

— Votre fils est majeur. Il lui appartiendra de vous répéter ensuite la teneur de notre entretien, mais pour l'instant, nous allons bavarder avec lui. Où pouvons-nous nous installer, Tristan ?

Il lève simultanément la main droite pour désigner une porte close et la jambe droite pour en prendre la direction, me rappelant la période des classes, à l'armée, lorsque les invectives et les intimidations d'un petit sergent traumatisaient certains bleus au point que leurs mouvements en devenaient incohérents. L'apprentissage de la marche au pas s'apparentait alors à la marche au pas de l'oie. Nous pénétrons dans un salon. Ici encore c'est le luxe : canapé et fauteuils en cuir, téléviseur à écran plat de cent trente centimètres, tableaux contemporains, épais tapis, Il reste benoîtement debout, si bien que c'est moi qui suggère qu'on serait mieux assis. Le jeune homme se pose sur un accoudoir pendant que Gwen et moi investissons le canapé.

Je prends l'initiative :

— Nous voudrions savoir ce que vous avez fait samedi dernier.

— Heu… à quelle heure ?

— En soirée. Disons à partir de vingt heures…

Il se racle la gorge, toussote dans son poing alors que ce n'était pas nécessaire. Il n'a pas parlé beaucoup jusqu'ici, mais assez pour me persuader que sa voix n'est pas celle enregistrée sur le répondeur téléphonique.

— Je ne suis pas sorti. Je suis resté à la maison.

— Vos parents étaient-ils là également ?

— Oui.

D'un regard, j'enjoins à Gwen d'aller vérifier auprès de la maman. Elle va pour quitter la pièce quand Tristan revient d'une voix étranglée sur son affirmation :

— Non, attendez ! Je… j'ai menti.

— Ça commence mal, Tristan ! dis-je en haussant le ton et en faisant les yeux noirs. Je ne tolérerai plus de mensonge. Si, à un moment, je m'aperçois que vous nous prenez pour des cons, on vous embarque. Pigé ?

Il branle le chef, ses yeux s'humidifient, le regard se fait fuyant, des tremblements secouent ses jambes.

— Qu'avez-vous fait samedi soir ?

Ainsi conditionné, pas moyen d'y échapper. Et pour du croustillant, c'est du croustillant qu'il nous sert ! Il avait rencard avec Julie Celton – je remarque au passage qu'il donne le nom d'emprunt de la belle – dans un bar du centre. Il était convenu qu'ils iraient manger une pizza avant de se rendre en boîte de nuit. Cependant, Julie a reçu un SMS de ses parents sur son portable et, à la place de la pizzeria, elle a soudain eu envie d'aller au Lieu Unique. Il était déjà près de vingt-deux heures, mais cet établissement offrant un service jusque tard le soir, ce n'était pas un problème. Certes, Tristan avait bien interrogé Julie sur ce soudain revirement, mais elle avait éludé en disant qu'elle n'avait soudain plus envie d'une pizza. Comme tous les samedis, il y avait foule au Lieu Unique. La température extérieure était agréable, beaucoup sirotaient leur verre dehors ou accompagnaient les fumeurs. Avant d'entrer, Julie avait voulu répondre à ses parents et, à son tour, leur avait expédié un message pendant que lui en grillait une avant de pénétrer dans l'établissement. Puis ils avaient passé la porte, avaient longé le comptoir et…

Bizarrement, alors que jusqu'ici il a parlé sans retenue, le reste peine à sortir. Qu'est-ce que ça cache ? Il va pourtant falloir qu'il accouche. Envoyez Maxime Moreau dans le rôle de l'obstétricien.

— Continuez, Tristan. Que s'est-il passé ensuite ?

Il se mord les lèvres, se tord les mains. Son regard vacille, des larmes se frayent un chemin hors de ses paupières, roulent sur ses joues. Il les efface de l'annulaire et du majeur, mais d'autres les remplacent.

Je m'extrais du canapé et vais poser une main rassurante sur son épaule, histoire de gagner sa confiance et de l'encourager à tout raconter :

— Allez-y. Nous pouvons tout entendre. Ceci restera entre vous et nous.

J'omets bien sûr de préciser que cela dépendra de la suite à donner à ce qu'il va dire. Car il va parler. Il doit parler.

Il prend une profonde inspiration, se racle à nouveau la gorge.

— Le restaurant était plein à craquer. On a patienté à l'entrée, près du comptoir d'accueil… et là, j'ai vu… j'ai vu… j'ai vu mon père… embrasser un autre homme sur la bouche.

Ouvrez les vannes ! Le corps secoué de soubresauts, Tristan se laisse tomber dans le fauteuil et enfouit son visage dans ses mains. Il chiale comme le môme qu'il n'a pas cessé d'être. Il a dix-huit balais, dispose du droit de vote et du permis de conduire, mais il n'est encore qu'un gamin. Les spasmes se font plus fréquents, durent plus longtemps, me poussant à réagir :

— Va demander à sa mère si elle a un calmant, sinon fais appeler un toubib.

Pendant que Gwen se carapate, nous gardons le silence, Tristan et moi. Ce n'est déjà pas facile, je suppose, d'apprendre que son père trompe sa mère, mais si cet adultère se produit avec un homme, j'imagine que cela doit être encore plus difficile à admettre. Ceci sans antipathie ou animosité envers la communauté homosexuelle évidemment, car j'y ai des amis et des amies. Simplement, je peux admettre qu'il s'agit pour ce jeune adulte d'un bouleversement parfaitement compréhensible.

Tristan vide le trop-plein de larmes, mais il faut croire qu'il s'y est copieusement employé depuis samedi car il cesse et reprend un rythme de respiration proche de la normale juste comme Gwen passe la porte, un flacon à la main.

— Poursuivons, Tristan. Quelle était votre relation avec Julie ?

— Pourquoi était ? interroge-t-il dans un hoquet en changeant de position.

— J'ai… j'ai le regret de vous apprendre la mort de Julie Sénéchal. Elle a été assassinée.

Il va pour se remettre à pleurer, lève finalement la tête.

Plus que le mot « assassinée », c'est le nom de la jeune femme qui le fait réagir.

— Julie Sénéchal ? Mais ce n'est pas…

— Son vrai nom était Julie Sénéchal. Elle se faisait appeler Celton en référence au couple qui l'a élevée.

Il est tellement sidéré qu'il ne chiale même pas. Je réitère ma question à laquelle il répond :

— Nous sortons… nous sortions ensemble depuis trois semaines environ.

— Revenons à samedi soir, qu'avez-vous fait après… après avoir vu ce que vous avez vu ?

— Rien. J'étais tellement… tellement consterné que je voulais rentrer. J'ai ramené Julie chez elle, et je suis rentré à la maison.

— Quelle heure était-il ?

— Vingt-deux heures trente environ. Onze heures au maximum.

L'heure, en attendant que l'autopsie affine l'estimation, correspond sensiblement à celle du décès. Voilà qui ne plaide pas pour le jeune homme.

— Quelqu'un vous a vu quand vous êtes rentré à la maison ?

— Non. Maman et Cassandre se couchent de bonne heure. Et Marion ne travaille pas le week-end.

— Qu'avez-vous fait en rentrant ?

— Rien. Je… je suis monté chez moi et je suis resté dans ma chambre, dans le noir.

— Il n'y a donc personne qui peut attester de votre présence ici ?

Il comprend ce que cela peut signifier.

— Que voulez-vous dire par là ? Ce n'est pas moi qui…

— Comment était Julie quand vous l'avez quittée ?

— À la fois triste et amusée. Elle était malheureuse pour moi, mais la situation la faisait rire.

— Ça a dû vous énerver ?

— Oui… oui et non. J'étais trop choqué pour réagir. J'étais mal dans ma peau.

— A-t-elle dit quelque chose de particulier ?

— Oui, répond-il après un temps. Elle… elle m'a annoncé notre rupture.

Voilà qui change la donne ! Ce benêt, qu'il n'est absolument pas pourtant, n'arrête pas de me fournir des mobiles qui pourraient en faire un assassin en puissance.

— Bien. Tristan, nous allons vous demander de nous suivre au commissariat.

VII

Après la fouille sans résultat du coupé BMW, le départ de la rue Mercoeur a été quelque peu mouvementé. Complètement bourrée – elle avait trompé l'attente en compagnie d'une bouteille poreuse – la maman a tenté de nous barrer le chemin, mais dans sa soûlerie, elle ne pouvait que s'opposer verbalement. En revanche, du haut de ses quatorze ans, la jeune Cassandre a fait montre d'une rare virulence et Gwen a même dû la ceinturer pour la repousser. Force est restée à la loi. Non mais ! N'empêche qu'il y avait foule dans cette rue passante et, à l'heure qu'il est, l'incident doit faire les gorges chaudes de toute la ville.

Comme nous l'a affirmé la brave Marion, la seule à garder la tête froide, le papa n'est pas facilement joignable car il est en voyage d'affaires en Italie. L'employée de maison va faire le nécessaire pour que sa patronne décuite et avertisse son mari afin qu'il rentre au plus vite en France.

La circulation est exceptionnellement fluide, ce qui nous permet de rallier le commissariat central en un délai raisonnable. Dans un premier temps, nous montons dans les locaux du SLPT, au troisième étage. Devant son ordinateur, la petite rousse aux yeux verts rencontrée plus tôt chez Julie Sénéchal et qui a pour nom Faligot, est en train de préparer son rapport d'intervention. Sympa, elle se rend tout de suite disponible. Après la photo en attitude, le visage de Tristan Sauquin est photographié de face, de profil et de trois quarts. Puis elle fait dérouler les troisièmes phalanges du jeune homme sur un tampon encreur et opère de même sur une feuille afin d'obtenir ses empreintes décadactylaires. Satisfaite du résultat, elle va sur son double épiscope les comparer aux empreintes relevées dans l'appartement de Julie Sénéchal. Elle se retourne vers moi et d'un geste discret me fait signe d'approcher :

— Aucun doute, capitaine Moreau. La similitude des crêtes est sans équivoque possible. Les douze points de contrôle sont identiques.

— Génial ! Où les avez-vous trouvées, ces empreintes ?

— Un peu partout dans l'appartement de la victime, mais principalement dans le séjour, la cuisine et la chambre.

— La salle de bain ?

— Non.

Baissant la voix, elle murmure à mon unique intention :

— Cela n'interdit pas qu'il s'y soit rendu.

Plus tard, lorsque nous sommes redescendus dans mon bureau, Tristan est assis en face de moi. Ce n'était pas franchement utile de le menotter pour le trajet en voiture depuis la rue Mercoeur, car il est demeuré calme, prostré dans un coin de la banquette arrière. Pour le fils à papa, cet affront ajoute un cran à la dégradation de son moral. Avant de reprendre l'interrogatoire à zéro, on le place sous la surveillance d'un agent et on se vote un café, Gwenaëlle Sidoine et moi, histoire de commenter nos investigations et de se mettre d'accord sur la suite à donner. De retour dans le bureau, j'appelle Rappeneau, le légiste, pendant que Gwen retire les menottes du suspect.

— Capitaine Moreau, Doc. Avez-vous défini un créneau pour mon affaire ?

— Ah oui, Julie Sénéchal ! Demain, huit heures trente. Ça vous va ?

— Pas de problème. J'enverrai un de mes hommes.

— C'est pas votre truc ? rigole-t-il. Elle était pourtant mignonne, la petite.

— Ce n'est pas mon genre. Je la trouve un peu… froide.

Tout en plaisantant avec le légiste, j'observe Tristan Sauquin. Il est complètement paumé, dépassé par les événements.

Lorsque je raccroche, on recommence le jeu des questions. On reprend tout depuis le début, à savoir son état civil, puis on approfondit :

— Comment vous êtes-vous rencontrés, vous et Julie ?

— Par hasard, à l'université. Julie était en panne de voiture, alors elle m'a prié de la ramener chez elle. Pour me remercier, elle m'a invité à monter chez elle.

— À l'université ? Que faisait-elle là-bas ?

— Elle suivait ses cours, comme tous les étudiants.

Il a jeté ces mots avec une telle naïveté que j'entrevois un pan de l'histoire : Julie cherchait un moyen d'approcher Tristan et le campus était un terrain idéal. Quant à savoir pourquoi… En tout cas, les initiales T S sur l'agenda correspondent bien à Tristan. Restent les initiales A S…

— Dites, c'est quoi le prénom de votre père ?

— Alexandre.

Tiens donc ! A S ! Alexandre Sauquin ! Et si c'était lui le propriétaire du 4x4 noir…

— Il a quoi, comme bagnole ?

— Un 4x4 Mercedes.

— Couleur ?

— Noire.

Banco ! Je sais maintenant qui sont A S et T S. Bon résultat en seulement quelques heures d'enquête. Normalement, je devrais y voir plus clair, mais à l'inverse, je n'entrave pas pourquoi Julie

Celton est entrée en relation avec le père et le fils Sauquin. Peut-être qu'elle a d'abord séduit Alexandre Sauquin et ensuite son fils. Peut-être qu'elle collectionnait les Sauquin et voulait agrandir sa collection. Redevenons sérieux, ce n'est pas parce qu'il y a les initiales du papa notées sur l'agenda que cela atteste d'une liaison.

— Vous faites quoi, comme études ?

— Je me suis orienté vers la gestion. À terme, je désirerais succéder à mon père à la direction de la société.

— Et Julie ?

— Elle est en… Elle poursuivait des études scientifiques, en première année.

— Quel âge avait-elle ?

— Dix-neuf ans.

Fausse identité, âge dissimulé, Julie n'était pas à un mensonge près pour l'aborder. Elle s'était même inscrite à l'université alors qu'elle bossait.

— Vous la voyiez tous les jours sur le campus ?

— Non.

Tu m'étonnes ! Elle ne pouvait pas simultanément être à l'université et exercer son emploi de technico-commerciale. Je ne sais quelle machination machiavélique elle avait montée, mais il est clair qu'elle devait jongler avec les horaires pour que le stratagème ourdi tienne la route. J'axe ensuite l'interrogatoire sur la soirée du samedi, mais à aucun moment,

Tristan ne s'emmêle les pinceaux, répétant quasiment mot pour mot la première version. Un peu endurci, il ne pleure plus lorsqu'il évoque la scène du baiser de son père.

— Êtes-vous monté dans l'appartement de Julie lorsque vous l'avez ramenée ?

— Non. Je voulais rentrer chez moi. J'étais bouleversé par… par ce que j'avais vu au restaurant du Lieu Unique. Il fallait que je réfléchisse, que je me trace une ligne de conduite.

— Et quelle a été cette ligne de conduite ?

— C'est très compliqué. Tellement compliqué que, pour l'instant, je ne me suis pas encore décidé. En divulguant ce que j'ai vu, je fais exploser la cellule familiale. En me taisant, j'ai l'impression de trahir ma mère, même si ce n'est pas moi le fautif.

— Êtes-vous déjà allé chez Julie ?

Il sait que ses empreintes digitales y ont été relevées. Impossible de nier.

— Oui, quelquefois.

— Samedi ?

— Non. Je vous l'ai déjà dit : on s'est retrouvés dans un bar du centre, puis… Oh, vous connaissez la suite ! Je commence à en avoir marre ! Je veux rentrer chez moi.

— Étiez-vous en colère, quand vous avez vu votre père avec cet homme ?

— Évidemment !

— En colère de chez en colère, ou modérément ?

— J'étais très en colère ! Je pensais à ma pauvre maman qui, une fois de plus, était seule à la maison alors que lui se donnait du bon temps. Et quel bon temps !

— Sort-il souvent sans elle ?

— Écoutez, je n'ai pas envie de parler de la vie de couple de mes parents. Le mieux serait de leur poser directement vos questions, à condition qu'elles aient un rapport avec votre enquête, bien sûr.

Il ne se laisse pas manipuler, le môme. Il est diablement intelligent, et parvient à mettre de l'ordre dans ses idées malgré la délicatesse de sa situation. Je vais le mettre sous pression :

— Êtes-vous d'un naturel coléreux ?

— Non… pas plus que les autres.

— Mais il vous arrive de péter un câble, comme disent les "djeunes"…

— Ben parfois, quand…

— Samedi soir, vous avez pété un câble ?

— Ben oui ! Je ne sais pas si vous réalisez que…

— Avez-vous pété un câble au point de perdre le contrôle de vous-même ?

— Oui et non. Pendant quelques minutes, j'ai eu envie de tout casser. Puis je me suis progressivement calmé.

— Quand vous avez pété ce câble, auriez-vous pu devenir violent ?

— Je ne sais pas. Sans doute que oui.

— Au point de frapper votre père ?

— Peut-être, oui, si nous avions été seuls. Mais devant tout ce monde…

— Au point de frapper Julie ?

— Non. Elle ne…

— Au point de la tuer ?

— Mais vous êtes fou ! Vous êtes complètement…

Je me lève et, les mains dans le dos, je hausse la voix pour avancer un scénario :

— Vous éprouvez une immense douleur en voyant votre père embrasser un homme. Là-dessus, Julie se moque de vous et vous annonce son intention de rompre. Il y a de quoi s'énerver, il y a de quoi perdre son sang-froid…

Se prenant la tête à deux mains, il ramène les jambes vers le haut du corps et se met à hurler :

— J'EN AI MARRE !

Dans cette position proche de celle du fœtus, il est redevenu un gosse alors que, depuis le début de notre entretien, il faisait preuve de maturité et de self-control.

— Fous-le en cage, Gwen ! Qu'il se calme et qu'il comprenne que son intérêt est de collaborer s'il espère un peu de clémence ! Il a toute la nuit pour y réfléchir.

Pendant que le lieutenant Sidoine le menotte et l'emporte pour le mettre au frais pour la nuit, j'appelle

Landrain, le procureur. Il a une voix calme et pondérée. Je ne sais pas pourquoi mais je l'imagine rejeté en arrière dans un confortable fauteuil club.

— Pensez-vous vraiment que ce soit lui l'assassin, Moreau ?

— Rien ne le prouve, Monsieur le procureur, mais rien n'interdit non plus de le penser. Je prends cette première mesure en attendant les résultats de l'autopsie. Demain matin, je pense perquisitionner chez les Sauquin, à la recherche de l'arme. Il faudra également que j'aie une conversation avec le père de Tristan dès son retour d'Italie.

— Vous ne chômez pas ! C'est bien ! Continuez de me tenir au courant, Moreau. À demain.

Le ton est enjoué. Je crois qu'il m'a à la bonne.

VIII

Ça circule beaucoup, ce matin. Le flot des travailleurs des villes de Thouaré-sur-Loire et Mauves-sur-Loire vient grossir l'axe emprunté par les automobilistes venant d'Angers, Le Mans ou encore Paris. Il y a toujours des guignols pour slalomer, intrépides Fangio misant sur l'intimidation ou une aussi imprévisible que dangereuse accélération pour gagner quelques secondes. Quels cons ! Il suffirait de se lever cinq minutes plus tôt pour ne pas être à la bourre.

Hier soir, je suis rentré du boulot à la même heure qu'Yves. Lætitia était à la piscine pour sa séance hebdomadaire d'aquagym, alors on s'est bu une bière en l'attendant pour dîner. On était peinards sur la terrasse, profitant des derniers rayons de soleil. Ils habitent Rue de la Cadaine. Les fenêtres des chambres donnent sur le nouveau cimetière, ce qui a pour avantage que les voisins ne sont pas bruyants. Inévitablement, la conversation a dévié sur le boulot. L'enquête sur le double homicide de Couëron avance lentement, tandis que celle sur la noyade du jeune garçon est au point mort. Quelque part, j'en suis satisfait, car ainsi ce n'est pas de sitôt que la PJ viendra me retirer mon os.

Il est huit heures moins le quart, je suis le premier officier à arriver au commissariat. Selon les commentaires que l'on me fait à l'accueil, Tristan Sauquin s'est bien comporté durant la nuit. Il a peu mangé, peu dormi.

Je demande à ce qu'il soit prêt à partir dans quelques minutes et je monte dans mon bureau.

Je vais préparer du café dans la petite pièce au fond du couloir, puis je compose mon numéro personnel. Je sais mon amoureuse debout, et il ne s'écoule pas trois sonneries avant qu'elle décroche.

— Salut, ma belle. Bien dormi ?

— Pas trop. Un moment, je me suis réveillée, et dans un demi-sommeil, j'ai passé la main sur les draps, à ta place. Je savais que tu n'étais pas là, mais ça m'a réveillée pour de bon. Plus moyen de repiquer après.

— Tu fais quoi, là ?

— J'allais me glisser sous la douche. Après, j'irai au supermarché, puis il sera temps de me préparer pour le boulot.

— Tu as préparé ta valise pour demain ?

— Oui. Enfin, valise est un grand mot. J'emporte le minimum pour le week-end.

Des bruits de pas et de conversations annoncent l'arrivée de mon équipe.

— Je te laisse, ma chérie. Appelle-moi ce soir, si tu veux.

— À ce soir. Bisou.

— Je t'aime.

À la porte, le brigadier-chef Piron se fout de moi en mimant un violoniste.

— Ah, c'est beau l'amour ! Salut Maxime.

— Salut Bertrand. Êtes-vous parés pour une nouvelle journée de labeur ? J'ai fait du café, si l'un d'entre vous veut bien faire le service…

— J'y vais, dit le brigadier Laurent Houssay en lâchant ma main qu'il vient de serrer.

— Allez-y, entrez, dis-je aux deux autres. Je vais distribuer les rôles pour ce matin.

On se donne le bonjour, puis j'expose le programme dès que Laurent est de retour avec quatre tasses fumantes.

— On va à trois perquisitionner chez les Sauquin, le quatrième va suivre l'autopsie du corps de Julie Sénéchal. Un volontaire ?

Bertrand regarde par la fenêtre, Gwen au plafond, Laurent ses pompes.

— On va tirer à la courte paille. Hum, qu'est-ce que je pourrais utiliser ?

J'ouvre les tiroirs du bureau, à la recherche de je ne sais quoi, quand Gwenaëlle Sidoine dit :

— J'ai un dé dans ma veste. Ça ira ?

— Oui, donne. Mais qu'est-ce qu'un dé fabrique dans une de tes poches ?

— C'est comme ça, ça peut toujours servir. La preuve !

C'est une joueuse invétérée. Pour elle, tout est prétexte à parier, jouer, miser.

— Vous le lancez, et celui ou celle qui fait le plus faible score va à la morgue. Qui commence ?

Gwen frotte le dé entre ses mains, souffle dessus pour repousser le mauvais œil, comme elle l'a vu faire au cinéma, et le jette sur le bureau : quatre. Bertrand récupère le dé et le lance : cinq, ce qui arrache une grimace à Gwen. Laurent s'en saisit à son tour et, d'une pichenette, l'envoie rouler entre deux dossiers à sangle. Le suspense dure le temps que j'écarte les dossiers : deux. Pliant le bras, Gwen serre le poing et émet un tonitruant « yes » en l'abaissant.

— Allez, au boulot ! On se retrouve ici, Laurent. Si tu es le premier, appelle-moi sur mon portable pour me faire une synthèse de l'autopsie. Gwen, va chercher le jeune Sauquin pendant que Bertrand me résume sa soirée. Vas-y, Bertrand, je t'écoute…

— Ça va être bref, tu sais. Quand tu es parti du Lieu Unique hier vers dix-sept heures, je suis allé interroger le personnel en cuisine. Comme il fallait s'y attendre, leur boulot ne les met pas en contact avec les dîneurs. Je n'ai donc rien appris sur le sujet qui nous intéresse. J'ai attendu l'arrivée du personnel de salle, mais, malheureusement, eux non plus ne se rappellent pas de Julie Sénéchal. J'ai relevé les noms et adresses des employés présents samedi soir, car beaucoup bossent en extra.

— Il faudrait qu'on les questionne tous. On s'y colle dès qu'on peut, peut-être juste après la perquise. Fais une ou deux photocopies des adresses et de la photo de la victime, qu'on puisse se partager la liste…

Vite fait, j'épluche le listing des appels reçus et passés le mois dernier par le portable de Julie Sénéchal. Il est clair que le mystérieux "voileux" qui songeait à une sortie nautique pour le dimanche n'a pas rappelé. C'est louche. Quant à Julie Sénéchal, la dernière fois qu'elle a utilisé son portable, c'est bel et bien samedi à vingt-deux heures onze, comme me l'a indiqué Tristan Sauquin, pour répondre au SMS de ses parents adoptifs. Histoire de comparer, je fouille la surface de mon bureau à la recherche du numéro de Raymond Celton que m'a donné l'ADS de l'accueil hier, mais pas mèche de mettre la main sur le papier. Tant pis, je verrai ça plus tard.

En descendant rejoindre mes coéquipiers, je dis à l'ADS en charge de l'accueil de diriger monsieur et madame Celton vers un hôtel lorsqu'ils arriveront et de les prier de revenir en fin de matinée.

*

Comme la veille, Tristan n'a pas ouvert la bouche tout au long du trajet. Les yeux braqués sur l'appui-tête devant lui, il ne s'est préoccupé ni du paysage ni de nous. Assis à l'arrière à côté de lui, je me suis également abstenu de faire naître une discussion qui aurait pu le mettre un tantinet à l'aise.

Son coupé BMW gris n'a pas changé de place. Le 4x4 de son père n'est toujours pas là. Dirigeant d'entreprise, entreprises au pluriel si on compte les succursales, quand il n'est pas en voyage d'affaires, il doit commencer ses journées de bonne heure et les terminer fort tard. Ce n'est pas la voix de Clémence Sauquin Coquenet de Mondate qui nous accueille par interphone interposé, mais celle de l'employée de maison.

— Une seconde, je vais demander à Madame si…

— Ouvrez. Tristan est avec nous.

Personne en haut des marches pour nous recevoir, aujourd'hui. C'est vrai qu'il est encore tôt. Trop tôt sans doute pour que “Sa Seigneurie Clémence 1ère” soit debout. De dépit, elle a dû vider son bar hier soir. La soubrette survient de l'appartement de ses maîtres au moment où nous parvenons à l'étage.

— Madame finit de se coiffer et elle vous rejoint.

— Nous allons l'attendre avant de commencer. Monsieur Sauquin est-il revenu d'Italie ?

— Non. Madame ne m'a pas dit quand il sera de retour.

Marion lance un regard empli de compassion sur le fils de ses employeurs.

— Vous allez bien, Tristan ? Ils vous ont nourri, au moins ?

— Ne vous inquiétez pas pour sa santé. Il va bien.

La rudesse de mon ton déclenche un « oh ! » outré de Clémence Sauquin Coquenet de Mondate qui s'encadre dans le chambranle d'une porte. Maquillée à la va-vite, elle a les traits ravagés. Tristesse, nuit blanche et alcool lui composent un visage épouvantable. En découvrant son fils menotté, elle se fige un instant avant d'accourir soudain vers lui en vociférant :

— Mais retirez-lui les menottes ! Mon fils n'est pas un assassin ! Il n'a pas à être traité comme un assassin ! Retirez-lui ça tout de suite ou… ou… très bien, j'appelle notre avocat.

Pendant qu'elle s'esbigne pour téléphoner, nous montons à l'appartement de Tristan. Le laissant libre de se mouvoir à son gré, nous débutons la fouille en investissant pièce par pièce. Tout est si parfaitement rangé par la brave Marion que ce n'est l'affaire que de quelques minutes. Chou blanc. Pas d'arme, pas de vêtement ensanglanté, pas de journal intime…

Sa mère, qui nous a rejoints dès qu'elle a pu, nous a regardé opérer depuis l'entrée. Un sourire victorieux se dessine sur ses lèvres au rouge à lèvres carmin.

— Vous voyez bien qu'il n'a rien fait. Je connais mon fils : Tristan serait incapable de faire du mal à une mouche.

— Allons dans votre appartement, maintenant.

— Chez moi ! Certainement pas ! Et d'abord, nous allons attendre Maître Pontrus !

— Ne perdons pas de temps, Madame. Nous agissons sous commission rogatoire. La présence de votre avocat n'est pas obligatoire et ne saurait en aucun cas nous retarder dans notre travail.

Coupant court, je descends déjà les premiers degrés pendant que Bertrand alpague Tristan par une aile. Nous croisons Marion, une bannette de linge repassé dans les bras.

— Dites-moi, Marion, les vêtements que Tristan portait le week-end dernier recelaient-ils des taches de sang ?

— Les vêtements de… Non, bien sûr que non !

— Parfait. Néanmoins, ma collègue va vérifier cela avec vous. Gwen, suis madame.

Jusqu'ici nous n'étions pas vraiment entrés dans l'appartement des parents. Je fais rapidement le tour avant de revenir dans le hall, histoire de m'imprégner des lieux. C'est chicos : mobilier de qualité, tableaux de valeur aux murs, statuettes disséminées dans toutes les pièces. Ici encore, tout est impeccablement ordonné, ce qui simplifie la tâche de l'œil expert du flic habitué à distinguer d'emblée les éventuelles planques. Bertrand et moi mettons peu de temps pour tout inventorier avec méthode. Et lorsque Gwen s'en revient de la vérification des vêtements de Tristan, vérification qui corrobore les dires de Marion, elle nous apporte son aide. Toujours rien, rien de rien. Convenons que ce n'aurait pas été très futé de la part de Tristan de cacher un flingue ici. Avec une maniaque du dépoussiérage et du rangement comme Marion, c'était la certitude de se voir démasqué. Une nouvelle fois la maman me toise du regard. Elle croit avoir gagné, mais je n'ai pas dit mon dernier mot.

— Où est votre fille ?

— Cassandre ? Au collège, naturellement. Où voulez-vous qu'elle soit ?

— Allons chez elle.

— Pas en son absence. Il en est hors de question ! s'insurge Clémence Sauquin.

Sans riposter, imperméables à ses invectives, nous repartons vers l'escalier. Trottinant derrière nous en hurlant son exaspération, elle enrage que nous nous abstenions de lui parler.

Une demi-heure plus tard, le troisième appartement a été visité dans les règles de l'art sans que nous ne découvrions l'arme du crime. Idem pour le rez-de-chaussée dont les pièces contiennent des vieilleries, des vêtements usagés, des cartons de bouquins, du mobilier remisé là car plus dans l'esthétisme de l'époque, des vélos…

La maman de Tristan, les poings sur les hanches dans une attitude de dure à cuire qu'elle n'est pas, n'attendait que cela pour nous railler :

— Alors ! Vous voyez bien qu'il n'y a rien ici qui accuse mon fils. Je me plaindrai ! Vous verrez ce qu'il en coûte d'arrêter un innocent !

Notre mutisme a le don de l'irriter au plus haut point. Je la fixe un instant, puis ordonne à Bertrand et Gwen d'escorter Tristan jusqu'à la voiture et de m'y attendre. Comme la maman va pour réitérer sa complainte, je lui cloue le bec :

— Allons dans votre appartement, madame Sauquin. Nous avons à discuter.

Elle pose des yeux de braise sur mon anatomie, puis reporte son regard vers son fils que mes collègues emmènent vers l'escalier.

— Courage, Tristan ! Tu sortiras bientôt ! Je sais, moi, que tu n'as rien fait. Demain… Demain, tu seras libre. Aie confiance ! Courage, mon fils ! Je…

La lourde porte d'entrée, qui en l'occurrence est également une porte de sortie, se referme dans un son mat et ouaté, mettant un terme à sa litanie. Et soudain, ce n'est plus la même femme qui se tient près de moi. Elle a simulé d'être solide tant que son fils était là, mais maintenant, elle ne s'en sent plus la force.

Elle frissonne, souffle sur les doigts de ses mains jointes comme s'ils étaient glacés alors qu'il fait plus de vingt degrés. Même son regard a perdu de son intensité.

— Venez, Madame…

Une fraction de seconde, j'ai eu envie de la prendre par la main, comme une petite fille à qui on voudrait apporter un peu de réconfort après la perte de son doudou. Elle me toise, mi-furieuse mi-abattue, la bouche ouverte sur une insulte ou un sarcasme ravalés, puis finit par prendre la direction de son appartement.

Nous allons au salon. Signe de l'excellente éducation reçue dans sa jeunesse, elle s'assoit avec élégance dans l'un des fauteuils et de la main m'en désigne un autre. Comme par magie, un fin mouchoir apparaît dans sa main. Elle se mouche avec distinction, discrètement, et le mouchoir disparaît aussi subrepticement qu'il était venu. Quelle classe ! Y a pas de secret, c'est pas donné à tout le monde de se mouvoir ou d'évoluer d'une manière aussi racée. N'importe quel péquenot, il peut gagner le pactole au loto, il ne parviendra jamais à se comporter ainsi. C'est dans les gènes. Il faut des générations et des générations de bonnes manières pour qu'à force cela devienne naturel. Je suis certain que si j'essaie, je vais être aussi maladroit que Michel Serrault dans *La cage aux folles* quand il tentait de beurrer sa biscotte. Sauf que lui, c'était pour faire rire l'assistance. Moi, je serais ridicule. Déjà, mon mouchoir n'est pas brodé. C'est pas du modèle unique à je ne sais combien l'article. Le mien, presque aussi grand qu'une taie d'oreiller, il se vend par paquet de six dans n'importe quel supermarché ! Eh oui, y a pas photo. Je maintiens que la classe, on l'a ou on ne l'a pas. Clémence, elle, elle l'a. À peine son mouchoir disparu, elle se lève gracieusement et s'approche d'un meuble bas. Elle n'est pas franchement belle, mais elle a ce petit quelque chose qui ne laisse pas indifférent. Elle a de la personnalité, du chien comme on dit. Si elle était née dans une cité-dortoir, elle serait passée inaperçue, noyée dans la masse, sans rien de plus que les autres. Mais le fait de posséder cette distinction naturelle la rend presque belle. Ce que c'est que de tenir un rang ! Même quand elle fait pivoter la porte du meuble bas, sa flexion du genou est marquée du sceau de la perfection du geste. Son bras frêle se glisse dans le meuble et… en ramène une bouteille de whisky. Tout de suite, c'est moins classieux. Son standing en prend une claque. Elle aurait ramené une tasse à café, un verre à pied ou un carafon de Cognac, j'aurais associé ces objets à un art de vivre. Mais là, je suis d'autant plus déçu que le whisky n'est pas d'une grande marque. Sa main repart en fouille et en revient avec un verre. Un seul. Elle n'a visiblement pas envie que je trinque avec elle. Remarquez qu'à onze heures vingt, à tout prendre, je me laisserais plutôt tenté par un muscadet sur lie…

Tout en dévissant le bouchon, elle revient s'asseoir et se verse une rasade à endormir un cheval. Continuant de m'ignorer, elle avale près de la moitié du contenu du verre et le repose bordé de rouge à lèvres sur la table de salon. Tout juste si, à la première gorgée, un rictus a déformé ses lèvres l'espace d'une seconde.

Son numéro terminé, elle daigne enfin me regarder. J'embraye par une première question :

— Je voudrais savoir quand votre mari rentre de son voyage d'affaires…

— Alexandre sera ici demain, en fin de matinée.

— Est-il au courant pour…

— L'arrestation de Tristan ? Bien sûr ! Comment pourrais-je le tenir éloigné de tous ces problèmes ? Je l'ai appelé hier, peu après votre départ.

— Comment réagit-il ?

Elle tend la main vers son verre, le porte à sa bouche à un autre endroit que celui déjà marqué de carmin et le vide cul sec.

— Il vous le dira lui-même. D'ailleurs, il aura beaucoup de choses à vous apprendre.

— Que voulez-vous dire par là ?

— Ha ha ha… patientez, Monsieur le flic !

Elle se saisit de la bouteille et s'en verse une rasade sensiblement égale à la première. Je n'ai pas fait attention au niveau dans la bouteille au départ, mais il n'y reste plus que quelques centilitres. Son regard aux paupières tombantes a chassé la tristesse pour l'ivresse.

— Je n'arrive pas à comprendre que votre mari ne soit pas revenu en France en apprenant l'arrestation de son fils. N'a-t-il pas émis la possibilité de rentrer dès hier soir ?

— Ha ha ha… Vous n'y êtes pas, mon pauvre monsieur. Vous n'avez rien compris. Ha ha ha…

Elle commence à me courir sur le haricot, la Clémence, avec son rire dément, proche de l'hystérie ! À se foutre de ma gueule comme elle le fait, je ne sais pas si je vais la supporter plus qu'il n'en faut. Une chose est certaine, c'est que cela durera moins longtemps que les impôts. Elle ne semble pas décidée à me faire cadeau de ce qui la fait marrer, alors je cogite. Elle met ce temps mort à profit pour, les mains autour de son verre, l'écluser à petites lampées, comme on le fait d'un café ou d'un thé en hiver pour se réchauffer. Mais j'ai beau chercher, je ne vois pas ce qui déclenche son ironie. Escomptant sur une période d'abattement et sur son ivresse pour qu'elle lâche le morceau, j'adopte une voix douce :

— Qu'est-ce que je n'ai pas compris, madame Sauquin ? Dites-le-moi. Pour aider Tristan, dites-le-moi.

— Ha ha ha… Pfff… C'est pas… C'est pas Tristan qui a tué cette petite putain !

Elle replonge le nez dans son verre, le vide d'un

trait et, en voulant le poser sur la table basse, manque de s'affaler. Je feins de ne m'être aperçu de rien, manière de respecter sa susceptibilité.

— Qui, alors ? Qui l'a tuée ?

— Ha ha ha… Comme si vous ne vous en doutiez pas ! persifle-t-elle en peinant à fixer son regard sur le mien. Alexandre, bien sûr ! Il a tué cette traînée de Julie Celton ! Elle n'a eu que ce qu'elle méritait, cette pétasse. Non contente de me voler mon époux, elle couchait aussi avec mon fils !

Elle attrape la bouteille par le goulot et la maintient autant que possible cul vers le haut au-dessus de son verre pour en récolter jusqu'à la dernière goutte.

— Comment le savez-vous ? Qui vous l'a dit ? Est-ce Alexandre qui…

— Alexandre, bien sûr ! Vous avez de la chance qu'il… gloups… qu'il aime ses enfants. Sinon… sinon, jamais plus vous… vous ne l'auriez revu. Salut la compagnie ! Bons… gloups… bons baisers d'Italie !

Depuis l'entrée, Marion observe la scène. Je lui fais signe de fermer le bar à clef et d'approcher. Lorsqu'elle n'est plus qu'à quelques centimètres de moi, je murmure :

— Conservez la clef sur vous. Ne lui donnez plus rien à boire et couchez-la. N'y a-t-il personne dans son entourage qui pourrait venir ici pour la journée ?

— Il y aurait bien la sœur de monsieur Sauquin, mais je ne sais pas si…

— Appelez-la et expliquez-lui la situation. Vous vous occuperez de Cassandre quand elle rentrera du collège. Pas la peine de lui parler de ça, à la petite. Si monsieur Sauquin téléphone, restez dans le vague : vous ne savez rien, on ne vous a rien dit. Entendu ?

— D'accord.

— Dites-lui simplement qu'il serait souhaitable qu'il rentre rapidement. Ne prononcez pas le mot police, ça fait toujours un peu peur alors qu'à l'inverse, nous sommes là pour aider les gens. Insistez surtout sur le fait que Tristan est toujours emprisonné.

IX

Tu parles d'un nouveau coup de théâtre ! Rue Mercoeur, avant de rejoindre la voiture, j'appelle Landrain :

— Vous avez du nouveau, capitaine Moreau ?

— Oui, Monsieur le procureur. Je sors à l'instant de chez les parents de Tristan Sauquin. Hier soir, lors de mon précédent appel, j'étais hésitant quant à l'inculpation du jeune homme. Maintenant, je sais qu'il est innocent.

— C'est déjà un premier point d'éclairci. Vous l'avez relâché alors ?

— Non, tout au contraire. Je vais le garder au frais toute la journée et la nuit qui vient.

— Quoi ? Vous êtes fou, Moreau ! Vous vous exposez à de graves problèmes en agissant ainsi. Vous ne pouvez pas le maintenir en garde à vue s'il est innocent.

— Je n'ai pas le choix, Monsieur le procureur. Si j'ai bien lu entre les lignes, Alexandre Sauquin a avoué à sa femme avoir tué Julie Sénéchal. Sachant son fils détenu par la police, il se sent obligé de rentrer en France pour avouer la vérité. Si je libère le fils en affirmant que je n'ai pas de chef d'inculpation, le père ne sera pas stupide au point de venir se jeter dans la gueule du loup.

— Oui, évidemment, je dois admettre que, vu sous cet angle… Mais tout de même, déontologiquement c'est… Êtes-vous certain de la culpabilité d'Alexandre Sauquin ?

— Quasiment, puisque j'ai les aveux accablants de sa femme. Il me reste quelques points d'ombre à éclaircir, ce que j'entends faire dès aujourd'hui, pour l'embastiller dès demain à sa descente de l'avion.

— Je ne sais pas si j'ai bien fait de vous confier cette affaire, Moreau. Vous me faites un peu peur. Vous risquez votre carrière là-dessus. Et la mienne !

— Ne craignez rien, Monsieur le procureur. Considérons que Tristan est placé en garde à vue pour vingt-quatre heures supplémentaires, le temps que j'alpague son père.

— Soit ! Mais pas de vague, Moreau ! Pas de vague !

*

Au commissariat, un couple patiente près de l'accueil. Je les reconnais pour les avoir vus dans l'album photos de Julie Sénéchal. Ils ont l'attitude embarrassée des gens pas à leur place, parachutés dans un univers étranger, limite hostile. Lui est solidement charpenté, les cheveux gris sur un visage rougeaud. Les mains dans le dos, il lit une affichette relative aux conditions d'admission à un concours de recrutement de gardiens de la paix. Son regard demeurant toujours à la même hauteur, je devine que c'est pour se donner une contenance et que les mots ne s'impriment pas dans son esprit. Elle, nettement plus petite, est le portrait de Julie avec vingt-cinq ans de plus. Ce n'est que sa tante, la sœur de sa mère, mais la ressemblance est frappante.

— Ramenez-le en cellule, on se voit avant le déjeuner pour établir un plan de bataille pour cet après-midi.

Quand mes équipiers s'éloignent en encadrant Tristan, je me tourne vers le couple et tends la main vers eux.

— Monsieur et madame Celton ? Je suis le capitaine Moreau. Je suis désolé de vous avoir fait attendre, mais l'enquête connaît des rebondissements. Allons dans mon bureau, nous y serons plus à l'aise pour bavarder.

Cette première prise de contact effectuée, nous gravissons l'escalier.

— Asseyez-vous, dis-je en refermant la porte. Je vous renouvelle mes plus sincères condoléances et je vous assure que nous déployons les grands moyens pour que l'enquête aboutisse rapidement.

Je résume en quelques phrases mon activité de la veille et de la matinée, évoquant les indices qui nous ont conduits à un jeune homme mais omettant mes doutes quant à son père.

Lors de ses rares prises de parole, Raymond Celton s'exprime avec l'accent chantant du Midi déjà entendu lors de nos conversations au téléphone. Pour un peu, je me croirais en présence de Luc Pallas, mon collègue de Concarneau natif de Marseille. Solange, son épouse, a une prononciation moins marquée.

— A-t-il donné des détails ? A-t-il dit pourquoi il… il a assassiné Julie ?

— Je vous rappelle que nous ne détenons qu'un suspect. Nous ne sommes pas intimement persuadés de sa responsabilité dans cette affaire. Pour l'instant, il n'est pas très bavard. J'ai escompté sur un choc psychologique pour qu'il lâche le morceau, mais il n'a pas craqué. Personnellement, je crois que la piste de Tristan Sauquin n'en est finalement pas une, en dépit d'agissements au demeurant crédibles.

— Sauquin ?

— Oui. C'est effectivement son nom.

— Vous pouvez nous en parler un peu plus ?

— Non. Je suis désolé mais ça m'a échappé. Comme rien n'indique sa culpabilité, je n'aurais même pas dû prononcer son nom. Je n'ai pas le droit de divulguer son identité.

— Oui mais… si je vous demande ça, fait Raymond Celton, c'est parce que ce nom ne nous est pas inconnu. Dites, son nom est seulement Sauquin ou est-il à rallonge ?

— Il est à rallonge. Pourquoi ?

Ils se regardent tous les deux, puis l'homme explique :

— Ce serait une drôle d'histoire si… si l'intégralité de son nom était Sauquin Coquenet de Mondate.

Et encore un rebondissement ! Comment les Celton, qui vivent à l'autre bout de l'Hexagone, connaissent-ils le pedigree complet du suspect ?

— Comment connaissez-vous ce nom ?

Se massant le front d'une large main aux doigts puissants, l'homme se tourne vers sa femme.

— Merde, c'est pas vrai ! Mais qu'est-ce qu'elle a fait, la petiote ? Qu'est-ce qui lui a pris ?

Ces interrogations, cela va de soi, en amènent d'autres chez moi.

— Vous pouvez m'expliquer…

Ils se regardent à nouveau, se demandant muettement qui va prendre l'initiative. Il se décide :

— L'homme qui a tué les parents de Julie, il y a plus de vingt ans, s'appelle Sauquin Coquenet de Mondate. Son prénom est Alexandre. Est-ce… est-ce le même ?

J'ai dit plus haut, en réponse à Max Jacob et son « la vie est un livre suffisant » qu'à mon sens « la vie est question de rencontres, avec leur lot de surprises bonnes ou mauvaises ». J'ajoute que « la vie est truffée d'imprévus », car des rebondissements font que mon enquête va inévitablement connaître une nouvelle orientation. Il n'y a pas de secret, il va falloir creuser le passé pour tenter de comprendre une partie du présent. Après Maxime Moreau obstétricien, envoyez Maxime Moreau archéologue.

Nous discutons pendant plusieurs minutes, puis un silence d'une qualité rare s'installe. Raymond Celton saisit la dextre de son épouse et la fait disparaître dans les siennes, tentant par ce biais de lui insuffler un surcroît d'énergie pour survivre à cette épreuve. Chacun dans son coin a besoin de réfléchir à la situation.

Si je récapitule, il semblerait que Julie Sénéchal soit revenue à Nantes, sa ville natale, dans le but de venger ses parents tués par un chauffard vingt ans plus tôt. Pour cela, elle l'a d'abord séduit avant d'attirer son fils dans ses filets. Faut être rudement forte moralement pour s'envoyer le meurtrier de ses parents. Et particulièrement déterminée !

— Selon vous, pourquoi se faisait-elle appeler Celton et non Sénéchal ?

— Ben, nous l'avons élevée comme nos enfants, comme nos deux fils, alors, au fond d'elle-même, peut-être se prenait-elle davantage pour une Celton… Ou alors, c'était pour tromper son monde…

Ceci me paraît cohérent. Si Julie s'était présentée à Alexandre Sauquin sous le nom de Sénéchal, nul doute qu'il aurait percuté et fait le lien avec l'accident de voiture. Le travail d'approche de la jeune femme aurait immédiatement été éventé.

Je suis le regard de Solange lorsqu'il se pose à l'angle de mon bureau, sur l'agenda et l'album photos qu'elle a reconnus.

— Cela lui appartenait. Il ne s'agit pas de pièces à conviction. Je vous les remettrai sous peu.

Deux coups discrets sont frappés à la porte, Laurent Houssay hasarde son museau. Comme il va pour la refermer en constatant que je ne suis pas seul, je m'excuse auprès du couple et le suis dans le couloir après avoir refermé la porte.

— Alors, l'autopsie ?

— Rappeneau situe le décès dans la nuit de samedi à dimanche, aux alentours de vingt-trois heures, avec un décalage de plus ou moins une heure. La blessure par balle au foie était mortelle, mais la mort a été causée par le choc du crâne contre le bidet.

— Ça a dû être un drôle de pet, alors ?

— Tu m'étonnes ! Elle n'est pourtant pas tombée de bien haut.

— Tu as autre chose à m'apprendre ? L'arme, par exemple ?

— L'arme non, mais le calibre : 9 millimètres parabellum. Sinon, il est établi qu'elle n'avait pas mangé depuis plusieurs heures et qu'elle avait absorbé de l'alcool, mais modérément. Pas d'ecchymose sur le reste du corps, pas de violences sexuelles. Voilà, je crois que j'ai fait le tour. Rappeneau envoie le dossier complet dès que possible.

Il va pour faire demi-tour.

— Ce sont ses vieux, là, avec toi ?

— Ouais. Enfin, ses parents adoptifs. Ils ont du mal à encaisser le choc. Faut dire que non seulement ils ne s'attendaient pas à ça, mais en plus ils connaissent Alexandre Sauquin.

— Non ! Déconne !

— Je t'assure. Je te raconterai tout ça plus tard.

— On fait quoi, cet après-m' ?

— Hum… Je pensais faire une petite réunion de travail à midi, mais je n'en aurai sans doute pas le temps. Que deux d'entre vous se partagent la liste des employés du restaurant du Lieu Unique que j'ai demandé à Bertrand de photocopier, et munissez-vous aussi d'une photo de la victime. Posez un max de questions pour savoir si quelqu'un a assisté à l'incident. Le troisième m'attend. On ira chez la veuve Sauquin voir si elle a décuité : elle ne nous a pas tout raconté, et cela a le don d'attiser ma curiosité.

X

J'ai déjeuné avec les Celton, dans un restaurant du centre. Ce sont des gens bien, simples et droits, qui n'auraient jamais imaginé que le malheur les aurait giflés de cette manière. Cruelle destinée pour ce couple au cœur d'or : ils adoptent et élèvent une gamine pendant des années, en font une jeune femme épanouie et appréciée, et un jour la grande faucheuse ruine ces années d'amour et d'attention de tous les instants. Ce qui les surprend, plus que tout, c'est que Julie ne leur ait jamais avoué qu'elle préméditait de venger ses parents. Car, désormais, il est acquis que sa venue en Loire-Atlantique était destinée à assouvir cette vengeance. Objectif bientôt atteint : Alexandre Sauquin, le chauffard ivre d'il y a plus de vingt ans, sera dès demain derrière les barreaux. Était-ce le but, ou sa mort était-elle au programme ? En sortant simultanément avec le père et le fils, Julie désirait-elle seulement foutre la pagaille dans la famille ? Impossible à dire, et on ne le saura sans doute jamais.

Solange et Raymond Celton pensent rester à Nantes quelques jours. Ils vont consacrer l'après-midi aux démarches pour les obsèques, faisant en sorte que Julie repose pour l'éternité avec ses parents au cimetière de la Bouteillerie, derrière le Jardin des Plantes.

De retour au commissariat, je passe par le bureau de mes adjoints. Laurent Houssay, le stylo à la main et l'air sérieux, est penché sur une feuille.

— Alors, je l'apostrophe, c'est toi qui m'accompagnes ?

— Oui. C'est le dé de Gwen qui m'a choisi.

— Ah, vous avez remis ça ?

— J'ai eu beau objecter qu'après l'autopsie, je pouvais prétendre à un boulot un peu plus agréable que de parcourir la ville ou les communes des alentours pour interroger les employés du Lieu Unique, Bertrand et Gwen ont été intransigeants. C'était à leurs yeux la seule manière de se départager.

— Cette solution en vaut une autre. Qu'est-ce que tu fais ?

— Je suis en train d'éplucher la liste des sociétés dont Julie Sénéchal avait la charge, pour vérifier si les initiales A S et T S n'appartiennent à aucun autre de ses clients. Le nom du responsable apparaît parfois, mais le plus souvent il s'agit de sigles ou de raisons sociales et non, de nom de famille. Il faut donc que je fasse des recherches. Je n'en ai plus pour longtemps, j'en suis au dernier nom.

— Excellente initiative, même s'il y a désormais peu de chance que cela soit utile. Dans ce cas, tu vas sûrement pouvoir me rappeler : quelle est la raison sociale de la boîte d'Alexandre Sauquin ?

— Fastoche ! C'est la SCDMC, la Sauquin Coquenet de Mondate de Construction.

— OK, merci. Histoire de mieux démonter l'imbroglio, je veux savoir si c'est sur un rendez-vous professionnel qui a permis le contact de Julie Sénéchal avec Alexandre Sauquin. Un coup de fil et on met les voiles.

Deux minutes plus tard, en faisant jouer ma qualité de flic, je suis en ligne avec le directeur-adjoint :

— Bonjour, Monsieur. Cet entretien doit demeurer entre vous et moi. Je souhaiterais savoir si Alexandre Sauquin, votre patron, connaît intimement Julie Celton, la technico-commerciale de la SNMIE.

— Je ne m'avancerais pas à affirmer qu'il la connaît intimement, mais il est vrai que cette demoiselle est l'une de nos partenaires.

Langue de bois.

Remarquez, je l'utilise moi aussi en taisant le décès de Julie.

— Comprenez bien, Monsieur, que je veux une réponse un peu plus précise. Alors j'affine ma question pour que vous fassiez de même pour la réponse : en clair, est-ce qu'Alexandre Sauquin rencontre Julie Celton en dehors des heures de travail ?

— Vous savez, fait-il après un silence, Alexandre est un chef d'entreprise. Il travaille beaucoup, aussi savoir si ses rendez-vous avec mademoiselle Celton ont lieu dans un cadre professionnel ou non, il y a là un pas que…

— Arrêtez de tourner autour du pot, bordel ! Vous êtes un grand garçon, moi aussi, alors je vous pose une question plus directe : en clair, est-ce qu'Alexandre Sauquin se tape Julie Celton ? Ce n'est pas compliqué, si ?

Mon coup de sang a le don de le perturber, car c'est d'une voix de garnement qu'il bafouille :

— Le mieux… Le mieux serait que vous rappeliez demain. Alexandre sera là et…

Je raccroche violemment le combiné. Quel con, alors ! Me semble un peu coincé, le gars ! J'entre ensuite en relation avec l'opérateur téléphonique de Julie Sénéchal.

J'expose à la jeune femme que j'ai en ligne mon souhait de savoir à qui appartient la ligne qui a appelé Julie le samedi pour lui proposer une sortie en bateau le lendemain. Après quelques minutes, elle répond :

— Le propriétaire de cette ligne est monsieur Alexandre Sauquin.

Décidément, tout s'enchaîne !

Tout en m'emparant de l'enveloppe kraft qui contient le répondeur téléphonique de Julie et d'un ordinateur portable et une imprimante pour enregistrer le procès-verbal d'audition, je crie à l'intention de Laurent :

— T'es prêt ? On y va, tu n'auras qu'à prendre le volant.

Nous sommes rapidement de retour Rue Mercoeur. C'est une voix inconnue qui, par l'interphone, s'inquiète de nos identités. Mon nom étant désormais connu, la porte s'ouvre rapidement. Marion vient à notre rencontre dans l'escalier et nous guide au premier étage vers une femme d'environ trente-cinq à trente-huit ans. La sœur d'Alexandre Sauquin pourrait être cocotte si, à l'inverse de Clémence qui, elle, aurait besoin de se remplumer, celle-ci se défaisait de quelques kilos que je subodore mal positionnés. Brune, coiffée à la garçonne, elle porte un pantalon ample qui n'ajoute pas à sa féminité et un chemisier bouffant qui pose un point d'interrogation sur son tour de poitrine.

— Comment va-t-elle ? interrogé-je, une fois les présentations effectuées.

— Mal, réplique Isabelle Sauquin en nous dirigeant vers le salon de l'appartement. Je suppose que vous vous êtes aperçu de son état, en fin de matinée. Je l'ai couchée sitôt que je suis arrivée, et je lui interdis l'alcool jusqu'à nouvel ordre. Cela ne se passera sans doute pas bien, mais il faut qu'elle s'en sorte. Elle est malade… Elle est alcoolique.

— C'est effectivement ce dont je me suis aperçu. Nous n'avons pas l'intention de l'importuner plus que nécessaire, mais il est important qu'elle nous affranchisse sur certains points.

— Je comprends. Je vais voir si je peux la réveiller. Dans son état, elle devrait manquer de discernement. Sa réflexion, et par conséquent ses réponses, risquent d'en être altérées.

— Nous verrons si on peut en tirer du positif.

Avant qu'elle ne se dirige vers le couloir qui mène à la chambre, je questionne :

— Comment va Cassandre ?

— Du haut de ses quatorze ans, la petite n'intègre pas tous les éléments. Elle est triste de savoir son frère en prison, bien sûr, mais elle ne réalise pas totalement. Elle espère qu'avec le retour de son père, tout rentrera dans l'ordre. Je vais réveiller Clémence. Installez-vous à votre aise.

Je branche le répondeur téléphonique à une prise électrique proche d'un fauteuil pendant que Laurent allume l'ordinateur portable et l'imprimante à une autre prise, au pied d'un tableau qui reproduit fidèlement les bords de Loire.

Je lui abandonne volontairement le canapé dans lequel j'escompte que Clémence s'assiéra. En fonction de la tournure de l'entretien, je table sur la mine patibulaire de mon adjoint pour la désarçonner. Avec son millimètre de cheveux et ses sourcils drus, il en impose, Laurent. Il a une gueule. C'est précieux lors d'un interrogatoire.

Contrairement au précédent passage, pas de trace de verre ni de bouteille d'alcool sur la table basse. Je note également que la clé n'est toujours pas sur la porte du bar. Elle doit être en lieu sûr dans la poche d'Isabelle.

La belle-sœur est de retour deux minutes plus tard.

— Clémence se passe un gant de toilette sur le visage et elle arrive. Souhaitez-vous que je sorte de la pièce ou puis-je assister à votre conversation ?

— Votre présence ne me dérange pas. J'aurai peut-être besoin de votre témoignage pour authentifier une voix sur ce répondeur. Mais il conviendra d'obtenir l'accord de votre belle-sœur.

— Voulez-vous boire quelque chose ? Café, thé, eau ou jus de fruits ? Vous comprendrez que le choix soit limité à des boissons sans alcool.

— Naturellement. Un café, s'il vous plaît.

— Café pour moi aussi, dit Laurent tout en entrant une partie de l'état civil de Clémence dans le fichier, histoire de gagner du temps.

Isabelle se retire dans la cuisine et en revient, cafetière odorante et tasses à la main. Elle dispose ces dernières sur la table de salon et entreprend de les remplir. Dans le même temps, tel un zombie, Clémence nous rejoint. Le choix de ses vêtements n'est pas des plus judicieux, soulignant plus qu'il n'en faut la maigreur de ses membres. À neuf heures ce matin, l'héritière des Coquenet de Mondate avait les traits tirés par la tristesse de voir son fils embastillé. À onze heures trente, l'abus d'alcool l'a transformée, la vieillissant et figeant jusqu'à son regard vitreux. Au sortir du lit, la combinaison de ces ravages la rend méconnaissable. Des poches sous les yeux boudinent son visage par ailleurs émacié, les pupilles n'ont pas d'éclat, les lèvres sont pâles de n'avoir pas connu le tube de rouge à lèvres depuis le barbouillage carmin de ce matin ; d'avoir été trop mis à contribution, le nez est irrité et rougi à la base des narines. Outre la tendance grasse que ne dissimulent pas les mèches fauves, le carré de cheveux est inégal. Même le gros diamant à son alliance semble éteint. Elle a pris un coup dans l'aile, Sa Seigneurie. Elle fait plus gueuse que nantie. Nous saluant d'un signe de la main, elle grommelle une formule qui se veut accueillante tout en demeurant incompréhensible, et va se réfugier dans un fauteuil. J'aurais préféré qu'elle soit à côté de Laurent, tant pis.

— Navré de vous importuner, Madame, mais pour un complément d'enquête, je souhaiterais vous poser quelques questions. Il n'y en a pas pour longtemps. Je vais m'efforcer de vous incommoder le moins possible. Cela vous dérange-t-il si votre belle-sœur assiste à notre entretien ?

— Non.

— Êtes-vous prête ?

Un hochement de tête atteste de sa participation.

— Tout d'abord, je voudrais connaître votre emploi du temps pour la journée de dimanche dernier.

Elle s'accorde un délai avant de répondre d'une voix monocorde :

— Je suis restée à la maison. Comme d'habitude.

— Votre mari aussi est resté à la maison ?

— Non. Il est parti faire de la voile.

— Était-il accompagné ?

— Non, dit-elle en ramenant ses pieds dans le fauteuil sous ses fesses maigrichonnes.

— Sur quel bateau est-il allé ?

— Sur le sien. Il possède un voilier. Il est amarré à Trentemoult.

Je lève un cil en direction de Laurent qui m'assure d'un regard que ce nom lui parle.

— Le nom de ce bateau ?

— Trisandre, une banale contraction des prénoms de nos enfants.

Contrairement à la plupart des flics qui n'utilisent qu'un doigt, Laurent est un pro de la dactylo. Ses phalanges courent sur le clavier et enregistrent les réponses sans qu'il ne baisse la tête pour s'assurer du résultat.

— Ce matin, vous m'avez fait un aveu concernant l'identité de la maîtresse de votre mari. Vous avez également souligné que cette femme était, disons, très proche de Tristan. Êtes-vous certaine de ces affirmations ?

— Bien sûr ! Il n'est pas dans mes habitudes d'avancer des faits s'ils ne sont pas avérés.

— En l'occurrence ? Qu'est-ce qui vous permet d'être aussi formelle ?

Un brin gênée par mon interrogation, Clémence change de position pour se donner le temps de réfléchir. Les pieds au sol, le dos droit, elle a l'apparence d'une petite fille fragile.

— Isabelle, s'il te plaît, tu veux bien nous laisser ? Oh, et puis non ! Tu peux rester, après tout. Au point où on en est, ce ne sera bientôt plus un secret pour personne.

Tandis qu'Isabelle entreprend de remplir à nouveau les tasses, Clémence explique :

— J'étais persuadée qu'Alexandre me trompait. J'y suis habituée, car il n'a fait que cela depuis que nous sommes mariés. Mais il me fallait un nom. Je voulais savoir qui était la femme qui recevait ses caresses, celle qu'il couvrait de bijoux et emmenait au restaurant ainsi que me l'a appris un relevé de compte. Je voulais savoir ce qu'elle avait de plus que moi, tenter de comprendre pourquoi le choix d'Alexandre s'était porté sur celle-là plus que sur une autre. Alors, j'ai engagé un détective privé. Il l'a suivi pendant deux semaines et a constitué un dossier complet, photos à l'appui. Impossible pour Alexandre de nier. À l'origine, l'idée du divorce me tourmentait, même si cela ne s'est jamais produit dans notre famille, mais un élément m'a contrainte à abandonner cette idée : cette femme, outre d'entretenir une relation avec mon mari, était aussi la petite copine de mon fils. Cela, évidemment, nul ne le savait, excepté elle, le détective privé et moi. Dès lors, je ne pouvais plus ébruiter mon infortune sans connaître la plus grande humiliation.

— Je vois, dis-je après un silence synonyme de compassion. Le nom de ce détective privé ?

— Tourny. Régis Tourny. Son agence est installée Rue Paul Bellamy.

Je note ce renseignement sur mon petit carnet à spirale et expose la raison de notre venue :

— Nous avons apporté un document sonore pour lequel je vous demanderais d'authentifier ou non la voix de votre époux et frère. Êtes-vous d'accord, Mesdames ?

Elles opinent toutes les deux, j'appuie sur play.

« — Bonsoir ma chérie. Quel dommage que tu ne sois pas disponible ce soir, je t'aurais emmenée dîner. Je me languis de toi. J'ai hâte de te serrer dans mes bras. Pour demain, que penses-tu d'une sortie en bateau ? Rien que toi et moi. On partirait pour la journée. J'achèterai du foie gras et du champagne pour midi, je sais que tu adores cela. J'ai menti à ma femme, je lui ai dit que… »

Des regards complices entre Clémence et Isabelle garantissent qu'il s'agit bien de l'organe d'Alexandre Sauquin. Inutile d'en rajouter, je stoppe l'appareil. La procédure me dicte cependant de formuler la question de vive voix :

— Reconnaissez-vous formellement cette voix ? Il me faut une réponse tranchée.

Clémence est la première à émettre sa certitude.

— C'est lui. Jamais il ne m'a parlé aussi gentiment. Ou alors il y a bien longtemps, au début de notre idylle.

Deux précautions valant mieux qu'une, je me tourne vers Isabelle qui confirme :

— C'est la voix d'Alexandre. Je la reconnaîtrais entre mille.

— Ce premier point étant éclairci, poursuivons : est-il réellement allé faire du bateau, dimanche ?

— Oui, murmure Clémence après un silence. Il est parti de bon matin, sans doute pour faire ses emplettes avant son… son rendez-vous galant. Nous étions tous couchés lorsqu'il est parti.

— À quelle heure ?

— Je l'ai entendu sortir de sa chambre bien avant sept heures. Le temps qu'il déjeune, se lave et se rase, j'imagine qu'il est sorti aux alentours de huit heures.

Elle pointe sur moi des yeux durs et froids et assène :

— Eh oui, nous faisons chambre à part depuis des années. Depuis... depuis la première fois que j'ai découvert son infidélité. Il y a près de quinze ans. À l'époque, j'étais enceinte de Cassandre.

Elle balbutie un remerciement à l'adresse d'Isabelle qui lui verse à nouveau du café, puis complète :

— Il est rentré peu avant vingt-trois heures.

— Ça fait tard pour un retour de mer. A-t-il eu un problème ?

Elle prend une profonde inspiration.

— Non, je ne crois pas. Et heureusement, d'ailleurs : saoul comme il était, il aurait été incapable de pallier la moindre difficulté. Il tenait à peine debout.

Sachant le penchant de madame pour la divine bouteille, ce devait être cocasse. S'ils ne dormaient pas déjà, Tristan et Cassandre ont dû se désoler de pareil spectacle... Dans la famille Picolo, je voudrais le père et la mère : bonne pioche !

— Est-il coutumier du fait ?

— Je vois où vous voulez en venir, ironise-t-elle. Vous devez penser que nous formons un beau couple d'alcooliques ! Eh bien non ! Alexandre ne boit jamais, ou très rarement. Cela fait vingt ans que je ne l'avais pas vu dans cet état. Il lui arrive de boire un peu de vin en mangeant, ou une coupe de champagne à l'occasion. Mais dimanche, il avait bu plus que de raison.

Laurent Houssay et moi connaissons la suite de l'histoire, mais pas Isabelle. Plus Clémence parle, plus la vérité se fait jour pour sa belle-sœur. Bouche ouverte, regard fixe, elle attend des mots qui, elle en a bien conscience, vont lui faire mal.

Il importe pour nous que Clémence répète les aveux de ce matin, aussi j'adopte ma voix la plus veloutée :

— Pourquoi, selon vous, alors qu'il était on ne peut plus sélect depuis des années, s'est-il mis dans un tel état ?

— Ha ha ha… raille-t-elle d'un ton glacé. Vous avez oublié ce que je vous ai dit ce matin ? Vous le savez aussi bien que moi !

— Je m'en souviens, effectivement, mais j'ai besoin de l'entendre de votre bouche, madame. Isabelle aussi a besoin de l'entendre de votre bouche. S'il vous plaît, répétez ce que vous m'avez soutenu en fin de matinée.

Elle marque un nouveau temps, ce qui agace Isabelle au plus haut point.

— Parle, Clémence ! Je ne comprends rien à votre dialogue ! Qu'est-ce que le capitaine Moreau veut entendre de ta bouche ?

Clémence se prend le visage à deux mains, secoue la tête nerveusement.

— La vérité, ma chère Isabelle ! Il veut entendre la sinistre vérité…

Retirant ses mains, elle balance ce qui n'est plus qu'un secret de polichinelle :

— Si Alexandre s'est saoulé dimanche, c'était pour tenter d'oublier son crime. C'est lui qui a tué Julie Sénéchal. Il a tué sa maîtresse !

*

Voilà, c'est lâché. Une qui n'en croit pas ses oreilles, c'est Isabelle Sauquin. Jamais elle n'aurait imaginé que son frangin aurait endossé la tenue d'un assassin.

En tout cas, cet aveu, qui n'est plus un scoop pour moi depuis que j'ai eu les informations de son opérateur téléphonique, a pour effet de me rasséréner dans mon idée. Je me souviens que j'avais pressenti quelque chose dans ce style dès le départ, quand chez Julie Sénéchal je me faisais la remarque que celui qui proposait la balade en bateau était celui qui l'avait tuée. Il ne pouvait en être autrement, car sinon il l'aurait rappelée pour lui demander la raison de son absence lors de la sortie sur l'eau.

— Vous nous racontez, Madame, la motivation de son geste ?

J'ai repris ma voix la plus suave, mélange de compréhension, de douceur et, paradoxalement, de fermeté. Si avec ça, elle ne se met pas complètement à table !

— Après votre départ, hier soir, j'ai téléphoné à Alexandre pour lui annoncer que vous aviez emmené Tristan. Je connais trop Alexandre pour ne pas percevoir qu'il était mal dans sa peau. Je voulais savoir le motif de sa mélancolie. D'ailleurs, son ivresse de dimanche correspondait à son état d'esprit. Nous… nous avons eu une conversation. Il a d'abord éludé, cherchant à me faire croire que tout allait bien. Mais je me suis entêtée, j'ai tout fait pour qu'il parle. Nous avons eu une violente dispute et il a fini par me raconter sa liaison avec cette Julie Celton.

Je vais pour rétablir l'identité de Julie, mais elle me précède :

— Oui, je sais maintenant qu'elle s'appelle Sénéchal. Mais hier soir, jusqu'à ce qu'Alexandre me divulgue son vrai nom, elle était Julie Celton. Avec son petit accent du Sud de la France – normal elle y a grandi – il était impossible pour Alexandre de faire un lien avec le bébé de… le bébé qui…

Les mots peinant à sortir, je l'aide :

— Le bébé rescapé d'un accident de la circulation, il y a vingt ans, ici à Nantes.

— Vous savez cela aussi ! Comment… qui…

— Depuis hier, notre enquête a énormément progressé. En fouillant tous azimuts, nous avons récolté beaucoup de renseignements. Certains nous sont inutiles, d'autres nous permettent de jeter des hypothèses de travail. En revanche, ce que j'ignore, c'est depuis quand votre mari savait la véritable identité de Julie. Vous l'a-t-il dit ?

— Tu me sers un verre, Isabelle ? coupe Clémence. Je crois que j'en ai vraiment besoin.

La belle-sœur hésite, me regarde, puis prend ses responsabilités.

— Plus tard, Clémence. Réponds d'abord au capitaine Moreau.

Clémence n'apprécie que modérément la réponse de sa belle-sœur. Pas besoin d'être devin pour savoir que si nous n'étions pas là, elle se passerait de l'accord d'Isabelle. Il n'est que de regarder ses yeux noirs dans son visage rougissant pour s'en convaincre.

— Alexandre aussi le sait depuis peu. C'est sa maîtresse qui le lui a dit, samedi soir, quand il s'est rendu chez elle.

— Pourquoi est-il allé à son domicile ?

— Il était en colère, il estimait qu'elle lui devait des explications.

— À quel sujet ?

— Il ne me l'a pas précisé, mais à votre avis ? Leur liaison, bien sûr ! Il m'a seulement dit qu'elle l'avait piégé, qu'elle l'avait ridiculisé. Fou de colère, il l'a braquée de son arme et… et le coup est parti tout seul.

Si ce qu'elle me dit est vrai, j'en sais plus sur toute l'affaire que Clémence.

Elle ne semble pas savoir comment Julie a piégé

Alexandre. Il est plus que crédible qu'elle ignore également le rôle de Tristan. Je n'ai pas envie de le lui apprendre.

— Pourquoi votre époux était-il armé ? L'est-il, en temps normal ?

— Non, mais il s'attendait à ce qu'elle soit accompagnée.

Elle se lève tout à coup, bras croisés, le visage fermé.

— Mais il n'y a que moi qui parle ! A vous maintenant : que savez-vous de ce terrible accident ?

Les lèvres ouvertes sur un rictus, elle a presque crié ces mots. Cette réaction – typique d'un individu perdant son contrôle – est révélatrice de son addiction à l'alcool. Il n'est pas dans mon intérêt de la rembarrer si je veux obtenir son concours, alors je lâche un peu de lest :

— Ce sera bref : me fiant à mon flair, et parce qu'il s'agit d'une procédure courante, j'ai consulté les archives. J'ai découvert un dossier au nom de votre époux, car il a été condamné il y a un peu plus de vingt ans. Attendez que je vous rappelle les faits : un soir de semaine, il a pris le volant alors qu'il rentrait passablement ivre d'une soirée arrosée sur Rennes. Dans une ligne droite, il s'est endormi au volant. Le destin a voulu qu'une voiture vienne en face. Le choc a été très violent et, de la carcasse méconnaissable d'une voiture, on a retiré les corps sans vie d'un jeune couple. Il s'agissait de Nathalie et Éric Sénéchal, les parents de Julie. Alexandre, de son côté, s'en est tiré avec un bras cassé et des contusions. Voilà ce qu'il m'a été permis d'établir à partir des articles de presse et des procès-verbaux. Je sais que Solange et Raymond Celton ont décidé d'adopter la petite orpheline, alors âgée d'un peu plus d'un an, et nous savons donc dans quelles conditions Julie est partie vivre à des centaines de kilomètres d'ici. Entourée de l'affection des Celton, elle est devenue une jeune fille épanouie. Mais pas totalement ! Son nom de famille, qui n'était pas le même que celui des deux petits garçons qui ont grandi avec elle, les fils de Solange et Raymond Celton, suffisait à la rendre différente. Alors, ces derniers temps, elle a décidé de venger son bonheur perdu, volé par un chauffard qui, pour toute sanction, avait reçu une forte amende et une dérisoire peine de prison avec sursis. Ses études terminées, en juin dernier, elle a voulu venir travailler dans la région. Elle a postulé à un poste à la SNMIE et, par chance, a été embauchée. Sa candidature dans cette entreprise n'était pas dénuée de sens, car elle savait que, par ce biais, elle aurait tôt ou tard été mise en relation avec Alexandre Sauquin, le directeur de la SCDMC. Vous savez maintenant d'où proviennent mes informations. Veuillez nous raconter la suite, Madame…

Le nez pincé, les joues plus creuses que jamais,

elle ne contrôle plus ses mains aux doigts tellement fins qu'on dirait des baguettes chinoises. Elle soupire, va pour se lever, se ravise.

— Au point où on en est ! Mais je veux d'abord boire quelque chose. Isabelle, je t'en prie... Un verre, rien qu'un ! J'en ai vraiment besoin.

Isabelle est tentée de refuser. Cependant, je donne mon approbation en hochant la tête car il m'importe de recueillir le témoignage de Clémence. Dans son état de manque, il suffirait de peu pour qu'elle se ferme comme une bélon apercevant un zeste de citron. Ceci bien sûr pour les profanes, car une bélon se consomme nature, sans filet de citron ni échalote.

— Un seul verre, alors. Que veux-tu ?

— Un porto, s'il te plaît. Où en étais-je ? Heu... oh oui... donc, j'avais remarqué depuis dimanche soir qu'Alexandre n'allait pas bien. J'ignorais si sa contrariété était d'ordre professionnel ou... ou privé. Il n'est pas homme à dévoiler ses états d'âme, et le serait-il que ce n'est pas à moi qu'il confierait ses peines de cœur. Il avait déjà traversé une période de détresse, il y a trois ans, lorsque sa maîtresse de l'époque l'avait quitté. Il ne s'est jamais exprimé sur le sujet, pas avec moi en tout cas, mais je l'ai su par une amie interposée. Depuis dimanche, il était sensiblement dans le même état, mais il paraissait cependant encore plus éprouvé. Lundi soir et mardi soir, quand il est rentré du travail, il n'était pas le même homme. Son comportement était étrange, il ne parlait pas. Comment dire ? Il n'était pas dans son assiette. Je ne l'ai pas vu hier matin, avant qu'il parte pour l'aéroport. Et quand nous avons eu notre conversation téléphonique, hier soir, il s'est d'abord réfugié dans des mensonges. Mais je le connais, et il ne m'a pas fallu batailler trop longtemps pour obtenir sa confession. En temps normal, il n'aurait rien avoué, mais… mais la présence de Tristan en cellule n'a rien de normal. Alors, en pleurnichant, il m'a avoué avoir tué sa maîtresse. J'étais hors de moi. Que je sois une femme bafouée, soit ! Ce n'était pas la première fois. Mais que mon fils soit emprisonné à la place de son père, je ne pouvais l'admettre. Car depuis le début, je savais au fond de moi, dans mon cœur de maman, que Tristan était innocent. Jamais il n'aurait tiré sur cette femme.

Elle s'interrompt pour cueillir de ses deux mains le verre à pied en cristal. Ses tremblements font que quelques gouttes s'échappent pour aller s'écraser à ses pieds, sur un tapis persan qui doit valoir nettement plus que ce que l'administration me verse tous les mois en échange de mes bons et loyaux services. Elle boit avec avidité, comme si sa vie dépendait de cet élixir. Lorsqu'elle repose le verre, il est vide.

Elle réprime un frisson, s'essuie les lèvres d'une langue pâteuse et peu ragoûtante, balbutie dans un souffle :

— Merci, Isabelle… Avant de raccrocher, hier soir, il m'a promis de se dénoncer. Dès demain matin, il se déclarera coupable du meurtre. J'ai insisté pour qu'il rentre au plus vite, pour éviter à Tristan l'infamie d'une nuit en prison, mais avant son incarcération, Alexandre veut prendre des dispositions pour que sa société poursuive son activité sans lui. Il désire s'accorder la journée avant de se livrer, le temps de signer quelques contrats avec des Italiens. Vous pouvez lui faire confiance. Il tiendra parole. Aucun père digne de ce nom ne laisserait son fils purger une peine de prison à sa place.

Bon, on connaît maintenant l'assassin de Julie Sénéchal. On connaît également sa motivation. Avant de clore une partie du dossier, quelques questions subsidiaires sont nécessaires qui me permettront d'obtenir plus aisément les aveux d'Alexandre :

— Où votre mari range-t-il son arme ?

— Je l'ignore. Ce n'était pas ma priorité lors de notre conversation. Peut-être dans sa voiture…

— Pourquoi a-t-il tiré sur Julie ?

— Par jalousie. Il prétendait qu'elle avait un autre homme dans sa vie. Ce n'était pas faux, comme la suite nous l'a démontré. Ce qu'il ignorait lorsqu'il s'est rendu chez elle, c'est que cet autre homme n'était autre que son propre fils.

— Sur quoi se basait-il pour affirmer qu'elle avait un autre amant ?

— Il ne me l'a pas dit. Il le savait, c'est tout.

— Bien. J'imagine que sa voiture est à l'aéroport ?

— Oui, il la laisse sur le parking de l'aéroport quand il prend l'avion.

— Pouvons-nous avoir un double de sa clef de voiture afin que nous saisissions l'arme si elle s'y trouve ? Nous devrons vérifier si le projectile qui a atteint Julie Sénéchal provient réellement de cette arme.

— Le double de clé du 4x4 est sur la desserte, dans l'entrée.

— Avec votre autorisation, nous le prendrons en sortant. Nous vous le rendrons en fin d'après-midi.

Je vais jusqu'à l'ordinateur portable que Laurent a posé sur une superbe table aux pieds en merisier et au plateau de verre.

Je parcours les dernières phrases, pour m'assurer que je n'oublie aucune question.

Clémence profite de ce répit pour réclamer à voix basse qu'Isabelle remplisse à nouveau son verre. Essuyant un refus, il s'ensuit des soupirs facilement traduisibles.

Je lance l'impression du procès-verbal d'audition et, lorsque c'est fait, le propose à la maîtresse de maison en même temps que mon stylo :

— Vous pouvez relire le document avant de le signer, Madame…

Pendant qu'elle le signe, j'obtiens d'Isabelle qu'elle

pose également sa signature sur un autre procès-verbal, à son nom celui-là. Pendant qu'elle opère, je reviens vers Clémence :

— À quelle heure Alexandre sera-t-il de retour demain matin ?

— Son avion doit se poser à 9 heures 30. Il sera ici moins d'une heure plus tard.

Elle doit lire dans mon regard que mon intention n'est pas de l'attendre chez lui, aussi s'insurge-t-elle :

— Ah non ! Ne lui faites pas l'offense de l'arrêter à l'aéroport ! Je vous donne ma parole, et la sienne, qu'il rentre pour se livrer à la police afin que Tristan soit libéré, alors ne lui faites pas l'affront d'un comité d'accueil à la sortie de l'avion. Épargnez-lui cette honte ! Laissez-le rentrer ici, que je le vois une dernière fois avant qu'il vous suive ! S'il vous plaît, Capitaine !

Je pèse le pour et le contre. Après tout, je ne suis pas à une demi-heure près, et la présence de Tristan en cellule constitue un solide moyen de pression.

— Vous avez ma parole. Mais que votre mari n'en profite pas pour nous fausser compagnie !

— Aucun risque ! Il aime trop son fils pour cela.

Je demande ensuite à Isabelle de nous accompagner sur le parking de l'aéroport pour assister à la fouille du 4x4. Avant de nous suivre, cette femme de tête prend ses dispositions pour que Clémence ne demeure pas seule. Elle monte à l'étage chercher Cassandre déjà rentrée du collège pour qu'elle vienne entourer sa maman de son affection et… qu'elle l'empêche de boire. Au besoin, Marion est là pour l'assister. À deux, elles ne devraient pas être de trop.

XI

Une fois sortie de chez sa belle-sœur, ravie d'être débarrassée de la pression engendrée par une situation dans laquelle elle n'a strictement rien à voir, Isabelle Sauquin devient illico un poil plus souriante. M'est avis que ça la gave pas mal de jouer à la garde-malade. Son frangin trompait sa bonne femme avec une jeunette qui n'était autre que la copine du neveu ? Et après ! Elle n'est pas franchement jouasse, la Clémence, avec ses airs de grande dame. Tu m'étonnes que le frangin allait chercher à l'extérieur ce qu'il n'avait pas à la maison. Faut le comprendre, quelque part ! Il n'est pas de bois, Alexandre, et il est encore trop jeune pour que les démons de la chair ne le détournent des polissonneries. Pour Isabelle, ça tient plus du vaudeville que du mélodrame qui plombe l'ambiance. Il n'y a pas de quoi mourir de chagrin !

Lorsque je lui objecte qu'il a dessoudé la gamine, elle trouve à répliquer que rien ne le prouve indubitablement, même s'il a revendiqué son geste hier soir au téléphone. Et même si c'était vrai ! Il a peut-être des circonstances atténuantes. Plein aux as, il va pouvoir se payer les meilleurs avocats de France et de Navarre. Il se trouvera bien un dégourdi pour découvrir un vice de procédure ou une bricole de ce genre qui rendra son geste sinon excusable du moins compréhensible. Non, elle n'est pas inquiète. Son frérot en a vu des vertes et des pas mûres, il parviendra à se sortir de ce mauvais pas. Sans partager son optimisme, et en dépit des énormités qu'elle avance, je la trouve quand même sympa.

Ordinateur portable, imprimante et procès-verbaux signés sous le bras, je descends de voiture Place Waldeck Rousseau. Isabelle me remplace à la place passager et, en compagnie de Laurent Houssay, ils filent vers l'aéroport de Nantes-Atlantique.

— Un monsieur vous attend, Capitaine, me dit l'ADS en indiquant de la pointe du menton par-dessus mon épaule lorsque je pousse la porte de l'hôtel de police.

Je me retourne et avise un homme d'environ cinquante ans, légèrement bedonnant, très quelconque. Il est de taille moyenne, de poids moyen, habillé d'une manière passe-partout. Bref, le gars qu'on ne remarque pas, transparent, qui n'a pas besoin d'une foule compacte pour passer inaperçu. Pour qu'on le repère, faut qu'il se peigne le visage aux couleurs de l'arc-en-ciel ou qu'il accroche au revers de sa veste une fanfreluche fluo ou on ne peut plus ridicule.

— Bonjour, fait-il en me tendant la main.

Pas bêcheur pour un sou, je la lui serre sans hésiter.

— Vous désirez me rencontrer ?

— J'ne voudrais pas abuser, mais si vous avez quelques minutes à me consacrer, je serais… Je me présente : Régis Tourny, détective privé.

Même sa voix est impersonnelle, monotone comme le ronronnement d'un ventilateur. Je comprends maintenant pourquoi il est si anonyme, quasi invisible : passer incognito est le garant de son activité professionnelle. Je n'ai pas beaucoup de complaisance pour les privés. Le fonds de commerce de la plupart d'entre eux est la traque aux amants, le flagrant délit étant l'adultère. À grand renfort de photos ou de témoignages, leur job consiste à apporter la preuve d'un amour défendu pour que le cocu ou la cocue, par avocat interposé, en retire un maximum d'oseille au tribunal lors de la séparation. Quelque part, ça me dérange que ces individus gagnent leur vie en en empêchant d'autres de s'aimer. Il y a là, à mon sens, quelque chose de contradictoire avec la nature humaine.

Par bonheur, les temps changent, et l'espionnage industriel requiert une part grandissante de leur temps de travail. Tant mieux, les amoureux ont encore de belles séances de luxure devant eux.

— Voilà qui tombe bien, monsieur Tourny. Après avoir entendu parler de vous, je voulais justement faire votre connaissance. Quel est le motif de votre visite ?

Stupéfait que je connaisse son existence, il marque une hésitation tandis que ses yeux se posent sur les miens puis au sol. Balançant d'un pied sur l'autre, il peine à trouver ses mots :

— C'est que… d'habitude, enfin, je ne viens pas souvent, mais d'habitude, je rencontre le capitaine Balandier. C'est un copain. Enfin, on s'connaît depuis une paye…

— Le capitaine Balandier est absent. Si cela peut attendre pour l'affaire qui vous intéresse, je vous suggère de repasser la semaine prochaine. En revanche, moi aussi je souhaitais vous rencontrer. Avez-vous quelques minutes à m'accorder ?

— Oui. C'est pour quelle raison que vous voulez me voir ?

— Vous n'en avez pas une petite idée ?

— J'suis pas trop sûr d'mon coup, mais je suppose que c'est au sujet de la mort de la p'tite Celton ?

— Gagné. Venez ! j'ordonne en désignant l'escalier.

Le nom de Julie Celton-Sénéchal est le sésame qui ouvre la porte de mon bureau. Espérons que ce que Tourny a à dire ouvrira les portes de ma perception. Elles ne sont pas ouvertes sur l'infini, comme celles de William Blake, mais je suis quand même preneur si cela peut me dégager un tant soit peu l'horizon.

Quinze secondes plus tard, nous sommes assis face à face, Régis Tourny et moi. Il a tiqué en constatant que j'occupe le bureau de Balandier, mais s'est abstenu de commentaire. Il bredouille tout en s'épongeant le front :

— Quelque part, ça tombe bien parce que je venais voir Balandier à ce sujet justement.

— Allez-y, je vous écoute.

— Par où commencer… J'ai entendu à la radio qu'on a découvert le corps d'une jeune femme dans son appartement. Aussi bien je n'aurais pas fait attention, mais comme ils ont précisé l'adresse, je me suis souvenu d'une p'tite que j'avais suivie pour un dossier. Ils ne donnaient pas de détails, ils disaient juste qu'il s'agissait d'une jeune femme assassinée. Ma première idée a été de me taire, puis je me suis dit que vous pourriez remonter jusqu'à moi, alors j'ai préféré venir vous voir, histoire de me dédouaner.

Je siffle entre mes dents :

— Ça en fait, des infos ! Primo : pourquoi et comment croyez-vous que nous serions remontés jusqu'à vous ? Secundo, de quel embrouillamini désirez-vous vous dédouaner ?

— Comment dire ? fait-il dans un soupir. À la demande de sa femme, j'ai suivi un homme pendant deux semaines. Elle voulait tout savoir : qui il voyait, où il allait, combien de temps il y restait… la totale ! J'ne me plains pas, parce que c'était grassement payé. J'ai fait un paquet d'heures mais…

— Venez-en au fait.

— Oui, tout de suite. Donc, j'ai filoché le bonhomme pendant quinze jours, week-ends compris. La plupart de ses trajets étaient liés à son boulot, mais il entretenait une relation avec la donzelle en question. Quand j'ai appris la nouvelle… enfin, je me répète.

— Le nom de ce monsieur ?

— Alexandre Sauquin. Voilà, c'est tout ce que j'avais à signaler.

— Comment ça, c'est tout ? Vous n'avez rien d'autre à ajouter ?

— Ben non ! J'vous l'répète, moi j'veux juste vous affranchir sur le côté réglo de mon taf. S'il prenait l'envie à la mère Sauquin de vous balancer mon blaze, je préfère que vous me sachiez franc du collier. Après, si la poule de Sauquin s'est fait dessouder, j'veux pas y être mêlé. Je n'veux rien avoir à voir avec cette histoire. J'vous dis, comme il est possible qu'un jour mon nom apparaisse, j'préfère prendre les devants.

— Hum… OK, Tourny ! Donc, vous avez suivi Sauquin dans chacun de ses déplacements. Qu'avez-vous dégauchi sur lui qui fait que vous prenez les devants, comme vous dites ?

— Ah ben ça, c'est personnel ! J'garde mes infos pour ma cliente.

— Balancez, Tourny. Clémence Sauquin ne verra sûrement aucune opposition à ce que vous me fassiez des confidences sur cette affaire.

— Oui, mais c'est que…

— Balancez, bordel ! Ou je vous fais coffrer pour entrave à la justice !

Il a changé de tête. Si les entrevues avec Balandier sont courtoises, il s'aperçoit que je ne suis pas fait du même bois. Il passe une main moite sur son front et l'essuie gauchement sur son pantalon. Pour l'assurer que je ne le lâcherai plus maintenant qu'il a commencé à baver, j'assène :

— Comme vous l'avez entendu à la radio, Julie Celton est morte de façon violente. Il me faut vos renseignements, et rien ne m'empêchera de les obtenir. Alors, racontez-moi tout avant que je m'énerve.

Les joues écarlates, le regard fuyant, de la sueur qui perle par tous les pores de sa peau, il se ferait désormais retapisser par le premier venu. Même un aveugle ressentirait sa peur… et l'écœurante odeur de transpiration qui sourd de son corps et envahit progressivement la pièce.

— Bon ben… y'a rien de spécial. Tous les jours, il allait bosser à sa boîte. Parfois, il faisait un saut à une de ses succursales. J'l'ai suivi un jour jusqu'à Brest, et une autre fois jusqu'à La Roche-sur-Yon. Mais y'avait pas de cachotterie, c'était pour le turbin. C'est seulement le soir après le boulot, ou le week-end, qu'il rencontrait sa poule.

Il s'éponge à nouveau d'un revers de main avant de poursuivre de la même voix plate et sans relief :

— C'était une drôle de citoyenne, celle-là ! Elle se faisait appeler Celton, mais en fait, elle s'appelait Sénéchal. Ça, j'l'ai découvert aujourd'hui seulement, en allant traîner mes guêtres du côté du boulevard Albert Thomas. C'est sa voisine de palier qui m'a tuyauté, une certaine madame Blutch.

La vieille dame n'a sûrement pas raté l'occasion de médire sur sa voisine.

— Elle n'aura plus aucun motif pour se plaindre de Julie Sénéchal. Elle a changé d'adresse depuis. Pour l'instant, elle est descendue – façon de parler – à la morgue, et d'ici peu, elle va prendre pension complète au cimetière de la Bouteillerie.

— C'est vrai que c'est une peau de vache, la vieille !

— Que pouvez-vous m'apprendre de plus sur Sauquin ou Julie Sénéchal ?

Il se gratte la tête en grimaçant.

— Ma foi… rien d'extraordinaire. Hormis qu'Alexandre Sauquin avait la réputation d'être un coureur de jupons. Un vrai obsédé de la zigounette ! Il tringlait tout ce qu'il pouvait : secrétaires, clientes, voisines… tout ce qui bougeait !

— Vous avez une liste ?

— Non. Seulement des témoignages. En particulier celui d'une de ses employées.

— Anaïs ?

— Comment vous savez son prénom ? interroge-t-il, estomaqué.

— Dans la série des branchés cul, il me semble qu'elle a sa place. Pour un beau gosse comme vous, ça a dû être fastoche de l'embobiner, la Anaïs ! Après une partie de bête à deux dos, ça n'a dû être qu'un jeu d'enfant de lui tirer les vers du nez.

Il ne moufte pas, se demandant si je me fous de lui ou s'il possède plus de sex-appeal qu'il ne le supposait jusqu'à maintenant.

Ou peut-être qu'il regrette de ne pas s'être tapé la chaude Anaïs !

Il est également possible que le gros fessier de cette dernière l'ait rebuté. À moins que ce ne soit le strabisme ou la dentition équine…

— Voyez-vous un élément susceptible de m'intéresser à ajouter, monsieur Tourny ?

— Heu non… Ah si ! Alexandre Sauquin et Julie Celton avaient leurs habitudes dans un établissement du quai de la Fosse. “Le Sans-Culotte”, ça s'appelle. Rien à voir avec la Révolution, c'est un club échangiste.

— Vous avez les jours et horaires d'ouverture ?

— Tous les soirs sauf le lundi, de vingt-deux heures à cinq heures du mat'.

Je note le nom et l'adresse du club privé pendant qu'il poursuit d'un ton rigolard :

— Ils sont queutards de père en fils, chez les Sauquin ! Figurez-vous que le fils se tapait la maîtresse de son père. En douce de son dabe, bien sûr ! Ça doit être dans les gènes, ce besoin de posséder… En plus de l'argent, ils…

Avant qu'il ne se noie dans une psychologie à deux balles, je l'arrête, vu que je connais cette facette de l'histoire et que je n'ai pas envie qu'il s'épanche :

— C'est grâce à vous que Clémence Sauquin sait que son époux et son fils se partageaient Julie Sénéchal sans eux-mêmes le savoir ?

— Oui. C'était vachard de ma part. Son cœur de maman a sûrement pris une secousse, mais après tout elle m'a payé pour que je lui fasse un topo sur son bonhomme. Je voulais pas lui dire pour son chiard, mais j'l'ai fait quand même.

— C'était nécessaire, Tourny, vous avez bien fait. Au gré de vos filatures, j'imagine que vous avez pu vous forger une opinion quant au père et au fils Sauquin et à Julie Sénéchal. Que pensez-vous de ces trois personnages ?

— Ouais… ben là comme ça, rien de spécial. En dehors de son boulot, Sauquin n'a que deux passions dans la vie : son bateau et le cul ! Sorti de là… remarquez, c'est déjà pas mal. Ça occupe, tout ça ! Sa femme ne m'a rien confié de leur intimité, mais je crois qu'il faisait tintin depuis longtemps pour ce qui était de… vous voyez de quoi j'parle. Y'avait de l'eau dans le gaz depuis des années. D'ailleurs, si elle biberonne sec, je crois que c'est pour oublier les cornes qui lui poussent. Mais bon, y'a rien de sûr. C'n'est que ma version…

Régis Tourny, rassuré parce que sentant que la conversation a pris une tournure détendue, s'appuie au dossier de sa chaise et étend ses jambes.

— Tristan, le fiston, est à l'université. Il est sérieux, il bosse bien. J'ai causé avec un de ses potes qui m'a dit qu'il n'a jamais eu de petite copine. Il n'est apparemment pas aussi dégourdi que son père sur ce plan-là. Remarquez, il n'a que dix-huit balais ! Il a toute la vie devant lui. On m'a même dit, mais ça reste à vérifier, que c'est lui qui s'est fait draguer par Julie. C'est elle qui a pris l'initiative, et ce grand benêt n'a plus eu qu'à lever le petit doigt. Avec sa bagnole, c'est vrai que ça aide pour tomber les filles.

— Parce que vous croyez que c'est la bagnole qui fait tout ?

— Faut reconnaître que ça aide ! Il n'est pas franchement beau, si ? Pour les midinettes, un gazier dans un joli coupé suffit à déclencher l'extase. À c't'âge-là, on ne gratte pas plus loin. C'est artifice et compagnie. Sauf que, dans le cas de Tristan, c'n'est pas que de l'artifice ! Y a du répondant derrière côté finances, et ça, Julie l'avait pigé ! Même si le micheton n'a rien d'un jeune premier, y'a plus d'une futée qui à sa place l'aurait embobiné, manière de s'assurer une vie tout ce qu'il y a de confortable. Un mec comme ça dans ton plumard, pas besoin de s'décarcasser à l'école ! Tu sais que tu manqueras de rien. Pour peu que tu la joues cool et que tu sois pas toujours sur son dos à les lui briser menu, c'est pas demain que tu pointeras à l'ANPE ni que tu feras le tour des boîtes d'intérim.

Son franc-parler et son sens du raccourci en font un personnage somme toute truculent.

— Vous croyez réellement que c'était le projet de Julie ? Faire un beau mariage pour se garantir une existence dorée ?

— J'sais pas. J'peux pas me permettre d'affirmer. Mais convenez que c'est quand même un bon plan ! Enfin, c'est ce que moi j'dis, mais faut pas perdre de vue que c'est elle qui a fait le premier pas, vu que Tristan est timide comme pas deux. En plus, elle avait quatre ans de plus que lui, ce qui n'est pas vraiment courant. La plupart du temps, les gonzesses visent vers des gars plus âgés qu'elles. À vingt-deux carats, elles ne lorgnent pas du côté des jeunes puceaux.

— Il y a des exceptions.

— Ben alors faut croire que c'en était une, d'exception. Mais… pour s'être farci le père d'abord, je soupçonne que la Julie avait autre chose en projet que la bagouse au doigt. Vous imaginez les repas de famille, si ça c'était produit, un scénario de ce genre ! Alexandre Sauquin, en bout de table, en train de deviser avec son ex-maîtresse qui est devenue sa belle-fille, pendant que l'effacé Tristan se contente d'une banalité de temps en temps. Cassandre, la petite frangine, se fait tartir à les écouter, pendant que Clémence avale verre sur verre. À la fin du repas, on couche la maman pour une sieste réparatrice, la fille sort rejoindre des copains et des copines ou se tire dans sa chambre fumer un joint pour décompresser, et le père envoie son fils chercher un document à l'entreprise. Il profite de l'intervalle pour s'envoyer sa bru. Chouette, la famille ! Sympa, le repas dominical ! Vivement dimanche prochain qu'on remette le couvert !

Il rit de son évocation désormais irréalisable du fait du décès de l'une des protagonistes. Cependant, ses commentaires ne me laissent pas de marbre. Ça cogite sous ma coiffe.

— Une idée, comme ça, qui me traverse l'esprit : je n'ai pas connu Julie Sénéchal, car elle était déjà morte lorsque je l'ai vue pour la première fois. Je n'ai pas encore rencontré Alexandre mais ce ne saurait tarder puisqu'il rentre demain. Quant à Clémence, je n'ai pas eu l'occasion de bavarder avec elle sur un sujet autre que mon enquête. Il s'avère donc que je ne connais pas ces trois personnes. Or, vous, vous avez, je suppose, longuement discuté avec Clémence. Vous avez aussi pu observer Julie et Alexandre. Par conséquent, vous êtes bien mieux placé que moi pour évoquer leurs personnalités. Nous avons à peu près ciblé Julie, Alexandre et Tristan, mais revenons à Clémence…

— Clémence Sauquin, née Coquenet de Mondate. C'est une bourge, avec ce que cela implique de dignité, de fierté, de loyauté et de grandeur d'âme. Déçue par la vie que lui inflige Alexandre, je pense qu'elle s'est petit à petit recroquevillée sur elle-même. Elle a cessé toute fréquentation. Enfermée volontaire dans sa tour d'ivoire, elle s'est mise à pitancher pour mieux supporter l'infamie. Ça aurait pu être la drogue, c'est l'alcool qui, doucement mais sûrement, la consume.

— Psychologiquement, est-elle forte ?

— Oui et non. Non, car elle cède à la tentation de l'alcool, oui parce qu'en m'embauchant, elle a eu un sursaut de courage pour affronter la vérité.

Les dernières phalanges de mes dix doigts en opposition cinq par cinq devant ma bouche, je réfléchis quelques secondes. Se pourrait-il que Clémence ait tout manigancé ? Dans un premier temps, elle fait suivre son mari par un détective privé. Lorsqu'elle est certaine de son infortune, elle décide d'échafauder sa vengeance. Terminées, l'humiliation et l'infamie ! La faible femme qui se réfugie dans l'alcool laisse exploser sa colère. Elle descend ou fait descendre Julie et fait accuser son bonhomme. Il ne faut en effet pas oublier que, pour l'instant, Alexandre n'a avoué son crime à personne d'autre que Clémence. Je dois tout envisager.

— Une autre idée, comme ça encore, en passant : selon vous, monsieur Tourny, serait-il possible que Clémence, à partir du dossier que vous lui avez remis, organise sa vengeance et fasse tuer la maîtresse de son mari ?

— Ah ben ça… Comme ils disaient dans une émission à la télé, tout est possible ! Mais, de vous à moi, j'vois pas à qui elle se serait adressée pour monter ce coup fourré. Déjà qu'elle ne connaît pas grand monde, il aurait fallu qu'elle soit en cheville avec des types prêts à tout du moment que ça rapporte un max. C'est pas dans ses fréquentations, des gaziers de ce genre. C'est pas dans son monde qu'on les croise. Non, j'y crois pas à votre truc.

— Il y a une autre possibilité, dis-je en approchant le visage et en le braquant du regard. Si elle ne connaît personne dans le milieu nantais, vous, vous avez sûrement dans vos relations un dur à cuire que le contrat aurait intéressé…

La bouche ouverte sur un O majuscule, Régis Tourny n'émet pas le moindre son. Tout juste si sa tête balance légèrement de droite à gauche. Il lui faut quelques secondes pour encaisser. Coup de bol pour lui, mon turlu chante son air préféré. Je pourrais ne pas répondre, mais je choisis de le laisser mijoter.

— Excusez-moi une seconde, monsieur Tourny... Allô ?

— Maxime, c'est Laurent. Je suis à l'aéroport. Il n'y a rien dans la voiture de Sauquin. J'ai regardé dans la boîte à gants, sous les sièges... J'ai aussi regardé dans le coffre.

— Merde, c'était trop beau !

— Par contre, Isabelle Sauquin vient d'avoir une idée : s'il s'est servi de son arme samedi soir pour descendre Julie Sénéchal et que le lendemain il est sorti en mer, il y a de fortes chances pour qu'il ait balancé son flingue par-dessus bord...

— Pas con du tout, et d'une logique implacable ! Je dois avouer que c'est sans doute ce que j'aurais fait à sa place. On peut quand même vérifier, pour le cas où il ne serait pas allé jusqu'au bout de son idée. Ça s'appelle comment déjà, là où est amarré le bateau ?

— Trentemoult.

— Oui, c'est ça, j'avais bouffé le nom. C'est loin de Nantes ?

— Non. En partant de Waldeck Rousseau, il suffit de traverser la Loire en passant par l'île de Nantes et on y est.

— Bon, alors on fait un truc : vous ramenez la clé du 4x4, vous prenez la clé du bateau et vous passez me prendre. On marche comme ça ?

— Ça baigne ! On sera au poste dans environ une demi-heure.

Je repose le combiné, puis me remémore ma conversation avec le détective privé pour me rappeler où nous en étions. Ayant fait le point avec moi-même, j'observe mon vis-à-vis qui transpire on ne peut plus. Alors qu'à un moment de la conversation il était détendu, il est à nouveau mal. Ses bajoues tremblotent, son souffle est court, son mouchoir est à tordre tant il a recueilli de sueur.

— On ne va pas y aller par quatre chemins, n'est-ce pas ? Alors, qu'en dites-vous de cette hypothèse ?

— Ah non, Capitaine, moi j'ai rien à voir avec ça ! La dame Sauquin m'a payé pour filer son bonhomme et la rencarder sur son emploi du temps. J'lui ai transmis un rapport net et précis, agrémenté de photos, mais ça s'arrête là. D'ailleurs, je ne l'ai pas revue depuis. Et puis… et puis je n'sais même pas pourquoi elle m'a demandé ce job. Est-ce qu'elle voulait divorcer ? Est-ce qu'elle voulait simplement savoir si elle avait des cornes ?

— À quand remonte votre dernière rencontre ?

— Bougez pas… samedi ! Samedi dernier.

— Il y a donc près d'une semaine. Vous ne vous trompez pas sur la date ?

— Oh non ! Mon contrat était de deux semaines pleines, week-ends compris. Comme j'étais pas trop à l'aise financièrement, j'ai débuté dès la signature. Le samedi matin, Sauquin avait embarqué Julie Sénéchal sur son bateau, le "Trisandre", et j'suis resté à les attendre toute la journée. J'glandais, mais j'm'en foutais vu que j'étais payé pour.

— J'aimerais avoir un double de votre rapport. Vous me faites ça pour demain matin ?

— J'ne sais pas si j'peux ! Madame Sauquin va pas apprécier.

— S'il n'y a que ça ! Je veux le rapport pour… disons huit heures.

— Si tôt qu'ça ! Mais y sera jamais prêt !

— Mais si ! Je suis certain que vous l'avez sur le disque dur de votre ordinateur. Il suffit d'en faire un tirage papier. Pas la peine de faire relier les feuilles, ce sera pour manger tout de suite.

Ça ne le fait pas rire, mais ça a tout de même pour effet de détendre l'atmosphère.

— Je vous remercie d'avance, monsieur Tourny. Oh, une dernière chose : j'ai un gars en planque devant chez madame Sauquin, et sa ligne téléphonique est sur table d'écoutes. Idem pour son portable et ceux de ses enfants. Ce ne serait pas malin d'essayer de la contacter à mon insu.

J'ai annoncé cela pour le dissuader de me faire un petit dans le dos. Rien ne m'autorise à penser que le scénario consistant à donner à Clémence le rôle de grande organisatrice du meurtre soit le bon, mais il s'agit d'une précaution. De même, je n'ai pas évoqué la présence de Tristan derrière les barreaux.

— Pourquoi je la contacterais ? J'n'ai plus aucune raison de la rencontrer, c'te bonne femme. Elle m'a filé un turbin, j'l'ai fait et elle m'a payé. Basta ! Et pour ce qui est de la mettre en cheville avec des gros bras pour buter la poule de son mari, j'ai pas ça dans mes relations.

Voici un point sur lequel je ne m'étendrai pas. Et si je le faisais, je ne m'accommoderais pas de son unique témoignage. L'important, pour l'heure, est que le message soit passé.

— Tenons-nous en là, alors, monsieur Tourny, dis-je en me levant pour signifier que l'entretien est clos. Je compte sur votre dossier demain matin au chant du coq.

— Vous l'aurez.

XII

— Je n'ai qu'une envie, dit Laurent Houssay en entrant dans mon bureau suivi d'Isabelle Sauquin, c'est de rentrer chez moi prendre une douche. Je me sens crado par cette moiteur.

— Il va falloir patienter, mon pote. Je suis d'avis qu'on se vote un p'tit caf' avant de filer à Trentemoult. J'ai eu de la visite, aussi n'ai-je pas eu le temps de faire ce que je pensais. Tiens, Laurent, j'aimerais que tu contactes Bertrand et Gwen. Demande-leur où ils en sont de leurs listes respectives des employés du Lieu Unique, et s'ils ont du positif. Venez, Isabelle, je vous paye un café…

Je la drive vers la petite salle de repos, au fond du couloir. Galant, je la laisse passer devant moi, ce qui me permet de constater que les quelques kilos que j'estimais en trop ne le sont finalement pas. C'est une assez belle femme, ce qui rend son célibat mystérieux. Peut-être qu'elle n'a pas envie de s'enquiquiner avec un bonhomme, ou alors seulement quand ça la démange… Elles sont comme ça, les femmes modernes, adeptes du bonhomme jetable. Isabelle a, semble-t-il, encaissé la mauvaise nouvelle. Elle paraît plus détendue, plus accessible. Je suppose que Laurent a profité du trajet jusqu'à l'aéroport puis du retour Place Waldeck Rousseau pour la mettre définitivement à l'aise et ainsi obtenir ce résultat.

Sur une feuille blanche format A4 pliée en deux, un petit mot rappelle qu'il faut de temps en temps verser son obole pour l'achat de filtres et de café. Je place un billet de cinq euros et prépare la cafetière. Nous occupons les minutes d'attente à discuter de la fouille du 4x4.

Laurent revient à l'instant où je fais le service.

— Je viens d'avoir Gwen et Bertrand au téléphone, fait-il. Ils continuent les visites aux employés du Lieu Unique. Ils veulent recueillir tous les témoignages pour ce soir ; par conséquent, ils ne finiront pas de bonne heure.

— Je les appellerai en revenant de Trentemoult. Au besoin, je les aiderai si l'un des employés habite sur mon trajet.

Nous buvons en silence, chacun étant accaparé par ses pensées.

Malgré tout, l'ambiance n'est pas électrique. Isabelle a conscience que nous faisons notre travail et que nous faisons preuve d'objectivité pour prouver ou non la culpabilité de son frère.

*

Laurent sifflote tout en conduisant. Le corps soudain secoué par un rire intérieur, il se marre comme un bossu.

— Eh bien, qu'est-ce qui t'arrive ? Pourquoi tu rigoles ?

— Pour rien. Laisse tomber, c'est con !

— Dis quand même…

Il tourne la tête vers Isabelle assise à l'arrière puis la ramène vers moi.

— Plus tard. C'est une vanne un peu lourde.

— Ne vous gênez pas pour moi, fait la femme qui a entendu. Je suis majeure et vaccinée.

— Allez, vas-y !

Après un nouveau coup d'œil vers l'arrière, il dit :

— Il y a pas très loin d'ici une commune qui s'appelle Indret. Un vieux proverbe affirme qu'il vaut mieux Indret* que Trentemoult.

Je pouffe, Isabelle rit de bon cœur, signe qu'elle n'est pas du genre coincé.

Dix minutes plus tard, nous arrivons à Trentemoult. Une enfilade de bars et restaurants aux terrasses accueillantes donnent à penser qu'ici on sait prendre le temps de vivre.

— C'est trop top par ici ! fait Laurent en brandissant un pouce levé. Les ruelles donnent vers des petites maisons de pêcheurs restaurées avec goût. C'est

---

*Se prononce Indrette.

sûrement l'un des endroits les plus agréables de la ville.

En revanche, je m'attendais à un port de plaisance plus conséquent que les deux pontons auxquels sont amarrés une douzaine de bateaux. Sur l'autre rive de la Loire, on voit les anciens chantiers navals, avant que le regard se porte sur la droite vers un bras du fleuve dominé par la butte Sainte-Anne. Avec la perspective, le Maillé Brézé, un ancien escorteur de la Marine Nationale transformé en musée, semble accosté aux pieds de l'église Notre-Dame du Bon Port. Sur la droite toujours, la Tour de Bretagne et des toits effilés d'églises trouent le ciel bleu. Plus près de nous, à la pointe de l'île de Nantes, cette île qui contrarie le cours du fleuve sur plusieurs kilomètres, deux immenses grues solidement plantées sur leurs pieds font penser à de redoutables prédateurs. Ayant deviné les questions que je me pose, Laurent juge utile de renseigner :

— De l'autre côté, là-bas, c'est le bras de la Madeleine ; De ce côté-ci de l'île, c'est le bras de Pirmil. La grue jaune, c'est la grue Titan. Je te laisse imaginer les tonnes qu'elle peut soulever. Un peu plus loin que la grue grise, c'est le Hangar à Bananes. On ne les voit pas d'ici mais, devant le hangar, il y a les anneaux de Buren, des œuvres contemporaines.

— Le Buren à qui on doit les colonnes du Palais-Royal à Paris ?

— Le même, oui.

Nous descendons en marchant vers les pontons. Au milieu du fleuve, des enfants à bord d'une vedette nous font des signes de la main en criant des « Coucou ! » stridents.

— C'est une navette fluviale. Le Navibus est bien pratique pour aller de Trentemoult à la gare maritime. De là on prend le tramway pour se déplacer dans Nantes. C'est l'idéal, pas besoin de se prendre la tête pour trouver une place de stationnement.

— Voici le Trisandre.

Tout en prononçant ces mots, Isabelle monte à bord avec souplesse. Il s'agit d'un voilier à coque plastique d'une bonne dizaine de mètres de long et dont le mât culmine à environ douze ou treize mètres. Avant de la suivre, je jette un œil par un hublot mais le verre teinté ne laisse rien deviner à l'intérieur.

Elle sort un trousseau de clés d'une poche. Par chance, la première est la bonne. Bertrand fait glisser le panneau pour nous permettre l'accès, puis s'écarte pour me laisser la priorité. Trois marches plus bas, les hublots et l'ouverture du panneau font pénétrer suffisamment de lumière du jour pour avoir une vue d'ensemble.

— Ça fait drôle, dit Isabelle. Il y a au moins quatre ou cinq ans que je n'ai pas mis le pied à bord. Il est toujours aussi bordélique, Alexandre ! Il pourrait faire le ménage une fois de temps en temps…

De fait, il faut convenir que c'est un peu le bazar ; La table est jonchée de revues, de vêtements, de bouteilles et de verres vides… Je me dirige vers la kitchenette pendant que Laurent investit les couchages, à la proue. Dans le mini-évier en inox reposent une assiette et des couverts sales. Sous l'évier, deux portes cachent une casserole, une poêle à frire et autres louche et écumoire. Je referme les portes pour m'intéresser aux deux petits compartiments qui courent dans la partie haute, au-dessus du hublot. L'espace est suffisamment large pour admettre le passage d'une main, mais guère plus, et un rebord de trois centimètres est censé retenir le contenu par forte houle. À l'aveugle, j'introduis ma main dans le premier et en retire une revue à caractère pornographique, un torchon, un tire-bouchon et des épingles à linge. Du second, je tâte une lampe-torche cassée, une clé anglaise et… la crosse d'une arme.

— Je crois que c'est bon. Allez, retour Waldeck Rousseau. Vous nous accompagnez, Isabelle, afin que nous enregistrions votre témoignage.

*

En arrivant au poste de police, je charge Laurent d'enregistrer le témoignage d'Isabelle Sauquin puis de la ramener ensuite Rue Mercoeur chez sa belle-sœur. Pour ma part, j'appelle le détective privé Régis

Tourny à son agence de la rue Paul Bellamy. Il est absent, mais un répondeur me communique le numéro d'un téléphone cellulaire. J'obtiens enfin mon interlocuteur :

— Ici le capitaine Moreau. Je comptais enregistrer le PV d'audition demain matin lorsque vous viendriez m'apporter la photocopie du rapport transmis à madame Sauquin, mais il se trouve que je n'aurai pas de temps à vous accorder. Est-il possible que vous repassiez aujourd'hui ?

— Ouais. Je peux être dans votre burlingue d'ici dix à quinze minutes.

— C'est parfait. Je vous attends.

Je profite de l'intervalle pour réfléchir, mettre de l'ordre dans mes notes et ourdir un plan de bataille pour demain. Si Alexandre Sauquin ne se montre pas trop réticent à avouer le meurtre, je peux clore l'affaire pour demain soir. Il ne manquera que le rapport d'autopsie de Rappeneau et les rapports d'analyse de la balistique à joindre au dossier, et ce sera une affaire classée pour les services de police. Il restera à la justice à faire son œuvre.

Lorsque Tourny se pointe, il s'installe confortablement en face de moi et répète les circonstances qui l'ont amené à suivre Alexandre Sauquin et Julie Sénéchal. Nous mettons moins d'une demi-heure à rédiger le papier officiel qu'il signe, puis il promet de m'apporter le lendemain matin un exemplaire de son rapport. C'est l'instant que choisit mon téléphone pour sonner et Tourny en profite pour partir.

— Allô, Max ? Ici Laurent. Je viens de ramener Isabelle.

— Comment est Clémence ? A-t-elle bu ?

— Je ne sais pas. Je ne suis pas rentré, je me suis contenté de stationner le temps qu'Isabelle descende de voiture et aille me chercher la photo d'Alexandre Sauquin que tu demandais.

— OK. Tu repasses par le poste ?

— Oui, vite fait pour te déposer la photo. J'ai rencard à dix-neuf heures avec le directeur-adjoint de la SCDMC.

— Tu es increvable !

— Je ne vais pas y passer la soirée, tu sais. C'est juste le temps de quelques questions pour compléter le dossier. Pour vingt heures, je serai chez moi.

— Je pense à un truc : tu es intéressé pour un aller-retour demain à Paris ?

— Pour y amener l'arme de Sauquin et la balle trouvée dans la salle de bain de Julie ?

— Tu as tout deviné. Alors, tu es partant si j'arrange le coup avec le proc' ?

— Banco.

— Merci… Bonne soirée, Laurent ! On se voit demain matin de bonne heure.

Pas le temps de souffler, dans la foulée, je compose le numéro de Landrain.

— Bonsoir, Monsieur le procureur. Ici le capitaine Moreau. Je vous appelle pour vous résumer la situation et vous tenir au courant des avancées de l'enquête…

Je lui narre les dernières évolutions de l'affaire, à savoir l'aveu d'Alexandre à son épouse quant à sa culpabilité dans la mort de Julie Sénéchal et la découverte d'une arme sur le Trisandre. Nous débattons sur ce point et de l'intérêt d'une expertise par les scientifiques parisiens.

Lorsque j'obtiens son accord pour le départ de Laurent dès demain, nous évoquons l'intérêt de garder Tristan en garde à vue pour forcer son père à rentrer en France.

Nous discutons ensuite de la vie dissolue que Julie partageait entre les deux Sauquin.

— Quoi ? Le père et le fils…

— Ils avaient la même maîtresse, en effet. Enfin, pour le père, il s'agissait de sa maîtresse, mais pour Tristan, du fait qu'il était célibataire, il s'agissait de sa petite copine. Elle avait quatre ans de plus que lui, mais cela ne constituait pas un frein. Il y a fort à parier (tiens, voilà que la manie de Gwen m'affecte) qu'Alexandre ne le savait pas… Pour boucler le dossier, il me faut maintenant patienter jusqu'à demain. Je ne compte pas aller à l'aéroport, mais lorsqu'Alexandre Sauquin arrivera chez lui, je le placerai en garde à vue.

— Toutes mes félicitations, Moreau ! Vous avez réglé cette affaire en deux temps trois mouvements. C'est admirable ! Appelez-moi dès que Sauquin sera dans vos murs. En attendant, je vous faxe le mandat d'amener.

— Merci pour vos encouragements, Monsieur le procureur. À demain.

Je repose le combiné et m'étire en bâillant. Tu parles d'une journée ! Il n'y a pas le temps de s'ennuyer. Celle qui suit sera aussi riche, je présume. Il me tarde de coincer Alexandre Sauquin, j'ai tout un tas de questions à lui poser.

Avant cela, et pour compléter mon approche du couple Julie-Alexandre, je souhaite étendre mes connaissances afin de mieux m'imprégner de ce que fut leur union. Pour cela, je vais devoir patienter jusqu'à vingt-deux heures, l'heure d'ouverture du Sans-Culotte.

XIII

Yves Perrot est en train de décharger des courses de la voiture de Lætitia lorsque je me gare Rue de la Cadaine. J'attrape un pack d'eau et un sac plein à ras bord avant de le suivre dans la cuisine. Debout devant le frigidaire qu'elle remplit méthodiquement, Lætitia nous ordonne du ton péremptoire de la maîtresse de maison de poser sac et cabas au sol et de déguerpir de son antre. Inutile de le répéter. Yves profite que le frigo soit ouvert pour se saisir de deux bières dans le compartiment à légumes. Nous disparaissons sur la terrasse.

— C'était comment, ta journée ? demandé-je après une première gorgée.

— Merdique.

— À ce point ?

— Pire encore. On a réussi à découvrir l'identité du gosse. Il est l'aîné de quatre enfants d'une famille défavorisée de Saint-Sébastien-sur-Loire. Le père est alcoolique, la mère aussi, et les deux oncles qui vivent avec eux sont à mettre dans le même panier. Ils étaient tous bourrés lorsqu'on s'est pointés. Personne ne sait rien, personne n'a rien vu.

— Comment êtes-vous remontés jusqu'à eux ?

— C'est la mère qui a signalé la disparition à nos services, ce matin aux aurores.

— Ce matin ! Mais pourquoi a-t-elle attendu tout ce temps pour contacter les autorités ?

— Bonne question, que nous nous sommes d'ailleurs empressés de lui poser. Figure-toi que la maman a subi une petite intervention chirurgicale vendredi dernier. En prévision du repos postopératoire consécutif à l'anesthésie, et sachant qu'elle ne pouvait compter sur son bonhomme pour s'occuper des enfants, elle les a placés chez sa sœur pour le week-end. Sa sœur est l'ex-épouse de l'un des oncles qu'elle et son julot hébergent. La sœur, elle, en ne voyant pas l'aîné de la fratrie, a cru qu'ils avaient finalement estimé qu'il était assez grand pour rester avec eux. De la sorte, chacun croyait l'enfant avec l'autre.

— Jusqu'ici je te suis, mais lundi soir tu avais évoqué que le gamin était ligoté…

— En effet. Maintenant que nous savons qui il était, nous avons pu commencer les interrogatoires. Je te laisse imaginer : il a fallu attendre que le père et les oncles dessaoulent avant de les entendre, mais ils ne se souviennent de rien. Aucun n'a d'alibi pour la date présumée du décès qui est estimé par le légiste à vendredi.

— Vous avez recherché la corde qui a été utilisée ?

— Il s'agit plus d'une cordelette. Nous en avons découvert une bobine, semble-t-il identique, qui est partie elle aussi en analyse. Il y a de fortes chances pour que le coupable soit l'un des quatre.

— Ou les quatre ?

— Ou les quatre. Pour ne rien arranger, la famille est brouillée avec l'ensemble de ses voisins.

— Pauvre gosse. Comment tu dis que ça s'appelle, là où ils habitent ?

— Saint-Sébastien-sur-Loire.

— C'est loin de là où le corps a été découvert ?

— Non, juste à côté.

— Donc n'importe lequel a pu commettre le crime…

— Ce qui nous fait quatre suspects. Sans compter les voisins, les gens de passage…

— Il était mort avant d'être précipité à l'eau, ou il est mort noyé ?

— Il est mort noyé.

Nous avalons une gorgée. La bière est soudain amère.

— Et toi ? demande Yves. T'en es où ?

— L'affaire est en passe d'être bouclée. Le coupable atterrira demain matin en provenance d'Italie. Il me restera à le confondre et à recueillir ses aveux circonstanciés.

— S'il avoue ! ajoute Yves, un soupçon de jalousie dans la voix.

— Il avouera. Je dispose d'un excellent levier pour cela : son fils est en cellule et ne sera relâché que lorsque je tiendrai le coupable.

— Tant mieux pour toi, Max ! Je suppose que Landrain est aux anges…

— Je dois reconnaître que le procureur est assez content du résultat.

— C'est bien, tu vas pouvoir souffler un peu…

— Oui. Avant cela, histoire de mieux cerner le personnage, j'ai encore un point à mettre en lumière. Quai de la Fosse, tu connais le Sans-Culotte ?

— De nom, seulement. C'est un club qui est tenu par un gazier assez peu recommandable. Jean Crépin, dit Jeannot Pain-de-fesse parce qu'il a toujours usiné dans le milieu de la prostitution. Ne me dis pas que tu as l'intention de t'y rendre ?

— Si, dès ce soir. Je ne te propose pas de m'accompagner, Lætitia ne serait pas d'accord…

— Tu ne pourras pas entrer, il faut nécessairement être accompagné pour cela. On y entre en couple ou alors seulement les femmes. Sinon, tu penses bien qu'il n'y aurait que des pervers ou de vieux cochons.

— Je vais peut-être demander à Lætitia de m'accompagner, dis-je, pince-sans-rire.

— Ce n'est pas une bonne idée : son mari est extrêmement jaloux !

*

Le quai de la Fosse, jadis surnommé le quai de la Fesse, traîne une solide réputation, car c'est sur ce quai et dans les rues et ruelles adjacentes qu'à une certaine époque, on trouvait les maisons closes qu'hantaient les marins en mal de chair pas toujours fraîche.

Je passe lentement en voiture et repère le Sans-Culotte, coincé entre un sex-shop et une épicerie de nuit tenue par un Maghrébin. Éclairée par deux puissantes lampes halogènes, l'enseigne se distingue de loin. Très colorée, elle représente une jeune femme qui sourit de manière provocante par-dessus son épaule pendant que, d'une main, elle fait glisser sa petite culotte. Je vais remiser ma voiture à quelques encablures et reviens à pied. En bois, la porte est du genre monumental, avec une petite trappe grillagée par laquelle on vérifie si tu es ou non digne de passer le seuil de l'établissement. Une caméra de surveillance est braquée sur les clients potentiels. Une sonnette est surmontée de la mention « *Sonnez ici* ». Alors je sonne. La trappe s'ouvre.

— Oui ? fait une voix rauque de fumeur invétéré sans que je ne puisse définir les traits du visage.

— Bonsoir. Je peux entrer ?

— Pas si vous n'êtes pas accompagné. C'est pas un restau ici, faut apporter son manger.

Monsieur est un poète. Il fait dans la finesse, indiquant au passage à quel degré il estime les femmes. Sa métaphore n'est pas à mon goût, mais dans ma situation, il est difficile de s'en plaindre.

— Je souhaiterais parler au patron. Il est là ?

— Qu'est-ce qui te dit que lui voudrait te parler ? Allez, dégage ou reviens avec une meuf.

La trappe se referme sans que j'aie le temps de répliquer. Mon doigt part à la rencontre de la sonnette, mais la tête d'enclume ne daigne pas manœuvrer la trappe.

Il est des circonstances où j'ai des excès de violence que je réprime difficilement. Si je m'écoutais, je foncerais à Thouaré chez Yves chercher une hache et je reviendrais m'attaquer à la porte. Quand j'aurais pratiqué une ouverture, je bicherais le portier par le colback et je lui administrerais le coup de boule du siècle. Ensuite, je…

Pas la peine de perdre mon temps à lister les malheurs que je lui ferais. Ce n'est pas comme ça que je franchirai l'obstacle. J'attends deux minutes, espérant l'arrivée d'un couple pour m'immiscer ou, pour le moins, expliquer le motif de ma présence, mais il n'y a pas un chat. Faut dire qu'il n'est que vingt-deux heures vingt-cinq, ce qui est tôt pour ce type d'endroit. Il me vient soudain une idée. Je sors mon portable et sélectionne un numéro fraîchement entré. Trois sonneries, puis :

— Allô ?

— Salut, Gwen. Je te dérange ?

— C'est toi, Maxime ? Mais qu'est-ce que tu veux à cette heure-ci ?

— Je me demandais si tu étais couchée… À ta voix, je devine que ce n'est pas le cas, ce qui tombe on ne peut mieux.

— Pourquoi ? T'es au boulot, là ? Tu bosses, là ?

— Eh oui ! En plus, j'ai besoin d'un petit coup de main.

— Quoi ! Maintenant ?

— Oui, maintenant. Oh, rassure-toi, il s'agit de quelque chose de simple. C'est tout à fait dans tes cordes.

— Tu ne veux pas plutôt appeler Bertrand ou Laurent ?

— La prochaine fois, c'est promis. Mais ce soir, il n'y a que toi qui puisses m'aider.

— Tu fais chier, Max… Je te retrouve où ?

— Tu connais le Sans-Culotte ?

*

— Tu fais chier, Max ! J'étais en pyjama, et je me préparais à me mettre au lit. Il ne me restait plus qu'à me brosser les dents et je me couchais.

Sa colère est feinte, je le sens. Gwen est de ces personnes actives qu'un imprévu met finalement en joie. Elle s'est empressée de me rejoindre et, même sans une escale devant le miroir de la salle de bain, elle n'en demeure pas moins très séduisante. Elle a enfilé un pantalon noir style corsaire, une veste de la même couleur sur un seyant bustier fuchsia. Blanches à fines rayures fuchsia également, de petites chaussures plates mi-sport mi-ville complètent la tenue.

— Cesse de râler, tu feras la grasse matinée demain matin, jusqu'à sept heures.

— Très drôle. Qu'est-ce que tu attends de moi exactement ?

— Que tu m'ouvres cette porte.

— Seulement ça ?

— Oui et non. À moi, ils ne veulent pas répondre sous prétexte que je suis seul. Je pense qu'ils me prennent pour un vicelard qui veut se rincer l'œil. Quand nous serons à l'intérieur, on improvisera en fonction de la fréquentation et de la bonne ou mauvaise volonté du proprio. Allez, vas-y, sonne !

Par enchantement, la trappe s'ouvre en libérant les notes d'un tube à la mode.

— Ben, tu vois, quand tu veux… fait à mon intention la même voix éraillée que tout à l'heure. Quand t'es accompagné, il n'y a pas de lézard !

La porte pivote sur ses gonds, laissant échapper des notes de R'N'B. L'homme à la voix de mêlé-casse est un quinqua d'à peine soixante kilos aux rares cheveux poivre et sel ramenés sur l'arrière. Il est plus que temps qu'il arrête la clope que son haleine empeste. Ça sent le sapin, pour lui. Ce ne doit plus être qu'une question de mois.

Gwen s'efface sur la droite pour me laisser le champ libre. Pensant que c'est pour que je me déleste de ma monnaie en m'acquittant du montant des entrées, le portier s'approche de moi tout en expédiant un regard salace à ma partenaire et me glisse à l'oreille :

— T'es un dégourdi, toi ! En un rien, tu as levé la petite. Chapeau bas, mec !

Quelle n'est pas sa surprise lorsque je lui flanque ma carte de la maison poulaga sous le nez !

— Mais… mais qu'est-ce que… mais…

Comme il a pris l'initiative de me tutoyer, pas de raison de me gêner :

— Si tu m'avais laissé le temps de t'expliquer, on n'en serait pas là. Capitaine Moreau et lieutenant Sidoine. Tu as du bol, on n'est pas là pour perquisitionner, nous voulons juste parler au proprio.

— C'est moi le taulier, dit-il en bégayant et en proposant une main tremblante que je néglige. Jean Crépin.

— Alias Jeannot Pain-de-fesse, je sais. Tu as un coin peinard, qu'on se taille une bavette ?

— Pas maintenant ! s'insurge-t-il. C'est pas le moment. Vous ne pouvez pas revenir demain ?

— Tu as du monde, là ?

Impossible de s'assurer d'un regard circulaire que nous sommes seuls dans l'établissement aux lumières tamisées, du fait des nombreuses alvéoles propices à l'intimité des clients du baisodrome. Cependant, je ne dénote aucune présence. Les mains dans les poches de sa veste, Gwen fait quelques pas pour vérifier.

— Non, pas encore. D'ici une demi-heure, pas avant.

— Ben, baisse le son alors tant qu'il n'y a personne, qu'on puisse s'exprimer sans hurler ! Si tu es réglo, on n'en a pas pour six mois.

Il hoche la tête et se faufile derrière le comptoir placé dans la continuité de la caisse. Lorsque sa main disparaît sous le comptoir, il me vient un instant l'idée qu'il pourrait la remonter armée, mais ce n'est heureusement pas le cas. Lorsque le nombre de décibels devient raisonnable, je sors de ma poche les photos de Julie Sénéchal et Alexandre Sauquin.

— Ça te dit quelque chose ? Tu as déjà vu ces trombines chez toi ?

Je connais la réponse, mais en formulant la question, je vais pouvoir vérifier si Jeannot est décidé à coopérer ou si, au contraire, il entend me foutre des bâtons dans les roues.

— Oui, ce sont des clients. Oh, pas depuis longtemps, on va dire un mois et demi environ, mais ils viennent régulièrement.

L'utilisation du présent de l'indicatif indique qu'il ignore le décès de Julie.

— C'est quoi leurs habitudes, leurs manies, leurs préférences ?

— Alors ceux-là, ils ne sont pas farouches ! Surtout pas la fille. Elle, elle a envie de tout tenter. Ils ont commencé par des trucs softs mais, à chaque visite, ils essayent des trucs de plus en plus hard. Elle est bien plus jeune que lui, mais c'est elle qui porte la culotte. Enfin, façon de parler parce qu'ici on est au Sans-Culotte…

Il rit de sa boutade, mais pas Gwen ni moi. Alors il se sent bébête. Une quinte de toux lui humidifie les yeux, sa glotte jouant du yo-yo pendant que sa bouche reste ouverte pour capter un maximum d'oxygène.

— Sont-ils accompagnés ou viennent-ils seuls ? je demande en conservant le mode présent.

— Ils sont toujours seuls, mais il leur arrive de s'unir avec d'autres couples. J'ai l'impression, commence-t-il…

— Oui ?

Il tousse à s'en déchirer le diaphragme, hésite sur ce qu'il allait dire, puis se lance :

— J'ai l'impression que ce n'est pas un couple normal. Lui est plus âgé qu'elle d'au moins vingt ans. Je sais bien que ce n'est pas exceptionnel, mais j'ai le nez pour flairer les vrais couples des faux. En plus, ils se jettent des défis. Je dirais même que c'est elle qui propose les défis. C'est elle qui dirige la manœuvre. À chaque fois, ils opèrent de la même manière en arrivant : ils commandent du champagne, du bon tant qu'à faire, et ils observent les autres couples. Quand ils se sont mis d'accord, ils vont au contact. Au début, c'était elle qui s'en chargeait, mais maintenant, elle désigne une cible et c'est lui qui va faire le premier pas.

— Ils viennent souvent ?

— Une ou deux fois par semaine. Tiens, c'est vrai que je ne les ai pas vus ce week-end. La dernière fois... la dernière fois, c'était jeudi ou vendredi soir, si je ne me goure pas...

Il se gratte l'arrière de la tête, puis un sourire naît sur son visage ingrat.

— Je devrais peut-être pas dire ça devant une dame, fait-il en louchant sur Gwen, mais ils sont de moins en moins timides. Le dernier coup, ils étaient accompagnés par un autre homme. Au début, je n'ai pas voulu les laisser entrer, rapport au règlement du club qui stipule que l'entrée est possible seulement pour les couples homme-femme ou pour les femmes seules. Mais là, c'était un homme qui les accompagnait. C'est bien parce que ce sont des habitués, sinon, l'autre mec il restait dehors.

— Comment était-il ? je questionne soudain, intéressé par la survenance de ce nouveau personnage.

— Du genre qui ne ferait pas de mal à une greluche. C'est un homosexuel, et ils avaient un plan à trois. Enfin, pas au début, si j'ai bien compris, parce que le mec, pas l'homo, l'autre, il ne semblait pas trop d'accord. D'ailleurs, j'ai remarqué qu'il n'adressait pas la parole à l'homo. Mais je ne vais pas dans l'ordre : comme d'hab', ils se sont installés et ont demandé du champagne. La fille parlait, s'adressant à l'un puis à l'autre, pendant que son chéri retapissait la clientèle pour jeter son dévolu. D'un seul coup, ils se sont mis à s'engueuler. Oh, pas l'affrontement, hein, mais le ton est monté d'un cran. De deux même, si je m'en réfère à leurs trognes coléreuses. Le troisième, l'homo, il ne disait pas une broque. Il ne voulait pas s'en mêler, apparemment. Je matais ça sans en avoir l'air, prêt à baliser le terrain vers la sortie si ça montait dans les tours, mais elle est parvenue à calmer son partenaire. Elle s'est approchée de lui, lui a parlé gentiment en le noyant de baisers et de caresses. Il s'est laissé faire, mais un moment, il s'est levé et a failli mettre les bouts. Elle l'a rattrapé, l'a ramené vers le box en le tenant par le bras et la discute a repris. Je suis pas du genre curieux – dans mon job, c'est pas bon – mais je ne suis pas né de la dernière pluie. J'ai vite pigé le pourquoi dc leur embrouille. La nénette, elle n'entendait pas se joindre à un autre couple : elle voulait qu'ils se la jouent à trois ! Elle, son attitré, plus l'homo. Mais l'attitré, lui, il n'était pas d'accord. Bon, ben, le champagne aidant, et les caresses de plus en plus précises de la demoiselle l'ayant sans doute émoustillé, il a fini par succomber. Ils sont partis tous les trois vers les douches. Quand ils sont revenus, tout proprets dans leurs peignoirs, il y avait l'air d'avoir une bonne ambiance entre eux. En tout cas, ça ne bardait plus.

— Le troisième, vous l'aviez déjà reçu chez vous ? questionne Gwen que le fonctionnement de l'établissement ne paraît pas impressionner.

— Non, c'est la première fois que je le voyais.

— Vous pouvez nous le décrire précisément ? continue-t-elle en sortant un stylo et un calepin de son sac à main.

— C'est pas très prudent dans mon turbin d'avoir la mémoire des visages, mais je dirais qu'il a de vingt à vingt-cinq ans, qu'il mesure un mètre soixante-quinze environ et qu'il est assez beau mec.

Il esquisse un sourire sur des chicots peu ragoûtants.

— Je dis ça comme ça, hein, mais je ne suis pas du genre à consommer. Il a les cheveux châtain teintés de mèches blondes. Il portait un sac à main en cuir rouge en bandoulière, et une veste de smoking blanche, comme Sean Connery dans je ne sais plus quel James Bond.

Gwen achève d'inscrire ces renseignements et relève la tête.

— C'est tout ? Rien à ajouter ?

— Non. Je ne le connais pas, et d'ailleurs je ne connais aucun des trois pour la simple et bonne raison que je n'ai pas pour habitude de demander les noms de mes clients. Les prénoms, éventuellement, mais pas plus. En plus, ils paient tout le temps en liquide

— J'allais y venir, coupe Gwen. Savez-vous les identités des deux autres ?

— Non, je vous dis. Sur un chèque, je peux flasher sur le nom et le prénom, mais en fraîche, il n'y a pas moyen de savoir à qui on a affaire. Dans ma branche d'activité, il n'y a que les branques qui raquent par carte bancaire ou par chèque. Les plus futés douillent en liquide, comme ça, ils ne laissent pas de trace. Ni vu ni connu, je t'embrouille. Ceux qui viennent ici se taper leur secrétaire ou se délurer en se créant des émotions, ils font gaffe à ce que leur moitié ne découvre pas sur le relevé de compte où sont passées les économies du ménage. Il n'y a que les nazes qui se font percer à jour par leur daronne. Celui qui veut pas se faire gauler, il se sert de ses méninges.

Une quinte de toux l'empêche de poursuivre. Sans doute intriguée par la baisse du volume de la musique et le bruit de notre conversation, une femme vient aux nouvelles.

La cinquantaine, bien en chair, elle est juchée sur des talons aussi hauts que ceux des musiciens du groupe de rock Kiss au début des années quatre-vingts. Par-dessus une brassée de serviettes de toilette qui repose sur ses bras, son opulente poitrine tremblote à chacun de ses pas. Je la soupçonne d'avoir la main lourde ou d'être daltonienne, car son maquillage est aussi généreux qu'inesthétique. Elle nous offre une vue inégalable sur des cuissots tellement copieux qu'il n'y a pas de différence entre les mollets et les cuisses. Les genoux ayant disparu sous une couche de graisse, ses jambes sont d'un seul bloc. Nous prenant pour des clients, elle jette un « Bonsoir ! » avant de faire demi-tour.

La dame Crépin est déguisée. Le mot n'est pas trop fort, car elle a passé une guêpière qui la boudine de partout. Dans l'entrelacement qui, dans le dos, retient la guêpière, des boules de gras apportent du relief.

Le bas de la tenue moule un fessier étrangement plat, dans la continuité du dos. Là encore, c'est d'un seul bloc.

Un coup de sonnette nous arrache à notre contemplation. Après un regard vers le moniteur auquel est reliée la caméra de l'entrée, Jean Crépin actionne la trappe puis, les clients étant conformes à son idée, il ouvre la porte.

Baissant la tête comme s'ils craignaient de trouver un voisin, un collègue de travail ou un cousin éloigné, un homme et une femme entrent.

Je griffonne mon numéro de turlu sur un papier et lui intime d'un ton cassant :

— Appelez-moi immédiatement si vous les revoyez !

Évidemment, mon ordre ne vaut que pour le deuxième homme, car ni Julie Sénéchal ni Alexandre Sauquin ne remettront les pieds dans ce bouge. La première est décédée, le second est en partance pour des années de taule. Mais cela Jean Pain-de-fesse ne le sait pas.

Dans la rue, nous faisons quelques pas en silence, Gwen et moi, puis je propose :

— Tu as soif ? Tu veux qu'on aille boire un verre quelque part ?

— Non, fait-elle après un silence. Je suis vannée. Aujourd'hui, j'ai couru toute l'agglomération à la recherche des employés du Lieu Unique, je n'ai plus de jambes.

— À chaque jour suffit sa peine, on fera le point sur ce sujet demain matin. Je te dois un apéro, au fait. Ça peut se commuer en un digestif ou une bière, si tu veux. À moins que tu aies repris la clope, auquel cas ce serait à toi de douiller…

— Non, je tiens toujours. Mais merci pour l'invitation. On verra demain.

— Comme tu veux. Je te remercie quand même d'être venue, Gwen.

— À demain.

Elle s'éloigne gracieusement vers sa voiture. C'est une belle fille, une vraie belle fille avec une tête bien faite. J'imagine qu'elle en a vu dans sa jeune carrière, mais j'ai subitement honte de l'avoir amenée dans ce lupanar.

XIV

J'ai le cœur léger ce matin. Tellement léger que je pousse la chansonnette en appliquant de l'après-rasage sur mon visage aussi lisse qu'une peau de bébé :

— « *Si tu vas à Rio, n'oublie pas de monter là haut,*
Dans un petit village, caché sous les fleurs sauvages
Sur le versant d'un coteau… »

— Ben dis donc, ça a l'air d'être la grande forme ! souligne Yves en passant dans le couloir.

— J'ai la pêche ce morning ! Tu connais cette chanson ?

— Un peu que je la connais ! C'est un grand classique de Dario Moreno ! complète-t-il en ajustant son nœud de cravate. Attends, c'est comment la suite déjà ? Heu… « *Si tu vas…* »

Je l'aide en chantonnant les premières paroles :

— « *Et tu verras…* »

— Ouais, c'est ça ! Prêt, Max ?

— « *Et tu verras grimpant le long des collines,*
Des filles à la taille fine
Avancer à petits pas.
Et les fanfares, dans ce joyeux tintamarre,
Emmenaient le flot bizarre des écoles de Samba… »

Simulant de tenir des maracas dans nos mains, nous descendons au rez-de-chaussée sans cesser de chanter, sous l'œil amusé de Lætitia.

— Ils sont beaux, nos policiers ! Que diraient les voyous en vous voyant ?

— Ils ne feraient aucun commentaire, ils reprendraient le refrain avec nous. Dans l'allégresse, ils en oublieraient de faire des conneries et tout le monde serait content.

— Toi, fait Yves en me désignant de la pointe du menton tout en enfilant ses mocassins, tu es jouasse parce que tu sais que ce soir tu vas retrouver ta chère et tendre…

— Et comment ! Je ne te cache pas que j'ai hâte de la voir.

— À quelle heure le train rentre-t-il en gare ?

— L'arrivée est prévue aux alentours de dix-huit heures. J'irai l'attendre sur le quai, on sera ici quinze à vingt minutes plus tard.

— Je finis plus tôt aujourd'hui, signale Lætitia en commandant à distance l'ouverture de sa voiture pendant qu'Yves verrouille la porte de la maison. J'achèterai deux ou trois bricoles avant de rentrer. Ça vous va un barbecue pour le dîner ?

— Nickel chrome, j'assure d'un air réjoui. En plus, Murielle adore ça. Bon, je file. À ce soir !

Nous quittons à la suite la tranquille rue de la Cadaine.

Rapidement, Lætitia emprunte une autre direction. Quant à moi, je me contente de suivre la Citroën d'Yves car, évidemment, nous allons au même endroit.

*

Je suis encore le premier de mon équipe au commissariat, ce matin. Ne découvrant pas le double du rapport de Régis Tourny sur mon bureau, je vais mettre la cafetière en route avant de descendre pour le cas où le détective privé l'aurait déposé à l'accueil. J'y parviens juste comme il franchit le seuil.

— Bonjour, fait-il. Déjà au boulot ?

— Eh oui, monsieur Tourny ! On a beau médire des fonctionnaires, ils ne sont pas tous à mettre dans le même sac. Vous avez le dossier ?

— On avait dit huit heures, j'ai cinq minutes d'avance sur l'horaire.

Tourny pose sur le comptoir la sacoche en cuir qu'il tenait à la main, l'ouvre et en extrait une chemise cartonnée. Il écarte les élastiques qui retiennent deux angles pour me présenter une liasse d'environ une dizaine de feuillets dactylographiés et le triple de photos.

— Parfait ! J'ai de quoi m'occuper jusqu'à l'arrivée de mes collègues. Je vous fais signe, au besoin. Vous pouvez me rappeler votre numéro de téléphone ?

— Il est noté sur la première feuille.

— Impeccable !

— Bonne journée, Capitaine !

Son comportement est exemplaire. Voici qui me rabiboche avec les détectives privés en général. Un instant, j'ai eu envie de lui proposer de boire un petit jus avec moi, mais il me tarde de lire son compte-rendu. Je remonte à l'étage et vais me servir une tasse de caoua avant de regagner mon bureau. Je n'ai pas fini de lire la première ligne que le brigadier Laurent Houssay entre en sifflotant.

— Bonjour, Maxime !

— Salut, Laurent ! Comme convenu hier, tu roules sur Paris. Tiens, voici les scellés de la balle et du Walther P38 de Sauquin. J'ai vu avec le proc' pour qu'il demande d'accélérer le processus de la balistique. Voilà un point qui, lorsqu'il sera éclairci, vaudra son pesant de cacahuètes. Avant de partir, raconte-moi ton rencard à la SCDMC, hier soir…

— J'ai discuté avec l'adjoint d'Alexandre Sauquin. Il est catégorique sur ce point : Alexandre et Julie Sénéchal se sont rencontrés dans un cadre professionnel. Son statut de technico-commerciale à la SNMIE lui a permis de décrocher un premier rendez-vous à la SCDMC pour présenter ses produits. Il faut croire qu'elle était particulièrement persuasive ou que Sauquin était sous le charme, car il a passé commande pour un montant prohibitif. Depuis, il leur reste une grosse quantité de matériel isolant et d'étanchéité à écouler. Au cas où cela n'aurait pas suffi, elle l'a recontacté plusieurs fois, mais il n'a plus rien acheté. Quand j'ai évoqué avec le directeur adjoint une éventuelle liaison entre Julie et Alexandre, il a souri d'un air qui ne laissait aucun doute, ajoutant que les allées et venues de la jeune femme avaient uniquement pour but une partie de jambes en l'air dans le bureau d'Alexandre Sauquin.

— Ceci conforte ce que nous avons tiré au clair. Autre chose ?

— Non, rien qu'on ne savait déjà.

— Allez, fonce sur Paris. Tu sais où se trouve le quai de l'Horloge ?

— Oui, j'y suis déjà allé.

— Eh bien, bonne route alors ! Bigophone-moi ce soir, à ton retour.

J'en suis à la lecture de la deuxième feuille quand Gwenaëlle Sidoine et Bertrand Piron, mes deux autres équipiers, arrivent. Ma porte étant ouverte, ils approchent me saluer avant d'aller retirer leur veste. Gwenaëlle hésite entre me tendre la main et m'embrasser. Comme j'hésite également, on se trouve dans une situation on ne peut plus bête puisqu'on finit par se faire une bise sans pour cela se lâcher la main.

— Laurent est absent pour la journée. Je l'ai envoyé sur Paris pour une expertise à la PTS. On fait une petite réunion tous les trois dans un quart d'heure, histoire de voir où on en est avant de décider du programme de la journée.

Il me faut finalement plus de vingt minutes pour terminer ma lecture et analyser les photos. Tourny devait se tenir à distance et travailler avec un puissant téléobjectif. Toutes représentent Alexandre Sauquin en compagnie de Julie Sénéchal, parfois l'embrassant, parfois la prenant par la taille. Sur trois d'entre elles leurs lèvres sont collées, les mains du patron de la SCDMC moulant les fesses de la jeune femme. L'adultère ne fait aucun doute, et Clémence Sauquin a matière à traîner son mari au tribunal. Le divorce, si tel était son souhait en requérant le concours du détective privé, ne peut tourner en sa défaveur.

— Vous pouvez venir ? leur demandé-je sans abandonner ma chaise.

En attendant mes collègues, je décide de mettre un peu d'ordre sur le bureau. Je ne suis pas du genre bordélique, pas plus qu'un forcené du rangement, mais il faut reconnaître qu'on travaille dans de meilleures conditions quand…

— Et merde ! Putain, mais quel con ! Je n'en rate pas une, moi alors !

Tout à ma lecture, j'en avais oublié mon café, et voilà que je viens de renverser ma tasse sur une partie des photos et des textes apportés par Régis Tourny. Pour parer au plus pressé, j'écarte le tout et cours chercher le rouleau d'essuie-tout dans la pièce au fond du couloir. Encore heureux que mes fringues aient été épargnées, sinon j'étais bon pour mettre le cap sur Thouaré-sur-Loire pour aller me changer.

— Réunion repoussée de deux petites minutes, dis-je en passant devant le bureau de mes collègues. J'ai un dégât des eaux.

Heureusement que la tasse n'était pas pleine. Les dommages sont minimes, tout au plus cela laissera-t-il des taches brunâtres qui vieilliront les feuillets, leur apportant un aspect parcheminé. J'emploie les secondes qui précèdent leur venue à classer les feuilles de Tourny dans l'ordre de lecture. Comme s'il avait pressenti ma maladresse, le privé a veillé à les numéroter en bas à droite. Ainsi, c'est plus facile pour les classer et recomposer l'indexation initiale. C'est plus facile, sauf que… j'ai beau chercher, tentant du bout de l'ongle de séparer deux feuilles alors qu'il n'y en a qu'une, rien à faire pour trouver la feuille numéro onze. Elle ne s'est pourtant pas volatilisée ! Je reprends posément mon classement, mais force est de se rendre à l'évidence : on passe de la feuille numéro dix à la numéro douze, qui est en fait une conclusion aux deux semaines de filature.

Je vais chercher un autre café et, au passage, j'avertis mes équipiers :

— C'est bon, je suis prêt. Vous venez ?

Le raclement sur le lino de pieds de chaises malmenés me répond favorablement. Bénéfice de l'âge aux dépens de la galanterie, le brigadier-chef Bertrand Piron s'assoit sur l'unique chaise pendant que Gwenaëlle Sidoine s'adosse à une armoire métallique.

— Qui commence ? Qu'est-ce que ça a donné, les interrogatoires du personnel du Lieu Unique ?

— On a galéré, commente Bertrand. Ils sont tellement nombreux à bosser là-bas qu'on a fini à neuf heures hier soir. On a parcouru l'agglomération nantaise dans tous les sens pour les interroger, de Bouaye à Sautron, en passant par Bouguenais, Vertou, Saint-Herblain ou encore La Chapelle-sur-Erdre.

— Ça vous fera des heures de récup, dis-je en rigolant avant de devenir plus grave en réalisant que Gwen était rentrée depuis peu chez elle hier soir quand je lui ai demandé de me rejoindre au Sans-Culotte. Est-ce que cela vous a permis d'en apprendre un peu plus ?

— Oui, répond le lieutenant. Il faut être clair, la plupart des employés n'ont rien vu, rien entendu. Logique, beaucoup travaillent en cuisine ou au bar. Or, l'incident a eu pour cadre la salle du restaurant, plus précisément l'entrée. J'ai enregistré le témoignage d'une serveuse qui se souvient de l'arrivée de Julie Sénéchal et Tristan Sauquin. Pour être franche, elle se souvient plus de leur sortie que de leur arrivée.

— Explique…

— Quand ils sont entrés, ils se sont dirigés vers le comptoir d'accueil comme cela se fait partout pour demander s'il est possible de dîner. Il y avait tellement de clients samedi soir qu'on n'a pas pu s'occuper d'eux tout de suite. Ils sont donc restés près du comptoir pas loin d'une bonne minute, peut-être même un peu plus. La serveuse a fini de desservir une table avant de se diriger vers eux. Elle a alors vu Julie se marrer en montrant une table du doigt à Tristan qui, tout au contraire, a rougi et s'est raccroché au comptoir pour ne pas s'effondrer. Il ne donnait cependant pas l'impression d'être ivre ni shooté.

— Il y avait qui à cette table ?

— La serveuse ne sait pas exactement quelle table était désignée, mais elle croit que c'était une table occupée par deux hommes. La salle est tellement grande que cela peut laisser la place au doute.

Bertrand prend la parole :

— Cela confirme l'interrogatoire de Tristan, quand il nous a raconté la scène du baiser échangé par son père et un autre homme. Le problème, c'est que la serveuse ne connaît pas l'autre homme.

— Si nous ignorons encore son identité, il ne nous est plus totalement inconnu.

Bertrand ne pigeant pas, et pour cause, le caractère sibyllin de ma phrase, je l'informe sur la soirée de la veille :

— Hier soir, Gwen et moi sommes allés au Sans-Culotte, Quai de la Fosse. Car il se trouve que pendant que vous faisiez le tour des employés du Lieu Unique, j'ai appris par un privé embauché par la dame Sauquin que Julie et Alexandre y allaient régulièrement. Lors de leur dernière visite au club libertin, jeudi ou vendredi dernier, il s'avère qu'ils étaient accompagnés d'un autre homme. Il s'en est suivi une expérience homosexuelle pour Alexandre. A-t-il eu une révélation ? Alexandre est-il un bisexuel ou un homosexuel qui s'ignorait ? Ces questions ne nous intéressent pas, mais il y a de fortes chances pour que ce soit avec cet homme qu'Alexandre était attablé samedi soir. La serveuse l'a-t-elle décrit physiquement ?

— C'est le même homme, annonce péremptoirement Gwen. Vingt-cinq à trente ans, taille moyenne, cheveux méchés de blond, plutôt beau gosse. Elle a remarqué son sac à main en cuir rouge, ce qui est déterminant. Ce serait une énorme coïncidence qu'il y ait deux individus porteurs d'un tel sac à main et correspondant à ce signalement

Je bois une gorgée de café tiède avant de m'enquérir :

— Il n'y a qu'une serveuse à avoir relevé l'incident ?

— Oui, mais ce n'est pas aussi improbable que cela quand on sait qu'il y avait foule samedi soir. Elle a ensuite vu Tristan quitter les lieux, pendant que Julie se dirigeait vers une table. La serveuse les a alors délaissés pour s'occuper d'autres dîneurs qui arrivaient.

— Je crois que j'ai tout compris des agissements de Julie Sénéchal, murmuré-je avant d'énoncer à voix plus forte pour que tous les deux m'entendent : orpheline de très bonne heure, Julie Sénéchal a grandi entourée de l'affection de ses parents adoptifs, Solange et Raymond Celton. Mais cette affection, aussi forte fût-elle, n'était pas comparable à l'amour qu'elle aurait reçu de ses parents naturels. Pas aussi fusionnelle. À l'âge adulte, elle a mis en place un stratagème pour venger la mort de ses parents. Elle a délaissé le Sud de la France et, pour assouvir sa vengeance, est revenue dans sa ville natale dans laquelle elle n'avait pas mis les pieds depuis vingt ans. Le chauffard devait payer. Son ressentiment était immense, elle criait vengeance. Mais ce n'était pas une criminelle, et elle n'était pas non plus folle au point de tuer de sang-froid. Alors, en guise de représailles, elle a décidé de lui pourrir la vie. Et elle s'y est employée. Machiavélique, elle avait vraisemblablement dressé les grandes lignes de son projet avant de venir sur Nantes et, dans ce but, elle a cherché et trouvé du boulot dans une branche habituellement dévolue aux hommes. Elle a profité de son job pour entrer en rapport avec sa cible et la séduire. Leur liaison a duré plusieurs semaines, le temps que l'homme soit bien accro à sa nouvelle maîtresse comme un camé à sa schnouf. Elle est alors passée à la deuxième partie de son plan : elle a attiré dans ses filets le fils de son amant, un jeunot qu'elle a dépucelé sans préambule. Jusqu'alors tourné vers les études, le gars Tristan a découvert qu'il existait autre chose dans la vie que les cahiers de classe, la philosophie et les livres de comptes que le futur gestionnaire avait seulement connus jusqu'ici.

— Ça dénote d'une sacrée force de caractère ! siffle Bertrand. Faut être costaude mentalement pour se farcir le gazier que tu détestes et faire rebelote avec son rejeton.

— Ce n'est pas à la portée de tout le monde, j'en conviens. Psychologiquement, elle était balaise. Elle voulait obtenir réparation. Elle ne s'est pas arrêtée là. Elle a continué d'entretenir une amourette avec Tristan, tout en rencontrant régulièrement Alexandre et en le laissant abuser de ses charmes. Depuis le début de leur relation, Julie et Alexandre s'adonnaient à des jeux érotiques. Dans le bureau d'Alexandre à la SCDMC ou au domicile de Julie, d'abord, comme en témoignent des sex-toys et des godemichés. Les plaisirs de la chair – ou plus vraisemblablement les directives de Julie – les ont conduits à pousser de plus en plus loin dans la luxure. Au prix d'une persuasion peu commune, elle est parvenue à décider

Alexandre à se rendre fréquemment dans une boîte échangiste, le Sans-Culotte, alors que le chef d'entreprise se serait sans doute bien passé d'apparaître dans un tel endroit. Ensuite, elle l'a poussé à franchir encore un nouveau cap dans leurs expériences, insistant lourdement pour qu'il se livre à une expérience homosexuelle. Et là, surprise, il semblerait que la mayonnaise ait pris. Cela nous le saurons avec certitude tout à l'heure, mais tout laisse à penser qu'Alexandre s'est soudain découvert des dispositions. Ça y était, les pions étaient placés sur le grand échiquier de la vengeance ! Tout n'était plus que question de patience. Le moment propice était pour bientôt.

Me laissant aller au fond de mon siège dans une posture de totale décontraction, je poursuis :

— Est enfin venu le grand soir, celui qui allait voir sa vengeance enfin assouvie et en vue duquel elle avait tramé toute cette machination. Elle a combiné un rencard avec Tristan et, le soir même, a organisé un repas au Lieu Unique entre Alexandre et l'homosexuel qui les accompagnait au Sans-Culotte.

— Tu sembles certain de ton scénario…

— Je vois très bien les choses se goupiller de cette manière, oui. Alexandre Sauquin bouchera les trous lorsque nous l'interrogerons, mais je ne serais pas surpris que cela se soit passé ainsi. Je pense que Julie payait l'homo pour jouer son rôle. L'opération étant savamment orchestrée, Tristan a assisté depuis l'accueil à la scène du baiser. C'en était trop pour le gamin, parce qu'il faut bien admettre que ce n'est qu'un gamin même s'il est majeur. J'ignore comment chacun d'entre nous aurait réagi, mais Tristan a eu l'impression que le ciel lui tombait sur la tête. Il a fui, sans se manifester, un peu comme s'il avait essayé de se masquer la vérité. Ce n'était pas totalement prévu par Julie qui espérait un esclandre. Nullement désarçonnée, elle s'est montrée, se moquant ouvertement d'Alexandre avant de rejoindre Tristan qui l'a ramenée chez elle. Une heure plus tard environ, peut-être moins, Alexandre s'est pointé pour des explications. Il était armé car, s'il n'avait pas franchement distingué la silhouette, il savait que Julie était accompagnée.

Je me lève et vais jusqu'à la fenêtre, les mains dans le dos, comme un instituteur pendant que les écoliers s'escriment sur un problème de robinet ou de baignoire qui fuit.

— Le reste, on peut seulement l'imaginer : bravache, la jeune femme a ouvert sa porte et lui a raconté la raison de son action, indiquant au passage que Tristan avait été témoin du baiser. Fou de colère, Alexandre a appuyé sur la gâchette. Une fois, une seule, le temps de réaliser la portée de son geste. Julie s'est effondrée, touchée au foie, heurtant dans sa chute le rebord du bidet.

Je me tais, laissant à mes adjoints un répit pour

qu'ils réfléchissent et mettent en exergue des éléments contraires ou accordent du crédit à ma version.

— Ça tient le bitume, avance Gwen après quelques secondes. En tout cas, je ne vois rien qui interdit de penser à la machination que tu décris.

— Ouais, approuve Bertrand. Ça a très bien pu se passer comme ça.

— Je suis content que cela vous plaise. Il nous reste maintenant à recueillir des éléments pour étayer la thèse d'une telle machination. Quelle heure est-il ?

— Bientôt neuf heures.

— Il faut qu'on se remue, l'avion d'Alexandre Sauquin va bientôt atterrir. Pendant que je passe un petit coup de fil au proc', allez donc chercher Tristan. Nous n'avons plus aucune raison de le maintenir en garde à vue, mais menottez-le quand même, histoire d'affaiblir moralement son vieux et de l'amener à accoucher sans qu'on ait besoin des forceps. Prenez aussi l'ordinateur portable, pour le cas où il serait tenté de tout avouer sur place.

*

Il fait bon en ce début septembre. Le fond de l'air est chaud, chacun a conscience qu'il faut en profiter car cela ne durera pas. Si l'automne n'est pas encore entamé, les longs mois sombres sont proches. Bertrand conduit d'une main, l'autre passée mollement par la portière. Lunettes de soleil sur le nez, martyrisant de ses mâchoires un chewing-gum qui n'avait pourtant rien fait de mal, on pourrait le prendre pour un Yankee. Gwen est assise à côté de lui. Je suis monté à l'arrière, à côté de Tristan. Selon mes collègues, le jeune homme est resté calme durant la nuit. Il n'a rien avalé hier soir et n'a émis aucun son. Si je récapitule, il a peu mangé depuis qu'il est en garde à vue. Lorsque nous longeons le quai Henri Barbusse puis traversons le pont Saint-Mihiel, il regarde par la vitre le cours de l'Erdre. Nous nous déplaçons dans un véhicule banalisé, mais il baisse régulièrement la tête quand il s'aperçoit qu'un badaud nous regarde. Après une seconde nuit de détention, je le sens partagé entre l'envie de voir des signes de vie et la crainte d'être reconnu en compagnie de flics. Nous sommes pourtant habillés en tenue civile. Depuis le début, nous avons conservé le silence, si bien qu'il ne sait pas qu'il rentre chez lui mais qu'en échange, c'est son père qui dormira ce soir en cellule.

Me contentant toujours du rôle de passager, je me repère de plus en plus facilement dans Nantes, et le trajet jusqu'à la rue Mercoeur n'a plus aucun secret pour moi. Tout juste si je ne pourrais pas le parcourir les yeux fermés. Pour me dissuader de me livrer à l'exercice, Allée des Tanneurs, un camion de livraison occupe une voie de circulation et, Place de

Bretagne, un accrochage entre deux automobilistes provoque un ralentissement.

Clémence Sauquin ou sa belle-sœur devaient nous guetter derrière les rideaux d'une fenêtre, car elles sont déjà à nous attendre sur le trottoir quand nous sortons de la voiture après un impeccable créneau dans un espace limité. Elles nous laissent approcher avant que, certaines de ne pas se donner en spectacle aux voisins, Clémence qui semble à jeun ne s'élance vers son fils et ne le serre très fort contre elle. Isabelle a les yeux rieurs, même si, au fond d'elle-même, elle sait que ce retour signifie l'arrestation de son frère.

— Entrez ! invite Clémence en inspectant les fenêtres des appartements et les vitrines des commerces pour vérifier que notre arrivée se fait incognito. Alexandre sera bientôt là.

Le seuil franchi, nous montons l'escalier jusqu'au niveau de l'appartement des parents. Il règne une agréable odeur de café dès que nous passons la porte. Vautrée dans un confortable fauteuil, les pieds en pendant de l'accoudoir, Cassandre prend la position debout en découvrant son frère. Sans courir, mais des picotements dans les jambes, elle fond sur Tristan et lui pose deux bises sonores sur les joues alors que des larmes lui viennent aux yeux.

S'appuyant à un guéridon comme si elle s'apprêtait à défaillir, leur mère nous explique :

— Cassandre n'est pas allée à l'école, aujourd'hui. Je lui ai expliqué ce qui va se passer ce matin. Elle a tenu à être présente. Je pense également que sa place est ici, avec nous.

Puis Clémence relève un visage défraîchi vers moi et prononce d'une voix déchirée :

— Maintenant, vous pouvez peut-être lui retirer les menottes, non…

Le ton est limite agressif. Elle est à cran. Quelle femme ne le serait pas alors que son fils a des bracelets et que son mari est promis à une longue peine d'enfermement. Je la joue cool et prononce calmement :

— Tout à l'heure, dès que votre époux nous aura livré ses explications.

— Quelles explications ? demande Tristan après s'être éclairci la voix. Je ne comprends rien à votre conversation. Quelles explications papa doit-il donner ? À quel sujet ? Et que doit-il se passer ce matin ?

Son regard va de sa mère à moi, ses prunelles ne se posant que brièvement sur nos visages avant de s'en retourner vers l'autre. Pressentant qu'il est nécessaire d'apporter un dérivatif, aussi futile soit-il, Isabelle se racle la gorge et prend la parole :

— J'ai fait du café. Viens avec moi à la cuisine, Tristan. Viens, mon grand. Je vais tout te raconter.

Le lieutenant Sidoine les suit, pendant que le brigadier-chef Piron installe l'ordinateur portable et le branche. Avant qu'un déplaisant silence ne s'instaure, je me tourne vers Clémence qui a entrepris de sortir son plus beau service à café et de disposer soucoupes et tasses sur la grande table de la salle. Dénonçant son état de manque, combiné au tragique du moment, des tremblements rendent la manœuvre imprudente.

— Votre mari vous a-t-il téléphoné hier après notre départ, ou plus en soirée ?

— Oui, fait-elle après un temps, en plongeant dans les miens des yeux désespérés. Il regrette son geste. Il regrette tout, d'ailleurs. S'il avait su comment les choses allaient tourner, il se serait tenu tranquille. Il s'en mord les doigts maintenant. Il réalise pleinement où ses coucheries vont le mener et dans quelle situation il va mettre ses proches. Oh, pas moi, bien sûr, car de moi, il s'en moque ! Non, ses pensées vont à ses enfants, à la honte qu'il va leur infliger et à leur avenir qu'il a assombri. Mais pas seulement. Il pense aussi à sa sœur, à ses affaires, à ses sociétés et à leur devenir. Il a une pensée aussi pour les employés qui vont peut-être perdre leur travail.

Elle pose une dernière tasse au centre d'une soucoupe, en effleure légèrement le bord d'un doigt et dit d'une voix empreinte de nostalgie et de sincère contrition :

— Oui, il regrette. Nous avons aussi parlé de son geste. Il m'a juré que ce n'était qu'un accident. Le…

le coup est parti sans qu'il ne le veuille vraiment. Il n'a même pas l'excuse de l'ivresse, car il était en pleine possession de ses moyens. Il n'avait bu qu'un verre de vin au restaurant. Il devait passer sa soirée d'hier à la rédaction de ses aveux, pour vous les confier dès ce matin. Vous les aurez quand il arrivera. Je crois qu'il n'aura pas envie de parler.

Le retour d'Isabelle suivie de Tristan et Gwen apporte une diversion. Averti du motif de notre présence et de ce qui va en découler, le jeune homme affiche une mine désespérée. Cela le perturbe tellement qu'il ne songe pas à nous demander de lui enlever les menottes maintenant qu'il se sait libre. Les épaules voûtées, il se laisse tomber sur une chaise. Inconsciemment, il a choisi celle en bout de table, celle du chef de famille.

Pendant que sa belle-sœur sert le café, Clémence poursuit sur un autre sujet :

— J'ai mis de l'ordre dans les affaires d'Alexandre, hier soir, et j'ai trouvé des relevés de compte sur lesquels apparaissent des dépenses somptuaires dans des bijouteries, de grands restaurants ou de prestigieux magasins. Fallait-il qu'il soit amoureux fou pour dilapider de telles sommes avec cette…

Un regard noir de Tristan lui cloue le bec avant qu'elle ne déverse des insanités sur celle qu'il aimait il y a quelques jours encore et avec laquelle il avait des projets à long terme.

Pour en revenir au père, tu m'étonnes qu'il était accro à Julie pour lui offrir sac à main Versace et parure de bijoux ! Ces mots n'ayant pas l'air de déranger Cassandre, j'en déduis que sa mère lui a tout dit. Après tout, ce n'est pas plus mal. Elle est assez grande, elle aussi, pour comprendre.

Nous nous asseyons autour de la table pendant qu'Isabelle s'absente à la cuisine puis en revient portant à la main un plateau de fines galettes bretonnes et de macarons multicolores. Il y a une inconvenance à laisser Tristan menotté, surtout lorsqu'il veut se saisir d'un biscuit, mais ceci peut être un élément convaincant pour obtenir la confession de son dabe, aussi est-il exclu de les lui ôter. Clémence m'implore du regard, mais je demeure aveugle.

— Tant que j'y pense, madame Sauquin, je vous avertis que j'ai fait la connaissance de Régis Tourny. Il s'est présenté spontanément lorsqu'il a appris la nouvelle, afin de se dédouaner comme il m'a dit. Il a évoqué un rapport qu'il vous a remis et dont il m'a fourni un double. Cela n'offre pas un grand intérêt pour moi, mais pour vous, il y a suffisamment d'éléments pour demander le divorce et obtenir réparation.

Elle se relève sur la pointe des fesses et, la bouche pincée, assène :

— On ne divorce pas chez les Coquenet de Mondate, Monsieur !

Ah, ces aristos !

— Pourquoi avoir requis le concours d'un détective privé, alors ?

— Pour savoir ! Je me doutais de mon infortune, mais je désirais en avoir confirmation. Plus encore, je désirais savoir dans les bras de quelle femme Alexandre passait ses soirées.

— Par conséquent, il était établi pour vous qu'il avait une maîtresse ?

— Une ! pouffe-t-elle. Vous êtes loin du compte, mon pauvre monsieur ! Alexandre culbute toutes celles qu'il peut. Je ne suis pas dupe, je sais que les soi-disant repas d'affaires ou les réunions tardives cachaient des coucheries. Mais que pouvais-je y faire ? Il était compréhensible qu'il préfère passer du bon temps avec une jeunette bien proportionnée qu'avec une anorexique, alcoolique de surcroît. Et pourtant… pourtant, c'est un peu de sa faute, si je bois.

On me l'a déjà servie, celle-là. C'est de la faute d'untel si je bois ou si je me drogue. Tellement plus fastoche de reporter les responsabilités ou de les partager que de les assumer pleinement !

Elle reprend :

— Pendant que je consommais verre sur verre, Alexandre, le beau et riche Alexandre Sauquin, consommait de la chair fraîche.

Elle se retourne vers Cassandre qui a repris possession du fauteuil puis vers Tristan.

— Excusez-moi, les enfants, de parler ainsi de votre père, mais vous savez pertinemment que ce que je relate est la douloureuse vérité.

On a coutume de dire que, dans les affaires d'adultère, le conjoint est toujours le dernier avisé. Pas cette fois. Ni les autres, visiblement. Dans ces conditions, on peut concevoir qu'elle ait sombré dans la boisson, Clémence, même si ce n'est pas une échappatoire valable. Soudain, elle repousse sa tasse, se lève et se dirige vers le bar. D'une poche, elle tire une clé qu'elle introduit dans la serrure. Isabelle esquisse alors à mon endroit une mimique signifiant qu'elle n'a pas pu s'opposer et a été forcée de lui remettre le sésame. Une bouteille de whisky dans une main et un verre dans l'autre, Clémence revient s'asseoir en dévissant le bouchon.

— Quelqu'un en veut ?

Nous faisons tous non de la tête, alors qu'Isabelle tente de poser la main sur le cul de la bouteille pour en limiter le débit.

— Oh, je t'en prie, Isabelle, laisse-moi ! J'en ai besoin avant d'affronter… mon mari.

Sans un regard pour nous, elle trempe les lèvres dans le breuvage, en avale une belle rasade avant de reprendre le cours de notre conversation initiale :

— Alexandre est un séducteur né. Il a toujours tiré profit de son physique avantageux pour satisfaire son plaisir. Il a su se tenir durant nos fiançailles, mais à peine étions-nous mariés que son esprit de conquête l'a poussé vers de nouvelles rencontres. On ne peut évoquer le démon de midi car, dès l'aube de notre mariage, je n'étais plus l'élue de son cœur. J'ai été bien naïve !

Elle s'exprime avec grandiloquence, façon grand siècle, accompagnant ses paroles de gestes ronds et usant d'un vocabulaire et de tournures de phrases à mille lieues de celles de mes fréquentations amicales ou professionnelles. Chacun son univers, hein ? Je me vois mal interroger un malfrat sur ce ton ou utiliser des mots de plus de trois syllabes ou tombés en désuétude. C'est déjà coton d'obtenir des aveux, alors s'il faut avoir recours au dictionnaire !

Après cela, elle nous expose en termes plus imagés ce que Gwen Sidoine m'avait appris au sujet de ce mariage qui apportait à l'un, un nom illustre et à l'autre, l'argent et l'aura que sa famille n'avaient plus depuis quelques décennies. Au prix d'un accord bilatéral, les années de mariage entraînant une dommageable routine, il fut décidé que Clémence profiterait avec largesse de la fortune de son époux et que lui n'aurait aucun compte à rendre pour ses sorties nocturnes.

J'attends qu'elle en ait terminé sur ce chapitre pour demander :

— Le rapport de Tourny est-il dans cette pièce ? Puis-je le voir ?

Clémence vire vermillon. Excès de couperose ? Non. Embarras ? Oui. Ayant lu le rapport du détective privé, à l'exception de la page onze, je ne vois pas ce qui la rend aussi confuse, vu qu'elle connaît les infidélités de son époux. Pour se donner une contenance, elle sourit et s'adjuge une gorgée de whisky au moins aussi généreuse que la première. Il en faut plus pour me désarçonner et me faire perdre le fil.

— Puis-je voir ce rapport, madame Sauquin ? J'en ai un exemplaire, vous dis-je, mais il me manque une page, une seule. Dès ce soir, je l'aurai, alors inutile de faire des cachotteries. S'il y a quelque chose que j'ignore et qui est écrit sur cette fameuse feuille, je le saurai sous peu.

— Il n'y a nulle cachotterie, rétorque-t-elle d'une voix étranglée. Je ne vois pas de quoi vous voulez parler.

— Alors montrez-le moi, s'il vous plaît !

Je lis dans ses prunelles qu'elle se prépare à m'envoyer paître quand la sonnerie de l'interphone conjuguée à de violents coups frappés à la porte d'entrée à l'étage en dessous lui clouent le bec. Elle se met debout la première et fonce vers l'interphone positionné près du chambranle de la porte de l'appartement. Si Alexandre n'éprouve plus rien pour elle, il semblerait que l'inverse ne soit pas également proportionnel. On dirait qu'elle a hâte de le voir, ce qui diffère quelque peu de ses affirmations.

— Oui ? fait-elle dans le combiné de l'interphone tout en observant le visage apparu sur l'écran et dont nous ne discernons rien d'où nous sommes.

De dos par rapport à nous, Clémence écoute, puis repose le combiné sur sa base en s'y prenant à deux fois. Alors qu'elle se tourne vers nous, on voit son visage se décomposer un peu plus, ce que je n'imaginais pas possible tant l'alcool l'a ravagé. Ouvrant la bouche, elle dit d'un timbre affolé, à la limite de l'hystérie :

— On vient de tirer sur mon mari ! Là, dans la rue !

Puis elle tombe dans les pommes.

XV

En deux secondes chrono, j'atteins le rez-de-chaussée. La clé est dans la serrure, ce qui est bien pratique. Entre deux voitures, le corps sur le trottoir et les jambes sur la rue, Alexandre Sauquin gît sur le dos dans une mare de sang. Si les deux trous dans le corps ne me paraissent pas mortels, la tache rouge en plein milieu du front façon femme hindou ne supporte pas d'hésitation. Ses yeux sont ouverts, ses traits crispés. Je suppose qu'il a d'abord morflé dans le buffet avant que son assassin ne lui donne l'extrême-onction. Par acquit de conscience, je cherche le pouls. Rien. Derrière moi, j'entends des hurlements de femmes : négligeant Clémence toujours évanouie, Isabelle et Cassandre nous ont suivis et hurlent leur détresse. Arrivé quatrième, j'entends Bertrand dans mon dos qui tente de couvrir leurs cris en leur ordonnant de se taire et de rester à l'intérieur.

La rue est déserte. La rue Mercoeur étant très passante, c'est donc que la mort ne remonte qu'à un petit paquet de secondes sinon l'éveil serait déjà donné.

Gwen s'agenouille près de moi, à côté de la valise Samsonite de Sauquin :

— Tu as vu quelque chose ?

— Non. Gwen, instaure un périmètre et bloque la circulation pendant que Bertrand recherche des témoins, dis-je tout en composant le numéro du CIC sur mon portable. Monsieur, maintenez les femmes à l'intérieur. Ce n'est pas un spectacle pour elles…

L'homme qui a sonné à l'interphone est un jeune retraité. Polo Lacoste et pantalon à pinces, Rolex au poignet gauche et gourmette en or au poignet droit. Plutôt classe et raffiné avec ses cheveux blanc soigneusement peignés et son pain qu'il tient sous le bras. Évitant de regarder le corps, il opine et obéit.

— Allô, fais-je quand je suis en liaison avec la salle radio de Waldeck Rousseau, ici le capitaine Moreau. J'ai un homicide par balle Rue Mercoeur. Mettez tout en branle en quatrième vitesse ! Faites vite et mettez le SLPT sur le coup ! Appelez aussi les pompiers pour une perte de connaissance !

Resté seul, je gamberge. L'assassin a sûrement fait usage d'un silencieux, sinon on aurait entendu les trois coups de feu. C'est un intrépide, car non content de balancer deux pruneaux qui ont fait mouche, il s'est approché pour donner le coup de grâce à sa victime, signant son crime de la marque de la mafia. Faut-il y voir la réalisation d'un contrat ? Mais alors qui aurait eu intérêt à la disparition d'Alexandre

Sauquin ? J'en suis là de mes interrogations quand la porte s'ouvre derrière moi.

— Tenez, fait le retraité, j'ai une couverture pour… pour le cacher.

Je me relève pour m'en saisir et couvrir le corps sans vie dont un large filet de sang rougit le trottoir et s'échappe vers le caniveau.

— Racontez-moi les circonstances de votre découverte, Monsieur…

Il se détourne du corps, grimace car il a le cœur au bord des lèvres, respire par à-coups avant de se livrer en indiquant la direction de la place de Bretagne :

— Je revenais de la boulangerie, quand… ben, quand je l'ai aperçu. Au début, j'ai pensé qu'il avait fait un malaise, mais en voyant le sang, j'ai vite compris. Je connais monsieur Sauquin, ou plutôt je le connaissais, et je savais où il habitait. J'ai donc sonné. Voilà, c'est tout ce que…

Il fait quelques pas et, appuyé au mur, vomit son petit-déj'. Sa baguette "Festival" lui échappe et roule sous une voiture.

J'attends qu'il se remette de ses émotions pour demander :

— Vous veniez de cette direction, m'avez-vous dit ?

— Oui. J'étais allé à la boulangerie… j'ai plus qu'à y retourner, dit-il en regardant la Festival d'un ton penaud qui déclencherait un fou rire si les circonstances s'y prêtaient.

— Avez-vous vu quelqu'un courir ?

— Non.

— Avez-vous vu une voiture partir précipitamment dans un sens ou dans l'autre ?

— Heu… non.

— Une moto ?

— Non plus. En tout cas, je n'ai rien remarqué.

Le deux-tons* d'un véhicule de police, d'abord faible, gagne en puissance jusqu'à ce que le véhicule débouche à l'angle de la rue, aussitôt suivi d'une ambulance des pompiers. Je me place au milieu de la rue et intercepte la patrouille en exhibant ma carte car ils ne me connaissent pas.

— Délimitez un périmètre, les gars. Empêchez les éventuels curieux d'approcher.

Puis aux pompiers :

— Il n'y a plus rien à faire pour lui. Par contre, il y a là-haut des personnes en état de choc.

Faligot, la petite rousse aux yeux verts, et Le Clézio, le grand blond du SLPT, sont là dans les cinq minutes, aussitôt suivis du même généraliste de SOS Médecins que la veille. C'est pratique, ça évite de faire les présentations. N'empêche, le toubib me zyeute comme si je semais la mort sur mon passage. Il ne

*Surnom du klaxon.

fait pas bon graviter autour de celui-là ! doit-il penser.

Bertrand revient vers moi pour un premier rapport juste comme j'allais m'entretenir avec Gwen :

— Je me suis farci les plus proches commerces, personne n'a rien vu ni rien entendu.

— C'est dingue, résume le lieutenant, il s'est fait flinguer juste à deux mètres de nous ! Trois coups de feu et pas de témoin !

— Usage d'un silencieux, Gwen. Je ne vois que ça. Certes, l'appartement est bien isolé, mais on aurait entendu quelque chose, autrement.

— Et les voisins ! On est quand même en pleine ville !

— Écoutez, j'appelle le procureur et on se fait tous les commerces de la rue, et tous les appartements. Allez, à l'attaque, je vous rejoins dans une minute ! C'est impossible qu'on ait trucidé Sauquin sans que personne ne s'en soit aperçu.

Abandonnant mes collègues et le personnel du SLPT qui fixent la scène de crime à grand renfort de photos, je m'isole pour appeler Landrain. Pas franchement content, le procureur de la République, quand il est avisé de la situation. Il s'attendait à ce que je conclue brillamment mon enquête et voilà que je lui annonce une mort violente. Pire encore, c'est mon principal suspect, pour ne pas dire le coupable du meurtre de Julie Sénéchal, qui se fait descendre à mon nez et à ma barbe. Je reste muet lorsqu'il m'objecte que j'aurais dû aller l'attendre à l'aéroport. Il est inutile de tenter de me défendre, nous ne luttons pas à armes égales, Landrain et moi. Pas d'autre alternative que de faire le dos rond. Après quelques pointes bien senties, le proc' se calme. Alors que je ne l'espérais plus, il finit au détour de la conversation par m'assurer de sa confiance. La preuve, il me charge de l'affaire. Du fait de la disparition du meurtrier, l'action de la justice ne pourra suivre son cours dans l'affaire Sénéchal-Sauquin. Il s'ensuivra de la paperasserie, naturellement, mais nous disposons de suffisamment de témoignages pour ficeler le dossier avant de le classer sans suite.

Une nouvelle intrigue m'est soumise, peut-être plus coriace que la première, dont la question principale est : qui a descendu Alexandre Sauquin de trois balles ?

*

Nous nous retrouvons une heure plus tard. Bertrand et moi avons fait chou blanc. Gwen, en revanche, a collecté le témoignage intéressant d'un papy. Quasi grabataire, il ne quitte pratiquement pas son logement de la journée et passe son temps à la fenêtre, à regarder les autres vivre. Oui, bien sûr, il était à son poste d'observation quand elle est arrivée avec deux autres policiers et le petit Sauquin, même qu'il a distingué les menottes aux poignets du jeune homme. Il était occupé à jeter des miettes aux moineaux qui viennent le voir tous les jours, quand il a remarqué un type sur une moto. Le modèle lui est inconnu, il sait seulement qu'elle est grise et de forte cylindrée. Ce qui l'a interpellé, c'est qu'il a déjà vu le motard hier à différentes heures de la journée, et ce matin de bonne heure aussi, et qu'il a constaté qu'à aucun moment l'homme ne retirait son casque. Il ne peut donc le décrire car, en plus, il portait une combinaison noire, sans doute en cuir. Il a garé son engin quelques minutes plus tard à quelques mètres de la porte d'entrée des Sauquin et est resté en selle. Au bout d'un moment, comme la veille d'ailleurs, il s'est mis debout et s'est approché d'une vitrine. Mais le papy, il a déjà vu dans des séries télé comment pratiquent les gars à l'approche d'un mauvais coup : pour donner le change, ils font semblant de s'intéresser à une vitrine mais, en réalité, ils regardent autour d'eux. Eh bien, le motard, c'était pareil ! Il balançait des œillades à droite à gauche, mais attention, pas comme s'il préparait un hold-up, non en fait il guettait quelqu'un. Il attendait une proie. Et cette proie a fini par se montrer. Alexandre Sauquin marchait sur le trottoir opposé. Le motard a lancé le moteur de son engin, a tiré la fermeture éclair de sa combinaison vers le bas et s'est approché discrètement de Sauquin quand il traversait pour rentrer chez lui. Il a sorti une arme de sous sa combinaison et a tiré par trois fois. Les deux premières détonations à intervalle très court, la troisième quand Sauquin est tombé par terre. Après, il s'est précipité sur sa moto et a démarré en regardant autour de lui. Il est parti à fond de train en direction de la place Aristide Briand. À la question a-t-il dérobé quelque chose à la victime, le petit vieux est catégorique : non !

Ce témoignage n'est pas d'un intérêt essentiel, dans la mesure où il ne peut nous permettre d'identifier le tueur. Par contre, il est lourd d'enseignement à travers les déductions qu'il autorise. En effet, on peut estimer que le motard attendait Alexandre Sauquin dès hier sans savoir que ses affaires commerciales l'avaient conduit en Italie. Il ignorait par conséquent l'emploi du temps du directeur de la SCDMC. Ensuite, le fait que l'assassin n'ait pas fouillé sa victime ni subtilisé la Samsonite élimine le crime crapuleux. Tout nous oriente alors vers un crime sur fond de vengeance. Le mode opératoire suggère il est vrai une vendetta, une vengeance à l'italienne. Y avait-il un contrat sur la tête d'Alexandre Sauquin ?

Nous échangeons tous les trois pendant quelques minutes avant que j'attribue à chacun une mission : j'envoie Gwen récupérer l'ordinateur portable pour enregistrer le témoignage du papy et charge Bertrand de reprendre l'enquête de proximité pour vérifier si quelqu'un a relevé le modèle de la moto ou sa plaque d'immatriculation. Entre hier et ce matin, ce serait bien le diable que personne n'y ait fait attention. Quant à moi, je repasse le seuil de l'appartement après quelques mots avec les gens du SLPT.

L'atmosphère est étrange. Les pompiers sont partis quand ils sont parvenus à remettre Clémence sur pied et à calmer la légitime agitation des trois femmes. Assise dans un superbe canapé d'angle, digne dans la douleur, Clémence a repris ses esprits. Entourant sa fille de ses fins bras, elle la berce contre sa poitrine, le regard dans le vide. Un verre de cognac près d'elle, sur la desserte, elle m'observe. Cassandre, les yeux fermés, respire par la bouche et serre sa mère à lui faire mal. Les chutes du Niagara, c'est que dalle à côté de ce qui lui dévale sur les joues. Un mouchoir trempé à la main, elle ouvre les paupières et me fixe un instant avant de se recroqueviller pour se répandre de plus belle. Assise sur une chaise près de la table, Isabelle se prend la tête entre les mains. Elle aussi pleure sans s'arrêter. Sur ses joues, les larmes ont dessiné leur passage. En une heure, elle a vieilli de dix ans.

À l'écart, Tristan est lui aussi abattu. Assis sur un pouf, les yeux rougis, il ne profère aucune parole.

Je m'accroupis en face de lui et sors une clé de ma poche pour ouvrir les menottes qui enserrent ses fins poignets. Elles n'étaient pas serrées fort, mais il ne peut s'empêcher de masser cette partie de son corps.

— Nous vous relâchons, Tristan. Plus tard, votre maman vous racontera toute l'histoire. S'il y a des parties manquantes, je suis à votre disposition pour vous les faire connaître. Mais prenez le temps du deuil avant de remuer tout cela…

Je vais m'asseoir dans le canapé, à côté de Clémence. Posant un regard complaisant sur la maman, je murmure :

— Veuillez accepter mes plus sincères condoléances, Madame. Je suis vraiment navré. Vous sentez-vous assez de force pour répondre à quelques questions ? Après, nous vous laisserons en famille, mais il est vital que je vous les pose.

— Croyez-vous que ce soit le moment ? demande-t-elle dans un reniflement.

Elle baisse les paupières, les relève au prix d'un louable effort, avale une énième gorgée de cognac et finit par murmurer :

— Allons-y, s'il le faut. Maintenant ou plus tard, peu importe…

— Merci Madame. Elles portent sur vous et… et sur votre mari. Vous connaissez-vous un ou des ennemis ?

— Non. Pas moi… Je ne fréquente personne, je ne vois personne hormis mes enfants, mon mari une fois de temps en temps, et cette cruche de Marion. Alors, qui pourrait me vouloir du mal ? Qui pourrait vouloir du mal à une femme alcoolique qui ne bouge pas de chez elle ?

Elle attrape le verre sur la desserte, trempe ses lèvres dans l'alcool.

— Quant à Alexandre, je ne connais pas suffisamment sa vie. J'imagine que oui, il a des ennemis, car dans son boulot on ne se fait pas de cadeau. Il y a des requins dans le milieu des affaires. À moins que ce ne soit le mari d'une de ses maîtresses…

— Si nous en croyons le rapport de Régis Tourny, il semble qu'Alexandre fréquentait seulement Julie Sénéchal. D'ailleurs, l'agenda de celle-ci fait état de nombreuses visites, trop nombreuses je pense pour qu'Alexandre ait le temps de voir une autre femme.

— Que voulez-vous que je vous dise ? fait-elle d'une voix lasse. Je n'en sais rien. Je vous serais reconnaissante de nous laisser, maintenant. J'ignore quasiment tout de la vie de mon…

Elle a failli prononcer le mot mari, s'est retenue à la dernière seconde en se mordant les lèvres.

— Je vais vous laisser. Si vous avez une idée, appelez-moi. Avec votre autorisation, je vais fouiller la valise d'Alexandre pour y prélever le rapport qu'il me destinait. Je connaîtrai ainsi sa motivation.

— Faites, dit-elle en hochant la tête.

*

Outre du linge de corps et des dossiers au nom de la SCDMC, la Samsonite contient quelques feuilles volantes.

Je décide d'aller à la voiture chercher une enveloppe kraft pour revenir m'en saisir.

Le corps d'Alexandre Sauquin n'est évidemment plus sur le trottoir. Son contour est représenté à l'aide d'adhésif sur le sol, une nappe informe assombrit le macadam à l'emplacement de la tête.

Bertrand et Gwen me rejoignent dans les minutes qui suivent. Nous nous mettons d'accord sur le fait de ne rien dire avant de nous retrouver dans nos bureaux de Waldeck Rousseau. Durant le trajet, personne ne moufte, chacun réfléchissant dans son coin, jusqu'à ce que je dise :

— Gwen, tu n'as toujours pas fumé depuis mercredi ?

— Non. C'est pas fastoche, mais je résiste.

— C'est bien. Je dois donc une tournée d'apéro.

Un silence, puis je reprends :

— Vous, je ne sais pas, mais moi, je me laisserais bien séduire par une anisette bien fraîche. Je n'ai pas seulement soif, j'ai envie de faire un break. Vous êtes partants ?

— Maintenant ?

— Pourquoi pas. On est en service, d'accord, mais on ne peut pas être à fond tout le temps. Il faut savoir souffler pour optimiser notre rendement. Alors, qu'en dites-vous ?

— Ça marche pour moi, fait Bertrand.

— OK aussi pour moi, convient Gwen. On va où ?

— Le Lieu Unique me paraît une bonne adresse.

XVI

En sortant de la voiture, ma première initiative est de composer le numéro de Rappeneau, le médecin légiste.

— Bonjour, Doc. Vous avez reçu mon client ?

— Salut, Moreau. Dites, ça fait seulement quelques jours que vous êtes là et mon frigo ne désemplit pas. Vous êtes un sacré poissard. Il ne fait pas bon être dans votre entourage !

Visiblement, Rappeneau aime plaisanter. Ça tombe bien, j'en ai besoin.

— N'allez pas me faire une réputation, Doc, sinon plus personne ne voudra bosser avec moi. Quand pourrez-vous procéder à l'autopsie ?

— En parlant d'autopsie, je vous attendais à celle d'hier matin. J'aime mettre un visage sur une voix.

— Je ne pouvais pas, j'étais débordé, mais on finira bien par se rencontrer, Doc…

— Arrêtez de m'appeler Doc, Moreau. C'est Carl, mon prénom.

— OK, Carl. Moi, c'est Maxime. Enfin pour l'état civil, mais pour les copains, c'est Max. Pour les femmes, c'est chéri qui revient le plus régulièrement.

— Z'êtes un marrant, vous !

— J'essaie, Carl, sinon, dans ce métier, on finirait tous chez les mabouls. Pour l'autopsie, vous avez réussi à caler une date dans votre emploi du temps démentiel ?

— Bonne question. Attendez que je regarde mon planning. Demain c'est samedi, et dimanche je fais relâche sauf si je suis expressément réquisitionné. En conséquence, je m'occuperai de votre client dès cet après-midi. Seize heures, ça marche ?

— Ça marche. Je ne garantis pas que ce sera moi, mais un officier sera présent. Merci Doc… Carl.

— À plus, Max.

Le temps de cet entretien téléphonique, nous sommes parvenus devant le Lieu Unique. Nous nous dirigeons vers le bar et nous installons à une table. Lorsque le serveur s'éloigne après avoir pris notre commande, nous redevenons professionnels.

— Qui commence ? Vas-y, Gwen ! Le petit vieux n'a rien ajouté à sa déposition ?

— Non, pas une ligne. Je lui ai laissé mes coordonnées pour le cas où il lui reviendrait un détail, mais il ne faut pas trop espérer de ce côté.

— On ne sait jamais. Passe-lui un coup de bigo dans l'après-midi, à tout hasard. Et toi, Bertrand ?

— J'ai repris l'enquête de voisinage. Une vendeuse a remarqué la moto devant le commerce dans lequel elle travaille, mais elle n'a pas fait attention au motard. Elle peut simplement affirmer qu'elle est grise et que lui possède un casque intégral noir.

Il se tait quand le serveur apporte les boissons commandées, ne poursuivant que lorsqu'il est à quelques pas.

— J'ai obtenu un seul renseignement, de la part d'un commerçant de la rue, qui m'a certifié que la moto est une 1000 centimètres cubes. Quant à la marque, il ne sait pas. Son témoignage rejoint celui de la première vendeuse quant à la couleur.

— C'est maigre. Rien d'autre ?

— Rien.

— Ça vous inspire quoi, la mort de Sauquin ? Vous avez une piste ?

— Oui, assure Bertrand Piron. Un début de piste seulement. J'aimerais savoir où était Raymond Celton à l'heure du crime.

— Tu le verrais dans la peau d'un tueur ?

— Dans celle d'un justicier, plutôt. S'il était parvenu à mettre de côté la mort de sa belle-sœur et son mari il y a plus de vingt ans, il est possible que l'assassinat de Julie lui soit resté en travers de la gorge. N'oublions pas qu'il l'a élevée. Il devait la considérer comme sa propre fille. Enfin, bon… je ne sais pas, mais c'est peut-être une piste…

Je n'imagine pas Raymond Celton sur une moto. Je ne l'imagine pas non plus requérant la complicité d'un tueur. Il faudra cependant creuser dans cette direction. Dans un ensemble parfait, nous prenons nos verres.

— Trinquons. À ta santé, Gwen, et à ton arrêt du tabac.

— En souhaitant que tu ne replonges pas.

— Tchin !

Il y a dans le regard du jeune lieutenant une lueur de fierté. Elle sait que la lutte durera longtemps, des jours, des semaines, des mois, mais elle retire déjà une légitime fierté de ces deux journées sans nicotine. Elle repose son verre puis, d'un geste répété plusieurs fois par jour, repousse une mèche de cheveux derrière l'oreille. Son visage s'éclaire un peu plus quand elle regarde vers l'entrée.

Le sourire qui naît sur ses lèvres la rend encore plus belle :

— Bonjour. Vous venez prendre votre service ?

La personne à laquelle elle s'adresse est une jeune métisse aux pommettes hautes, au petit nez droit et aux lèvres charnues. Sa chevelure noire frisée est ramenée sur la tête en un chignon du plus bel effet qui met en valeur des créoles en or à ses oreilles. La taille fine dans une jupe de couleur bleu ciel, elle est d'une grande beauté.

— Oui. Pour une fois, je suis avant l'heure, annonce-t-elle en souriant de ses belles dents blanches.

— Approchez, que je vous présente. Messieurs, voici Roxane N'Dour. Elle travaille au restaurant du

Lieu Unique ; c'est elle qui se souvient de l'arrivée de Tristan Sauquin et Julie Sénéchal samedi soir.

Nous nous serrons la main avant que je propose :

— Voulez-vous boire un verre avec nous ?

— Non, merci.

— Asseyez-vous quand même, s'il vous plaît, et racontez-nous l'incident…

Elle montre une hésitation avant de s'exécuter :

— Comme je l'ai dit à madame, j'étais occupée à débarrasser une table quand j'ai vu qu'il y avait des clients qui attendaient près de l'accueil. Je me suis avancée vers eux et, à ce moment-là, j'ai vu la femme qui désignait une table à son petit copain. Elle riait, un peu comme si elle était saoule, alors je me suis dit qu'il valait mieux que je me tourne vers le garçon. Il avait une tête de déterré : il faisait non de la tête, et je crois qu'il se parlait tout seul à voix basse. Quand la voix lui est revenue, je l'ai entendu dire « C'est pas vrai ! C'est pas possible ! » et il est parti. J'ai cru qu'il avait honte de l'état de sa copine. En allant vers la cuisine pour apporter les assiettes sales de la table que j'étais en train de desservir, j'ai vu la fille qui avançait vers une table. J'ai supposé qu'elle connaissait les clients qui y étaient attablés et qu'elle allait leur dire bonjour. Je me suis dit que je devais vite aller poser mes assiettes en cuisine pour revenir voir si elle n'importunait personne, mais à mon retour, elle sortait à son tour. Elle riait comme une folle.

— Combien étaient les dîneurs à cette table ? Qui étaient-ils ?

— Ils étaient deux, deux hommes. Je ne les connais pas.

— La description correspond à Alexandre Sauquin et au type qui les accompagnait au Sans-Culotte, coupe Gwen pour gagner du temps et éviter à sa protégée de devoir se répéter.

— Il était rigolo, le petit monsieur, avec son sac à main rouge et ses petites manières. Il me glissait toujours un mot agréable quand je venais à leur table.

— C'était la première fois qu'ils venaient dîner ?

— Je ne sais pas, je ne travaille ici que depuis un mois. En ce qui me concerne, c'était la première fois que je les voyais.

— Merci, Mademoiselle N'Dour. Vous ne voulez toujours rien prendre avec nous ?

— Non, il va falloir que j'aille travailler.

Elle se lève, lisse sa jupe du plat de la main pour en chasser un pli.

— Je ne sais pas ce que vous leur reprochez, mais je peux vous dire qu'ils sont gentils. Celui qui avait le sac à main rouge ne méritait pas la raclée qu'il a reçue.

Je manque d'avaler de travers et repose précipitamment mon verre.

— Quelle raclée ? T'es au courant, Gwen ?

— Non. À quoi faites-vous allusion, Roxane ?

— C'est vrai que je ne vous ai pas parlé de ça, hier. Quelques minutes après que la femme soit sortie, un autre homme est arrivé. Il est allé directement à cette table et il a discuté en menaçant du poing. Comme le ton montait, un collègue s'est approché pour demander à l'arrivant de partir. Le monsieur a fait semblant d'accepter avant de se retourner pour balancer un coup de poing au visage du client au sac à main. Il est tombé au sol, je crois qu'il avait le nez cassé. Celui qui mangeait avec lui s'est levé et il est parti, lui aussi, en disant : « Qu'est-ce que c'est que cette histoire de fous ? »

— Attendez, Roxane, que je comprenne bien : à qui s'adressait le troisième homme lorsqu'il était menaçant ? Aux deux ou seulement à un ?

— Aux deux, mais plus particulièrement à celui qui avait le sac à main.

— Quel était le motif de ces récriminations ?

— Je ne sais pas. J'étais en cuisine à ce moment-là.

— Ensuite le gars violent est sorti, c'est bien ça ?

— Oui.

— Combien de temps après est parti l'homme qui mangeait avec celui au sac à main ?

— Pour ainsi dire tout de suite. Une minute après, peut-être…

— Qu'est devenu le blessé ?

— Il saignait du nez. On a voulu appeler les pompiers, mais il n'a pas accepté. Il a demandé un taxi pour aller faire une radio à l'hôpital.

Je cogite, nous cogitons.

— Rien n'indique que cela soit lié à notre affaire, mais on va quand même creuser aussi dans cette direction. Bertrand, tu rechercheras le taxi et l'hôpital pour en apprendre plus sur l'homme au sac à main.

— Je peux aller travailler ? demande timidement Roxane. Il est temps que j'y aille.

— Oui, oui. Oh, une dernière question : comment était le bagarreur ? Que pouvez-vous nous raconter sur lui ?

— Il était brun, environ trente ans. Pas très grand, sans être petit. Il a l'accent du Midi. Ça a été tellement rapide que je n'ai pas fait trop attention à son physique. J'étais en cuisine pendant qu'ils s'engueulaient, je l'ai seulement vu quand il a tapé l'autre monsieur et qu'il est parti en courant. Pour un peu, il en oubliait son casque qu'il avait posé sur le comptoir de l'accueil.

— Quelle couleur, le casque ?

— Noire.

Tiens, tiens ! Voilà qui change tout puisqu'il s'avère que la description pourrait correspondre à notre motard. Plus que jamais, il me tarde de le rencontrer : un gazier qui file une volée à un autre et en liquide un troisième, je suis preneur.

*

Tant qu'à être à quelques mètres d'un resto, nous décidons de manger au Lieu Unique. Les conversations vont bon train, aboutissant à une évidence : il importe désormais de mettre la main sur le motard. À défaut d'élément probant, la seule manière de remonter jusqu'à lui est de passer par l'homme au sac à main rouge. Quand on nous sert le café, je grimace :

— Je ne voudrais pas être rabat-joie, mais il y a l'autopsie d'Alexandre Sauquin à seize heures. J'imagine qu'il n'y a pas de volontaire ?

Comme d'habitude, cette perspective n'emballe personne. Il va falloir trancher.

— Tu as toujours ton dé, Gwen ?

— Oui, dans ma poche.

L'air ronchon, elle introduit sa main dans une poche et la ressort en frottant le dé entre ses doigts. Hier, elle avait une chance sur trois d'éviter la corvée, cet après-midi, elle n'en a plus qu'une sur deux car je décline l'invitation de Rappeneau. Privilège des chefs.

— Allez, vas-y, commence ! Le plus petit chiffre va à la morgue.

Le lieutenant se concentre, comme si cela pouvait influer sur le résultat, et finit par lancer le dé : un. Bertrand pouffe, ce qui accroît la colère de Gwen.

— Putain de… Je préfère rester polie !

— Ne t'énerve pas, fait Bertrand. Je ne t'ai pas encore battue.

— Tu parles ! Tu as cinq chances sur six de faire un meilleur score.

— Et par conséquent une sur six de faire un score aussi… médiocre.

Mort de rire, Bertrand attrape le dé et, sans simagrée, le balance à son tour. Le cube décrit des arabesques avant de s'immobiliser sur le un.

— C'est pas vrai ! tempête-t-il alors qu'il se voyait déjà vainqueur. Mais quel nul !

— Recommencez, dis-je, hilare.

Gwenaëlle Sidoine prend le dé, le fait disparaître dans sa main qu'elle secoue avant de l'ouvrir au niveau de la table. Le cube roule un peu et s'arrête sur le cinq. Dès lors, un sourire naît sur le visage du lieutenant. Une moue sur les lèvres, Bertrand se saisit du dé et, d'un geste dépité, l'envoie dinguer contre la soucoupe de ma tasse : six ! Une explosion de joie saluant la décision du destin fait se retourner les clients du restaurant. Littéralement plié en deux, Bertrand Piron ne peut plus émettre le moindre son alors qu'il se frappe les cuisses. Idem pour moi.

— Putain, arrêtez, bande de… Oh, vous faites chier ! J'me tire !

— Ne fais pas la gueule ! dis-je pour tempérer notre bouillante collègue. La prochaine fois, à supposer qu'il y ait un troisième corps avant la fin de cette enquête, ce sera pour Bertrand. Bon, on fait comme ça : Gwen, tu restes ici pour enregistrer les témoignages concordants du personnel quant à la courte bagarre, et après, tu files voir Rappeneau pour l'autopsie. Bertrand, tu me ramènes à Waldeck Rousseau avant de foncer au CHU Hôtel Dieu. Tu devrais sans trop de mal relever l'identité du blessé. Sinon, il te restera les taxis pour savoir lequel a pris en charge le blessé et où il l'a conduit.

*

Dans mon bureau, un quart d'heure plus tard, une idée me traverse l'esprit. Vite, je décroche le turlu de sa base.

— L'accueil ? Ici le capitaine Moreau. Je voudrais savoir si vous avez reçu une plainte pour coups et blessures dans la nuit de samedi à dimanche, voire dimanche ou même lundi. Je n'ai pas de nom à vous donner, je sais seulement que les faits se sont déroulés au Lieu Unique.

— Un instant, Capitaine, je regarde sur la main courante.

Il s'ensuit quelques secondes puis :

— Désolé, je n'ai rien. Il y a bien eu des échauffourées durant le week-end, mais rien qui puisse correspondre à votre demande.

— Appelez les commissariats de quartiers et posez-leur la question.

Sur le bureau, l'enveloppe kraft contenant les explications d'Alexandre Sauquin attire mon regard. De deux doigts en pincette, je sors quatre feuilles noircies d'une écriture posée et parfaitement lisible. Je les lis avant de composer le numéro de Landrain pour un résumé aussi succinct que précis :

— Bonjour Monsieur le procureur. J'ai sous les yeux le rapport que Sauquin nous destinait en se constituant prisonnier.

— Je vous écoute.

— Il revendique clairement le meurtre de Julie Sénéchal, expliquant pourquoi et comment il s'est fait piéger. Quand il l'a rejointe chez elle samedi soir, elle était dans un état de forte excitation car elle tenait sa vengeance, une vengeance longuement réfléchie et patiemment mise en place. Julie lui a alors décliné sa véritable identité, faisant faire à Alexandre un saut de vingt ans en arrière et lui remémorant l'accident de la circulation dans lequel ses parents avaient perdu la vie. Alors seulement, il a réalisé qui elle était vraiment. Avec un plaisir évident, elle s'est attachée à lui détailler l'exécution de son plan, précisant qu'elle était venue sur Nantes il y a déjà plusieurs mois pour épier les habitudes des différents membres de la famille Sauquin. Elle était redescendue chez elle, dans les Bouches-du-Rhône et avait imaginé tout un scénario pour parvenir à ses fins. Alexandre écrit qu'elle a exprimé crûment son dégoût de se laisser caresser par le meurtrier de ses parents puis par le fils de ce dernier. Les mots sont forts, violents même, lorsqu'il décrit leurs ébats et le désir constant de toujours pousser plus loin les expériences sexuelles. Il écrit avoir parfois eu envie de refuser, mais il l'aimait tellement qu'il ne voulait pas la décevoir. Quand un soir, elle lui a présenté un ami et qu'ils sont allés tous les trois au Sans-Culotte, il s'est dit qu'elle dépassait les bornes. Ce qu'elle exigeait de lui était au-dessus de ses forces, inacceptable. Elle a menacé de rompre, alors Alexandre a cédé. Il a connu ce soir-là sa première expérience homosexuelle. Ce ne fut pas exceptionnel, mais ce ne fut pas non plus un désastre. Alexandre a sympathisé avec son partenaire, aussi quand Julie a annoncé qu'elle n'était pas disponible samedi soir, Alexandre a accepté l'invitation à dîner de l'homme qu'il nomme Vincent. Cela faisait partie du traquenard. À un moment du repas, Vincent s'est penché par-dessus la table pour l'embrasser. Alexandre s'est laissé faire, ignorant que Tristan, son propre fils, en était témoin. Dans la seconde, Julie s'est approchée de leur table et lui a ri au nez avant de disparaître. Il était à peine remis de ses émotions qu'un homme est arrivé, les insultant, lui et Vincent. Puis l'homme a expédié un coup de poing à Vincent et est sorti du restaurant en courant. Alexandre s'est alors demandé dans quel mauvais film il était. Il a abandonné Vincent aux bons soins d'un serveur et s'est précipité chez Julie. Elle a ouvert et a tout avoué car elle était ravie d'être parvenue à ses fins. Selon ses dires, elle connaissait suffisamment Tristan pour savoir qu'il n'encaisserait pas la situation. Tôt ou tard, il parlerait et révélerait à sa mère et à sa sœur la double vie de son père et ses penchants homosexuels. Julie Sénéchal tenait sa vengeance : sa famille avait disparu, la famille Sauquin allait à son tour se désagréger.

— L'a-t-il abattue froidement ?

— Non, on ne peut l'affirmer. Il gardait depuis des années une arme dans la boîte à gants de sa voiture, sans savoir lui-même pourquoi. Avant de monter chez Julie, il s'est dit qu'il valait mieux la prendre car il ignorait s'il y aurait un comité d'accueil. S'il avait su, il l'aurait laissée dans la voiture. Au comble de la colère, son doigt s'est crispé sur la détente, et le coup est parti. À aucun moment, il n'a souhaité sa mort.

— L'action du ministère public s'arrête là. Voilà une première affaire rondement menée et parfaitement circonstanciée, Moreau. Félicitations ! Avez-vous une piste pour la suite ?

— Nous recherchons le fameux Vincent. À travers lui, j'escompte parvenir à identifier celui qui lui a donné un coup de poing et qui n'est autre que l'homme à la moto aperçu devant chez Sauquin.

— Vous en êtes sûr ?

— Quasiment, Monsieur le procureur ! Tout permet en effet de le penser. L'auteur du coup de poing est l'assassin d'Alexandre Sauquin.

— Eh bien, faites vite ! Le week-end arrive, ce serait dommage de le gâcher.

Je déteste qu'on me mette la pression. Ça a dû se sentir quand j'ai raccroché après une mielleuse formule de politesse.

Passons à autre chose. En l'espace de trois jours, j'ai envahi l'espace du capitaine Balandier, mes paperasses encombrant le plateau du bureau. Repérant le dossier Tourny à côté d'une pile de procès-verbaux, je m'en saisis et compose les dix chiffres notés dans le haut de la première feuille.

— Régis Tourny Investigations, à votre service…

— Pourrais-je parler à Monsieur le directeur ?

Un blanc répondant à ma sollicitation, je me marre et dis :

— Tourny, ici Moreau. Je ne savais pas que vous dirigiez une grosse société. Ça fait pompeux, Régis Tourny Investigations.

— Vous moquez pas, c'est histoire de faire boîte sérieuse. J'peux quelque chose pour vous ?

— Et comment ! J'ai lu la copie de votre rapport à Clémence Sauquin, mais je me suis aperçu qu'il manque une page. Je n'ai pas le temps d'attendre que vous me l'apportiez, alors résumez-moi ce qu'elle raconte…

— Il manque une page ? Vous êtes certain ?

— Tourny, quand on veut faire l'impasse sur une feuille, on ne les numérote pas. Il me manque la onze, alors allumez votre ordinateur, faites un double clic sur le fichier Sauquin, et balancez-moi les infos. Pas de couillonnade, je vérifierai.

— Heu heu… Mon PC est allumé. Vous dites dossier Sauquin, page onze. C'est bien ça ?

— Ne me prenez pas pour un con, Tourny ! Et magnez-vous !

— Voilà, voilà… Qu'est-ce que vous voulez savoir exactement ?

— Je vais me fâcher tout rouge, Tourny ! Qu'avez-vous tenté de me cacher ?

Il doit sentir qu'il est plus que temps d'abdiquer.

— Piquez pas une colère, Capitaine. C'est la dame Sauquin qui m'a obligé à cacher cette feuille.

— Ah bon ! Et pourquoi ?

— J'sais pas comment dire, mais…

— TOURNY !!!

— Bon voilà, c'est le dernier soir que j'ai filoché le père Sauquin. Il est allé au Sans-Culotte avec Julie.

— Je le sais déjà, on en a parlé. Quoi d'autre ?

— Ils étaient accompagnés d'un autre gugusse.

— Cheveux châtain teintés de mèches blondes, veste de smoking blanche et sac à main en cuir de couleur rouge ?

— Vous êtes au courant !

— Quand je vous dis qu'il ne faut pas me berlurer et que tu as intérêt à être franc du collier. Récitez-moi mot pour mot ce que tu as écrit !

Il m'exaspère tellement que j'en viens à mêler le vouvoiement et le tutoiement.

— C'est seulement ça que je raconte sur la feuille onze. J'vous passe les détails, mais ça a donné au Sans-Culotte ! Y z'ont fait dans le hard, les trois ouistitis. La prude Clémence Sauquin voulait que je taise cette soirée à la police. Pour épargner ses enfants, qu'elle m'a dit. J'pense plutôt que c'est sa répute qu'elle veut sauvegarder, la daronne.

— Apportez-moi ce papier illico presto.

Je coupe la communication, reprends tout de suite le combiné car il s'est mis à tinter :

— Allô ?

— Maxime, c'est Bertrand. Personne correspondant au blessé ne s'est présenté aux urgences de l'Hôtel Dieu. Je me dirige vers l'hôpital Laennec, et je te tiens au courant.

— Entendu. À plus.

Deux trois secondes et le téléphone sonne une fois encore :

— Oui ?

— C'est l'accueil, Capitaine : j'ai contacté tous les commissariats de quartiers, mais aucun n'a enregistré de plainte pour coups et blessures au Lieu Unique.

— Ce n'est pas grave, merci quand même.

Ça aurait été trop beau que le bonhomme soit venu porter le pet, justifiant de son identité et de celle de son agresseur.

Le téléphone toujours à la main, je farfouille de l'autre à la recherche du numéro de Raymond Celton. Je ne sais pas ce que j'ai fait du papier que m'a remis hier l'ADS de l'accueil, pas moyen de le retrouver. J'ai beau soulever les feuilles et dossiers épars sur le bureau, pas mèche de mettre la main dessus. Avisant le listing des appels reçus ou passés par le téléphone mobile de Julie Sénéchal, je stoppe ma recherche car je me souviens que Tristan m'a affirmé qu'elle a envoyé un SMS à ses parents samedi soir juste avant d'entrer au Lieu Unique. Comme ils étaient à un mariage, elle a inévitablement adressé le message sur leur téléphone portable. D'ailleurs, le numéro débute bien par 06, ces deux premiers chiffres qui correspondent aux téléphones cellulaires. Mes doigts courent sur les touches.

— Allô !

— Bonjour, monsieur Celton. Ici le capitaine Moreau, du commissariat de Nantes. Comment allez-vous ?

— Tut tut tut…

Il a dû faire une mauvaise manip. J'appuie sur la touche bis et colle mon oreille. Au bout de plusieurs sonneries, la messagerie se met en service. Comme bon nombre d'utilisateurs, les Celton ne l'ont pas personnalisée, si bien que je suis empreint d'un doute quant à l'exactitude du numéro. Je reviens au listing et tape les dix chiffres sans cligner des yeux pour ne pas me rater. Rien à faire, on ne décroche pas et la messagerie répète son annonce. Il y a quelques années, j'aurais mis cela sur un problème de réception, mais le réseau français est désormais parfaitement couvert. Alors ? Je ne vois pas pour quelle raison Raymond Celton refuse de me parler. Nous nous sommes quittés sur une bonne impression, rien ne justifie une telle attitude. S'il est occupé ou en conversation, il peut me demander de le joindre plus tard. Il… Soudain, je percute ! Soudain, j'entrevois la vérité. Deux mains fiévreuses parcourent le bureau, soulevant des feuilles pour les reposer plus loin, en poussant d'autres, les vérifiant toutes recto verso. Enfin, je dégote le petit papier comportant le nom et les prénoms du couple et leur numéro de portable… qui, après vérification, ne correspond pas à celui du listing. Pas besoin de gamberger longtemps pour comprendre : quand, avant d'entrer au Lieu Unique, Julie a dit qu'elle expédiait un SMS à ses parents pendant que Tristan fumait une clope, elle a en fait contacté Vincent pour lui signifier son arrivée au restaurant. Il s'agissait d'un signal, et c'est ce moment que Vincent a choisi pour embrasser Alexandre à pleine bouche. Tout était programmé dans le moindre détail.

Donc, si je poursuis mon raisonnement, je viens d'appeler Vincent. Tu m'étonnes qu'il ait coupé court en m'entendant balancer mon grade et mon appartenance aux forces de police nantaise ! Entrant en liaison tour à tour avec les opérateurs téléphoniques, j'argue de mon statut et du fait que j'agis sous commission rogatoire pour obtenir leur concours par voie de réquisition. Délivrant le numéro du portable, je trouve à mon troisième essai l'opérateur de mon client. J'envoie par fax une réquisition et, pour l'heur, on me fournit l'identité de l'homme au sac à main en cuir rouge : il se nomme Vincent Pilost, a vingt-deux ans et habite Boulevard Marcel Pagnol à Aubagne, dans les Bouches-du-Rhône. Sur le coup, je demande une copie des pièces afférentes à son dossier d'abonnement et à ce que l'on établisse fissa une localisation de son appareil. Mon interlocuteur promet de me rappeler dès qu'il aura le renseignement, puis il m'expédiera les photocopies du RIB et de la carte d'identité de Pilost.

Reconnaissant un bruit de pas dans le couloir, je guette le passage de ma collègue pour l'apostropher :

— Gwen, viens voir, s'il te plaît…

Elle place les procès-verbaux relatifs aux témoignages des employés du Lieu Unique sur la pile déjà créée pendant que je l'informe de ma découverte. Conscients de progresser à pas de géant, nous exultons car nous entrevoyons pour bientôt la fin de cette affaire.

— Nous allons laisser Bertrand agir du côté de l'hosto. Il parviendra peut-être à le loger s'il est toujours sur Nantes. Tu as du nouveau ?

— Non. Le motard est une énigme. Personne ne sait qui il est et bien peu l'ont vu. Son coup de gueule a été rapide, presque aussi rapide que son coup de poing et son départ.

— On va aussi communiquer la description du motard aux patrouilles. C'est vague une moto grise et un casque noir, mais s'il se fait contrôler, il commettra peut-être une erreur.

— Je m'en charge, dit Gwen. Ensuite, je vais à l'autopsie d'Alexandre Sauquin. À moins que tu aies changé d'avis…

— Non, merci.

*

Il est un peu plus de dix-sept heures quand l'opérateur me rappelle.

— Nous avons repéré le téléphone cellulaire de Vincent Pilost. Lors de votre appel de quatorze heures cinquante-deux, c'est une borne située dans le quartier des Défensions à Aubagne qui a relayé l'appel.

L'oiseau a rejoint son nid. Il est venu en Loire-Atlantique filer un petit coup de main à une copine, et est aussitôt reparti se faire oublier chez lui. Peut-être ignore-t-il même la mort de Julie… Je remercie et raccroche.

Que faire ? Si ce n'étaient les kilomètres, comment que je foncerais chez lui et que je le forcerais à abouler le blaze du motard ! S'il a réellement le nez pété, quelques chiquenaudes devraient suffire pour amorcer la pompe à paroles.

L'air mécontent, Bertrand passe la porte. Toute la misère du monde sur son dos, il évite mon regard.

— Alors ? Tu as fait le tour des hostos ?

— Ne m'en parle pas ! Le mec n'avait sûrement pas le nez cassé, parce qu'on ne l'a vu nulle part. Je me suis rabattu sur les taxis et j'ai eu le bol de remonter jusqu'au taxi qui l'a pris en charge samedi soir. Il l'a déposé devant le musée Dobrée. Comme le client a payé en fraîche, pas possible de remonter plus haut. Et quant à fouiner aux alentours du musée Dobrée, autant chercher une aiguille dans une botte de foin.

La mine déconfite, il fourrage dans ses boucles brunes en soupirant.

— Te bile pas, Bertrand, j'ai son nom. Il ne court plus pour longtemps.

— Comment t'as fait ?

Je n'ai pas envie de lui dire que c'est le hasard qui m'a fait appeler le numéro de Vincent Pilost.

Vanité ? Orgueil ? Pas envie de passer pour un

chanceux ? Sans doute un peu de tout ça. Me composant un masque de sphinx, je dis :

— J'ai eu une idée, comme ça, et je l'ai exploitée jusqu'au bout. Mais bon, ce n'est pas là l'important. Le souci, c'est que le gaillard crèche à Aubagne, à l'autre bout de la France.

— Aubagne ? Je connais. Il faut bien huit ou neuf heures de bagnole pour y aller.

— C'est ce qui me dérange. J'appelle le procureur, histoire de le laisser décider de la suite à donner.

Mis au courant des nouvelles péripéties de l'affaire, Landrain m'écoute sans m'interrompre. Lorsque je termine, il suggère :

— Contactez vos collègues des Bouches-du-Rhône afin qu'ils alpaguent Pilost. En fonction de ses aveux, nous définirons la suite à donner aux événements. Dans le pire des cas, préparez-vous à prendre la route ce soir ou demain matin. Je verrai pour vous faire bénéficier d'une extension de compétence. Quand on commence une enquête, on la mène jusqu'au bout.

Lorsque je les ai au bout du fil, mes collègues du Sud de la France ne sont pas franchement emballés. Pour eux aussi, la fin de semaine est proche, et voilà que je leur apporte du travail supplémentaire. Il me vient alors une idée :

— Dites, est-ce que le boulevard Marcel Pagnol est situé dans le quartier des Défensions ?

— Tout à fait. Comment le savez-vous ? demande le lieutenant Martini.

— Vincent Pilost habite Boulevard Marcel Pagnol, et, selon l'opérateur, son téléphone portable est localisé dans ce quartier. Il y a donc de fortes chances pour qu'il soit à son domicile. Ça ne devrait pas nécessiter beaucoup de temps d'y faire un saut, si ?

Vaincu par l'argument, Martini finit par accepter de se rendre chez Pilost et, le cas échéant, de procéder à son interpellation. Je lui refile le numéro auquel il peut me joindre à toute heure du jour ou de la nuit.

Pas le temps de mollir ! J'ai à peine raccroché que des pas dans le couloir annoncent une visite.

— Salut tout le monde ! clame le brigadier Houssay en entrant dans la pièce.

— Salut Laurent ! Déjà de retour ?

— J'ai bien roulé. Il n'y avait pas trop de circulation pour un vendredi.

— Ça s'est bien passé avec nos collègues parisiens ?

— Impec ! Je leur ai refilé la balle et le Walther P38 trouvé sur le Trisandre, maintenant c'est à eux de bosser là-dessus. L'enquête a progressé ?

— Laquelle ?

Devant son air ahuri alors qu'il pose sa sacoche sur le bureau, nous nous marrons, Bertrand et moi.

— Imagine que, durant ton absence, nous avons quasiment clos l'affaire Sénéchal/Sauquin, et qu'une affaire Sauquin/Inconnu est ouverte, consécutivement au décès par balle d'Alexandre Sauquin...

— Quoi !!!

— Comme je te le dis, mon pote ! Alexandre s'est fait dessouder devant chez lui ce matin pendant qu'on l'attendait gentiment à l'intérieur. On est en passe de serrer un individu qui devrait nous mener jusqu'au tueur.

— Ben merde alors ! fait-il en croisant les bras sur son torse puissant.

En quelques phrases, je résume les événements de la journée.

— Ben dis donc ! Pour un coup de théâtre... Où est Gwen ?

— À l'autopsie du corps d'Alexandre Sauquin.

— Ça ne traîne pas, avec toi ! Le temps que je fasse un saut à Paname, tu passes d'une affaire criminelle à une autre. Oh, la vache, ils vont l'avoir mauvaise à la PJ ! Tu obtiens plus de résultats en quelques heures qu'eux en une semaine. Je viens de croiser Yves Perrot, il avait sa tête des mauvais jours, rapport à une engueulade du patron qui exige des résultats.

— Ce n'est pas seulement moi qui obtiens ces résultats. C'est un travail d'équipe, chacun a fait son job. Et puis, on ne peut pas comparer les affaires entre elles. Tu sais aussi bien que moi qu'il suffit parfois d'un détail, aussi infime soit-il, pour que tout s'enchaîne et que la chance nous sourie.

— Ouais, bien sûr. Mais quand même ! On fait quoi, là maintenant ?

Je louche sur ma montre et sursaute.

— Je suis à la bourre ! Mon amoureuse arrive à la gare dans dix minutes ! J'ai laissé mes coordonnées aux autorités d'Aubagne pour qu'ils m'appellent dès qu'ils coincent Vincent Pilost. Rentrez chez vous. Même s'ils le serrent aujourd'hui, ça m'étonnerait qu'ils nous le rapatrient ou que le procureur nous ordonne d'aller le chercher dès ce soir.

Ma veste à la main, je suis déjà à la porte.

XVII

Nous nous jetons littéralement dans les bras l'un de l'autre, Murielle et moi. Ce n'est pas la gamelle interminable des adolescents, mais lorsque nos lèvres se collent, je sens l'émotion qui m'électrise. Curieuse impression ressentie durant ces premières secondes : on voudrait à la fois tout dire et se taire pour savourer l'instant. Laisser l'autre parler et tout lui raconter sans rien omettre. Bras dessus bras dessous, nous sortons de la gare côté Sud. C'est la première fois que Murielle vient à Nantes, car nous n'étions pas encore ensemble lors de mon précédent séjour chez Yves et Lætitia. Avant qu'elle ne s'engouffre dans la voiture, son regard s'attarde sur l'imposante architecture en pierre et le clocher torse du bâtiment qui, Rue de Lourmel, abrite l'association ouvrière des Compagnons du Devoir du Tour de France.

À Thouaré-sur-Loire, Rue de la Cadaine, Lætitia est déjà rentrée à la maison. Comme convenu ce matin, après son travail, elle est passée par le supermarché et, en prévision du week-end, a fait des emplettes que je m'empresse de lui régler. Je vis aux crochets des Perrot depuis le début de la semaine, mais je ne suis pas un parasite ! Les prévisions météo annonçant un week-end ensoleillé, ces deux jours se présentent sous d'heureux auspices. Pendant que les deux femmes papotent et font plus ample connaissance car elles se sont vues une seule fois, à Concarneau, il y a deux mois environ*, je monte à l'étage prendre une douche. Une fois sec, j'enfile un short, un tee-shirt et des tongs et vais les rejoindre sur la terrasse. Elles savent vivre les femmes du XXIe ! Le barbecue électrique est branché – ce n'est pas cancérigène et on ne se salit pas les mains en réactivant la braise ou en ajoutant du charbon de bois – la table est mise à l'ombre d'un grand parasol, et elles se sont servi un apéritif. Mon retour coïncide avec l'arrivée d'Yves. Il est crevé, mon pote. Sa semaine n'a pas été de tout repos. Plus que le corps, le moral est au ras des pâquerettes du fait de son enquête qui piétine. À son tour, il va se doucher et se changer pendant que son épouse me verse une anisette largement arrosée d'eau fraîche.

Quand Yves revient, Lætitia remplit les verres puis tourne le thermostat du barbecue sur la position maximum pour qu'il préchauffe. Nous devisons de tout et

*Lire *Disparitions en Pays Fouesnantais*, même auteur, même éditeur.

de rien, heureux d'être ensemble et de profiter de la douceur du moment. On est bien, là. Tranquilles. Heureux. Lætitia se lève et va à la cuisine. J'entends la porte du frigo qu'elle referme, et elle réapparaît avec, à la main, un plateau portant une côte de bœuf qui n'a rien d'un bout de barbaque. Tout de suite, je suis en appétit. La maîtresse de maison s'approche du barbecue, pose la côte de bœuf sur la grille. Il ne faut pas longtemps pour qu'une délicate odeur nous fasse saliver. Après quelques minutes, elle lui change de côté, découvrant les stries de la grille qui ont marqué la viande. Y a pas, on va se régaler ! Plus que quelques minutes à attendre. Il est des instants qu'il faut savoir apprécier. Remarquez, difficile de faire mieux : mon amoureuse près de moi, de bons amis, du soleil, un savoureux repas à partager. Cerise sur le gâteau, je fais confiance à Lætitia pour avoir mis une bouteille de rosé de Provence au frais. Peut-être même deux ; après tout, c'est vendredi et on est quatre.

On se fait l'impression d'être seuls au monde. C'est vrai que ce n'est pas du cimetière voisin que va venir le vacarme. Pas un bruit de voiture, pas de cris d'enfants. Rien. Rien sauf… mon portable que j'entends sonner dans la maison. Bêtement conditionné par notre fichue société, je me redresse de la position avachie dans laquelle je me complaisais et cours répondre.

— Lieutenant Martini, du commissariat d'Aubagne. J'ai un message pour le capitaine Moreau.

— C'est moi.

— Nous avons procédé à l'arrestation de Vincent Pilost. Il est à votre disposition.

La tuile ! Ce n'était pas prévu au programme !

— Porte-t-il des ecchymoses sur le visage ?

— Oui. Principalement au niveau du nez.

— Demandez-lui ce qui a provoqué ces blessures. C'est très important pour mon affaire en cours.

— Je lui ai déjà posé la question. Il a été frappé par un Aubagnais du nom de Franck Pietroni. C'est une petite frappe que nous ne connaissons que trop, ici. Pietroni est le petit ami de Pilost.

J'ai ici confirmation que l'algarade au Lieu Unique était une scène de ménage sur fond de jalousie.

— Pietroni est sur Aubagne en ce moment ?

— Ce n'est qu'une question d'heures. Il a appelé Pilost pour lui dire qu'il est sur l'autoroute et qu'il arrivera à Aubagne aux alentours de vingt-deux heures.

— Tout concorde. Je vous rappelle dans quelques minutes, Martini, le temps d'en référer au procureur.

Au ton de sa voix, je sens que Landrain n'aime pas qu'on le dérange en dehors des heures de bureau. Il m'écoute raconter les nouveaux éléments apportés par mes collègues des Bouches-du-Rhône et dit :

— Allez à Aubagne, Moreau ! Demandez au lieutenant Martini de planquer devant chez Pietroni et ramenez ce petit monde ici ! Faites-vous accompagner par deux membres de votre équipe et conduisez à tour de rôle pour vous reposer un peu ! En roulant bien, vous y serez demain matin dès six heures, l'heure légale d'intervention.

Murielle s'inscrit dans la porte-fenêtre. En même temps que Landrain coupe la communication, elle me fait comprendre muettement que le repas est prêt. Au soupir que je pousse et à mon air abattu, elle comprend que le week-end tourne au vinaigre.

XVIII

Le brigadier Laurent Houssay s'étant déjà farci dans la journée l'aller-retour entre Nantes et Paris, je ne l'ai pas retenu. Le temps de me régaler de la côte de bœuf, sans l'arroser du rosé de Provence car j'avais déjà deux apéros dans le nez, j'ai retrouvé à Waldeck Rousseau le lieutenant Gwenaëlle Sidoine et le brigadier-chef Bertrand Piron. Le quinquagénaire, qui en a vu d'autres, n'a fait aucun commentaire désobligeant lorsque je lui ai notifié par téléphone notre départ dans l'heure. Ma ravissante collègue, quant à elle, a maugréé dans le combiné :

— Putain de boulot ! Hier soir, tu me rappelles pour t'accompagner dans un club échangiste, et ce soir on se tire à l'autre bout de la France. J'avais des trucs de prévus ce week-end, moi ! Fais chier, tiens ! Déjà que je me suis payé l'autopsie de Sauquin, j'espérais faire relâche.

Ravissante, mais usant d'un langage de charretier.

*

On a roulé toute la nuit, s'arrêtant uniquement pour avaler un arabica, faire le plein d'essence et procéder à des étirements pour décontracter nos muscles engourdis. Nous relayant au volant, on a emmagasiné chacun environ deux ou trois heures d'un mauvais sommeil. C'est mieux que rien, mais c'est pas top. En cours de route, Gwen m'a dit que Carl Rappeneau certifie que la mort d'Alexandre Sauquin est consécutive aux trois balles qu'il a reçues et que celles-ci sont sur mon bureau dans un sachet scellé. Le rapport du légiste me sera communiqué lundi en cours de journée. Les traits tirés, on se présente au commissariat peu avant six heures trente. Il ne fait pas encore jour, mais dans le ciel, de larges traînées d'un rose pastel laisse augurer d'une journée ensoleillée. Nous devons justifier de nos identités avant qu'on daigne nous laisser entrer. En uniforme, un brigadier à la bedaine proéminente nous conduit ensuite vers la cellule de Vincent Pilost. Réveillé en sursaut par l'ouverture de la porte, ce dernier porte deux yeux délavés sur nous. Lui non plus n'a pas son compte de sommeil. Il n'est pas vraiment fringant, avec les traces de coups sur le visage et ses vêtements froissés. Je remarque à sa moue que notre intrusion matinale le fait baliser. Faut en profiter !

— Salut Pilost ! Depuis le temps que je voulais te causer, j'ai plein de choses à te dire. Et crois-moi, toi aussi, tu vas m'en raconter !

*

Pas besoin de le prier pour qu'il se mette à table. En moins d'une demi-heure, son témoignage vient confirmer ce que je savais déjà ou ce que je pressentais. Il a commencé par son enfance et l'amitié qu'il portait à Julie Sénéchal. Nés la même année, ils ont fréquenté la même classe de la même école maternelle, de la même école primaire, puis du même collège, avant que le lycée ne les sépare. Il n'était pas question d'amour, non, car déjà tout jeune, il manifestait un penchant pour les garçons. Mais une relation forte s'était installée entre la petite fille adoptée par le couple Celton et le petit garçon victime des quolibets de ses semblables parce qu'il jouait à la poupée plutôt qu'au foot. Un jour, ils devaient avoir seize ans, ils avaient eu une conversation sérieuse. La plus sérieuse qu'ils aient jamais eue. Julie, dans un élan, lui avait parlé de son désir de vengeance. Certes, Solange et Raymond s'étaient toujours comportés comme si elle était leur fille biologique, mais elle avait au fond de ses entrailles un petit quelque chose qui lui murmurait constamment qu'elle n'était pas une Celton. Ce petit quelque chose, cette petite différence, l'empêchait d'être parfaitement épanouie. Elle donnait pourtant l'impression d'une fille puis, plus tard, d'une jeune femme bien dans son corps et dans sa tête, mais ce n'était qu'une façade. Alors, le désir de vengeance avait germé dans son esprit. Si à seize ans son discours était virulent, elle avait su s'assagir et, patiemment, avait monté son funeste projet. Elle n'était pas une criminelle et n'aurait jamais pu descendre Sauquin de sang-froid. Monter sur Nantes pour l'abattre n'avait jamais été au programme. Sa vengeance se ferait d'une autre manière : il avait anéanti sa famille, elle allait dissoudre la sienne. Pour cela, elle devait le placer dans une situation délicate. À mots choisis, elle a demandé à Pilost de l'aider. Il avait hésité avant d'accepter, exigeant que son ami, Franck Pietroni, soit tenu à l'écart de cette histoire car il n'aimait pas beaucoup Julie. Julie était donc partie pour Nantes. Elle était parvenue à approcher Sauquin et à en faire son amant. Cette première étape franchie, elle avait procédé de même avec le fils. Mignonne comme elle était, cela n'avait pas été difficile. Elle avait alors demandé à Pilost de se rendre sur Nantes à la première occasion, sans attiser la jalousie de Franck. Ce dernier devant se rendre en Italie dans peu de temps pour un mariage, il avait prévu de passer quelques jours en famille du côté de Florence. Profitant de l'aubaine, Pilost avait fait sa valise et pris le jeudi un vol Marseille Nantes. Julie l'attendait à l'aéroport. Elle l'avait emmené chez elle et lui avait expliqué ce qu'elle attendait de lui. Le soir même, elle lui avait présenté Alexandre, mais ce ne fut que le vendredi qu'ils allèrent tous les trois au

Sans-Culotte. D'abord réticent, Alexandre avait fini par céder à la tentation. Chauffé par Julie, poussé jusqu'à l'incandescence par les caresses et autres préliminaires, il avait brisé ses tabous et s'était laissé initier par Vincent Pilost. Le samedi, Julie avait dit à Alexandre qu'elle n'était pas disponible ce soir-là, mais que Vincent l'était. Elle avait su se montrer convaincante, aussi le directeur de la SCDMC avait-il dîné avec Pilost au Lieu Unique. L'envoi d'un SMS était le signal de l'arrivée de Julie avec Tristan. À la réception du message, Vincent s'était approché d'Alexandre et l'avait embrassé sur les lèvres tout en lui passant un bras autour du cou. Le piège avait fonctionné, le jeune homme avait été témoin de l'homosexualité de son père. Dans une autre famille, ce n'aurait peut-être pas été un problème, mais Julie avait si parfaitement analysé le psychisme de Tristan qu'il était évident que cela aurait d'énormes répercussions. Vincent avait pour consigne de disparaître rapidement ensuite et de rentrer sur Aubagne par avion dès le dimanche.

Maintenant qu'il a craché le morceau, je le sens plus en phase avec lui-même. Comme soulagé. Chevrotant tout au long de la conversation, son accent chantant du Midi a gagné en justesse. Je réfléchis à ce qu'il a fini par confesser. Il me semble qu'il ignore un point important de cette affaire.

— Et Julie, dans tout ça ? demandé-je.

— Je n'ai pas de nouvelles depuis samedi. Je l'ai appelée plusieurs fois, mais elle ne répond pas… Je suppose qu'elle veut laisser du temps au temps.

C'est bien ce que je craignais.

— J'ai une mauvaise nouvelle, Pilost : Julie Sénéchal est morte.

Il ne me la joue pas au chiqué. Aucun acteur ne serait assez fort pour cela. Je pige à son visage, à ses yeux et à son corps soudain raidi qu'il ne le savait pas. Il est tellement abasourdi qu'il ne pleure pas. Son petit poing ramené devant sa bouche, il halète comme un sportif du dimanche après ses cinq kilomètres.

— Salopard de Franck ! Elle n'avait rien à voir avec… Elle n'y était pour rien !

Il fait fausse route en présumant que c'est son petit ami qui a tué la jeune femme.

— Ce n'est pas lui. C'est Alexandre Sauquin qui a tué Julie. En revanche… en revanche, Franck a abattu Alexandre de trois balles de pistolet. Nous sommes sur ses traces, il ne court plus pour longtemps.

Croulant sous les mauvaises nouvelles, Vincent Pilost ne sait plus à quel saint se vouer : sa copine d'enfance est morte, son petit ami va passer les vingt années qui viennent en prison. Deux scoops de ce tonneau en même temps, ça t'anéantit un homme ! Il faut le remuer.

— Pietroni est revenu sur Aubagne durant la nuit. Selon vous, où peut-on le trouver ?

— Chez sa mère ! Nous avons eu des mots à Nantes. Il…

— Nous savons que c'est lui qui vous a frappé. Quelle est l'adresse ?

— Rue Rompe-Cul, renseigne le brigadier en se frottant le bidon du plat de la main. Celui-là, avec toutes les conneries qu'il a faites dans le coin, on le connaît comme le loup blanc ! Le lieutenant Martini m'a dit de vous dire qu'on a une équipe en planque à côté de chez lui.

— C'est loin ?

— Bé non, à quatre cents mètres environ. Je peux vous y mener, si vous voulez…

— Allons-y. Ramenez-le dans sa cellule, nous reprendrons l'interrogatoire plus tard…

*

La rue Rompe-Cul, m'explique le brigadier, tire son nom du fait qu'elle est en pente. Ça grimpe tellement que c'en est à se rompre le cul. Dans beaucoup de villes de Provence, ajoute-t-il, une rue à forte déclivité porte ce nom.

C'est vrai que ça grimpe, mais plutôt que grimacer, l'originalité du nom me fait sourire. De chaque côté s'élèvent des maisons, souvent en pierre du pays. La plupart des volets sont fermés ; quant aux fenêtres des rez-de-chaussée, elles sont protégées par d'épais barreaux bloqués dans la maçonnerie.

— Té, le lieutenant est là-bas…

Suivant le doigt du policier en uniforme qui ahane tant il a des difficultés à traîner sa carcasse, je repère un homme qui se cache dans l'ombre d'une porte cochère. Petit, trapu, brun de peau et noir de cheveu, Martini a le type méditerranéen. Les présentations faites, il rend compte de la situation en désignant une petite maison à un étage, construite dans l'alignement de la rue.

— Pietroni est arrivé hier soir à vingt-deux heures trente. Sa moto est rangée dans le garage attenant. Il a passé la nuit dans la maison de sa mère.

— Il y a d'autres personnes dans la maison ?

— Non. Il y avait de la lumière tout à l'heure à une fenêtre de l'étage, je pense que sa mère s'est levée pour aller travailler. Elle ne devrait pas tarder à sortir, vu qu'elle embauche à huit heures.

— Vous avez eu le temps de préparer un plan d'attaque ? Ça vous inspire quoi ?

— Pas grand-chose. On ne va pas appeler des renforts, si ? Le mieux c'est d'attendre que sa mère sorte pour faire une entrée en force.

— Ça me convient.

Observant les lieux en détail, je repère des caches susceptibles de faciliter notre intervention.

— Gwen et Bertrand, allez vous planquer derrière le mur de la maison voisine. Restez en retrait, prêts à gicler. De combien d'hommes disposez-vous, Martini ?

— Nous sommes deux : le brigadier Pérez et moi.

— À cinq ça devrait suffire. Je vais aller devant la maison voisine. J'agirai en aveugle, donc je regarderai dans votre direction. Faites-moi signe quand elle sortira pour que je lui saute sur le paletot.

En quelques secondes, nous sommes à poste. L'attente débute. Il fait maintenant complètement jour. Il fait bon à cette heure de la journée, et nul doute que la température va monter. Un ciel bleu sans nuage me rend maussade. Un instant, j'imagine ma Bretagne inondée de soleil. Je dis bien inondée, ce qui suppose sa présence pendant une longue période et une température caniculaire. Non ! Rectificatif. On n'a pas besoin d'une température caniculaire qui nous rend moites, nous met mal à l'aise et fait un carnage dans les maisons de retraite. Allez, vingt degrés le matin, vingt-cinq l'après-midi et vingt-deux en soirée, de juin à septembre. Ce serait l'idéal. Oui mais… ce serait tellement l'idéal que cela apporterait bien des désagréments : l'immobilier grimperait encore plus haut qu'actuellement, des constructions anarchiques défigureraient les paysages, nous serions envahis par les touristes, ce qui rendrait la circulation automobile difficile, les agriculteurs réclameraient un impôt sécheresse, les soiffards boiraient plus que de raison, les fabricants et marchands de cirés et de parapluies seraient obligés de licencier… Finalement, ce ne serait pas si idéal que cela. Et puis… ce ne serait plus la Bretagne. Et où irions-nous en vacances à la recherche de dépaysement ? Au Groënland ? M'ouais, c'est pas une bonne idée, finalement. N'empêche que les rayons qui me chauffent la couenne dès le matin, c'est quand même bien agréable. Ramenant mon regard vers le lieutenant Martini et le brigadier Pérez, j'attends leur signal. Les minutes s'égrènent lentement, comme lors d'une soirée avec des gens qui ne nous font pas rire ou dont la conversation ne tourne qu'autour de leur nombril. Enfin, Martini lève une main. L'index en l'air, il guette le moment propice puis abaisse la main. Sortant de ma cachette, je fonds vers la maison. De dos, une dame est occupée à insérer une clé dans la serrure de la porte. Avec promptitude, je l'enserre de la main gauche et applique simultanément la droite sur sa bouche pour l'empêcher de crier sa surprise et sa peur. La décollant du sol – j'ai de la chance, c'est un petit format – je l'envoie à quelques mètres tout en lui susurrant à l'oreille :

— Police, Madame. Vous n'avez rien à craindre. Où est votre fils ?

Pas facile de répondre avec une main en bâillon. D'un autre côté, je ne peux pas courir le risque de la laisser s'exprimer. Même si son héritier est le dernier des derniers, un fils est toujours un fils, et elle serait capable de hurler pour l'avertir.

— Pour sa sécurité et la nôtre, dites-moi où il est. Contentez-vous de remuer la tête. Dort-il ?

Elle opine. Je ne vois pas son visage, vu que je la tiens toujours solidement, son dos contre mon côté face, mais il n'y a pas à s'y tromper.

— Sa chambre est à l'étage ?

Elle opine encore.

— À droite ou à gauche quand on arrive en haut de l'escalier ? À droite ?

Elle fait non de la tête.

— À gauche ?

Elle fait encore non.

— En face de l'escalier.

Un hochement répond à ma question.

— Est-il armé ?

Elle fait non cette fois encore, mais je n'imagine pas Franck Pietroni exhibant un flingue et annonçant tout de go à sa mère qu'il vient de dessouder un mec et fera un carton si les keufs se pointent.

Je suis embêté, car je tiens toujours la dame et je ne peux la laisser libre. Comme je ne veux pas abandonner mes collègues pour l'assaut final, il faut que je m'en débarrasse. Estimant Pérez et sa grosse brioche moins rapide que moi, je m'approche et murmure :

— Tenez, brigadier ! Envoyez-la plus loin !

Pérez se saisit de la femme, appose sa main sur la mienne qui couvre la bouche tout en laissant un peu de mou afin que je la dégage. Puis, marchant comme un canard, il s'en va avec son colis.

La clé est toujours dans la serrure de la porte d'entrée. Gwen pose une main sur la poignée qu'elle abaisse. C'est ouvert. Silencieux comme des chats, nous investissons les lieux. Parce que je n'ai qu'une confiance toute relative en la maman, j'ordonne du geste à mes subordonnés de visiter le rez-de-chaussée. C'est vite fait que de s'assurer du séjour, de la cuisine et des toilettes. Retirant mes pompes, je pose un pied sur la première marche de l'escalier. On n'est pas vernis sur ce coup-là ! L'escalier est en bois et, si je m'en réfère à la première marche, il grince. Si on veut profiter d'un effet de surprise, il faut qu'on l'escalade vite fait. Mon Sig-Sauer2022 à la main, j'indique pour Gwen la première porte qui se présentera, pour Bertrand, la seconde, pour Martini, la troisième et, pour moi, celle en face de l'escalier. S'il n'y a que deux ou trois portes en tout et pour tout, ils me suivent. Les consignes sont claires. Je tends trois doigts, en replie un premier, un autre encore, et enfin le troisième. C'est le rush. À la queue leu leu, gueulant comme des soudards un soir de solde, nous nous élançons. En deux secondes, nous sommes à l'étage. Les portes, trois en tout, sont ouvertes à la volée. En ce qui me concerne, la pièce est plongée dans le noir. Une fenêtre dans l'escalier vient apporter suffisamment de lumière pour que je repère le lit et braque de mon flingue son occupant :

— POLICE ! TU NE BOUGES PAS ! MONTRE TES MAINS !

Mon ton déterminé et les canons de nos flingues, à Martini et moi, ont raison d'un Pietroni réveillé en sursaut. Une minute plus tard, il a passé un short et un tee-shirt. Bertrand Piron lui passe les menottes, et nous attaquons la perquisition. Sous le polochon, Gwen détecte un Lüger P 08, une arme de fabrication allemande.

— Ça commence bien ! dis-je à Pietroni. C'est pourquoi ? Tu as peur, la nuit ? Tu fais des cauchemars ?

Il se tait, baisse la tête. J'assène :

— Je ne serais pas surpris que cette arme ait servi à Nantes. Nous avons d'excellents techniciens qui sauront nous renseigner sur ce point. Je crois que tu es mal, Pietroni…

*

Conduit dans les locaux du commissariat, Franck Pietroni a rapidement avoué. Ses explications ont permis de boucher les quelques blancs qui demeuraient. Invité à un mariage en Italie, il avait décidé de s'y rendre dès le début de la semaine dernière afin de revoir des amis et des membres de sa famille qu'il n'avait pas vus depuis longtemps. Mais loin de son petit ami, il se morfondait. Alors, il est revenu sur Aubagne le vendredi pour un voyage éclair. Il était étonné de ne pas trouver Vincent à la maison. Il n'avait pourtant, selon ses dires, rien de prévu durant ces quelques jours. Le mouchard – le détecteur d'appel – clignotait pour signifier la réception d'un appel téléphonique. Il lui avait suffi d'écouter le message pour apprendre que Julie serait à l'aéroport de Nantes lorsque l'avion de Vincent se poserait. Aussitôt, il avait enfourché sa moto. Oubliant le mariage qui avait lieu le lendemain en Italie, il avait foncé vers la Loire-Atlantique. Usant de son téléphone portable pour contacter des proches de Julie, il était parvenu à connaître l'adresse de la jeune femme. Résistant à l'envie de se manifester et d'exiger des précisions quant à la présence de Vincent loin de ses bases, il l'avait suivie à pied ou à moto durant la journée du samedi. Quelque chose ne collait pas : d'après son message, elle attendrait Vincent à l'aéroport, or il n'était pas avec elle. Pietroni était certain que Vincent ne connaissait personne sur Nantes, alors où était-il ? Tout cela ne lui disait rien qui vaille. En début de soirée, Julie avait rendez-vous avec un jeune homme genre premier de la classe à qui j'attribue sans hésiter l'identité de Tristan Sauquin. Ils avaient bu un verre dans un bar du centre-ville avant de se rendre dans un restaurant. Il en avait plus qu'assez, le gars Pietroni, de suivre la donzelle sans qu'elle ne le mène à son amoureux, aussi s'était-il décidé à lui parler pour exiger des explications. Il était entré à sa suite dans le restaurant, croisant le jeune homme qui, subitement, était devenu blanc comme un linge. Intrigué, il s'était fait discret et avait cherché où était Julie. Il l'avait vue marcher vers une table à laquelle étaient assis Vincent Pilost et un autre homme. Riant à gorge déployée, elle avait fait demi-tour et était sortie du restaurant. Il avait attendu qu'elle s'éloigne avant de sortir à son tour car ce qu'il avait vu l'avait refroidi : Vincent le trompait avec un autre homme. Accablé, Pietroni était revenu vers sa moto avant de se raviser. Sur un coup de nerfs il avait soudain rebroussé chemin et était rentré au Lieu Unique. En colère, il s'était avancé vers la table et avait dit ses quatre vérités à Vincent. L'autre homme avait tenté de s'interposer, mais il l'avait ignoré. Et quand Vincent s'était levé pour livrer un semblant d'explication en assurant que ce n'était pas ce qu'il croyait, il lui avait balancé un coup de poing, du plus fort qu'il avait pu. Au comble de la rage, il s'était enfui. Il était monté sur sa moto et a démarré avant finalement de changer d'avis. Vincent avait goûté à ses phalanges, mais l'autre homme ? Lui aussi devait payer. Et le prix fort. S'approchant du Lieu Unique, il l'a vu qui en sortait seul. Il l'a suivi lorsqu'il est monté dans son 4x4 Mercedes noir. L'homme a roulé dans la ville avant de s'arrêter devant un petit immeuble du boulevard Albert Thomas. Dès qu'il s'est engouffré dans l'entrée, Pietroni est allé relever les noms sur les boîtes aux lettres. Il terminait de les noter quand des bruits de pas précipités dans l'escalier ont attiré son attention. C'était d'autant plus curieux qu'il y avait un ascenseur. L'homme qui dînait avec Vincent est passé à moins de deux mètres de lui-même qui se tenait dans un angle mort. Il avait à la main un pistolet qu'il s'est empressé de cacher sous sa veste avant de sortir dans la nuit. La vue de l'arme a calmé Pietroni, sinon c'était tout de suite qu'il entendait demander des comptes. Quand le 4x4 a démarré, il a repris sa filature. Ils sont revenus vers le centre-ville. Dans une rue, près d'une grande tour, l'homme s'est garé. Il a utilisé une clé de son trousseau pour ouvrir une porte et a disparu. Il ne faisait aucun doute qu'il s'agissait du domicile de l'inconnu, rue Mercoeur. Pietroni a passé la journée du dimanche à fréquenter des bistrots malfamés, à la recherche d'une arme. On lui en a promis une, équipée d'un silencieux pour le lendemain soir, qu'il a payée en espèces à un individu tout ce qu'il y a de pas recommandable. Il savait qu'il allait faire une connerie, une grosse connerie, mais son tempérament de feu nécessitait qu'il obtienne réparation. La journée du lundi, il avait filé Alexandre Sauquin, projetant de l'assassiner le mardi quand il aurait l'arme. Hélas, les obligations professionnelles du PDG de la SCDMC l'avaient conduit à l'étranger. Pietroni avait attendu son retour Rue Mercoeur et, dès qu'il l'avait aperçu, il l'avait abattu. Pour être certain du résultat, il lui avait logé une balle dans la tête avant de décamper.

Bertrand a tapé sur le clavier d'un ordinateur l'intégralité des aveux circonstanciés. L'imprimante délivre plusieurs feuilles que Franck Pietroni ne rechigne pas à signer après les avoir lues.

Me tournant vers Gwen et Bertrand, je dis :

— Mettez-le au frais pendant que j'appelle le procureur. Et amenez Pilost, on va aller perquisitionner chez lui.

*

La perquisition nous a permis de mettre la main sur les billets d'avion dont Pilost ne s'était pas débarrassé, sur son téléphone portable qui a reçu l'ultime SMS de Julie Sénéchal et sur un relevé de compte qui témoigne d'un crédit de deux mille euros, somme versée en liquide par Julie pour le remercier de sa participation. De retour au commissariat, Vincent Pilost est interrogé et un procès-verbal est édité. La boucle est bouclée. Placé lui aussi en garde à vue, Pilost est reconduit en cellule pendant que nous prenons nos dispositions pour le retour en Loire-Atlantique.

Les démarches administratives lancées, nous pouvons enfin penser à nous et à nos corps éreintés. Tous autant que nous sommes, nous avons soif, faim et, par-dessus tout, envie de dormir. Pendant que le lieutenant Martini envoie un homme chercher des sandwichs et des consommations sans alcool, nous en profitons pour nous détendre. Tout de suite, j'ai l'impression de marcher sur un nuage. Mes jambes peinent à me porter, je suis au bout du rouleau. Gwen a commis l'erreur de s'asseoir. Sa tête dodeline d'un côté et de l'autre. Bertrand semble mieux supporter la fatigue, mais un long bâillement qui découvre ses molaires du fond atteste qu'il n'en est rien. Il s'assoit à son tour et pose le front sur son avant-bras, lui-même posé sur le bureau. Vingt secondes plus tard, il dort. Lorsque Martini revient dans la pièce avec des tasses de café, je lui dis que je vais, moi aussi, plonger dans les bras de Morphée. Je lui demande de me réveiller quand nous recevrons les mandats d'amener.

*

Landrain a, dans l'intervalle, veillé à acheminer les deux mandats d'amener. Le procureur a fait diligence, de sorte que j'ai dormi… une demi-heure. Les yeux éclatés, j'éprouve les plus grandes difficultés à les garder ouverts. Je laisse mes deux collègues dormir et vais manger un sandwich dans la pièce voisine en compagnie de Martini. Copieusement arrosé de café, le jambon-beurre me requinque quelque peu. Tandis que je réunis les différentes pièces du dossier et vais m'occuper de préparer notre retour, je fais réveiller Gwen et Bertrand afin qu'ils se sustentent avant le départ. Ils n'ont pas bonne mine quand je les retrouve un peu plus tard. Ils se sont reposés un peu plus d'une heure, mais ils n'ont évidemment pas leur compte de sommeil. Le lieutenant frisonne, le brigadier-chef s'étire en bâillant. Quand ils ont repris des forces, nous prenons la route.

XIX

Le retour sur Nantes m'a paru long – que dis-je – interminable. À la fatigue accumulée, il a fallu ajouter les commentaires désobligeants de Pietroni et Pilost qui se sont engueulés tout au long de la route. Pour éviter qu'ils ne s'envoient des coups de lattes – ils étaient menottés et ne pouvaient utiliser que leur hémisphère sud – j'ai placé le solide Bertrand Piron entre eux sur la banquette arrière. Sur le coup, il n'a pas pu fermer l'œil, au contraire de Gwen Sidoine qui a dormi tout au long du trajet. Même les claquements de portières lorsque nous nous sommes arrêtés pour changer de conducteur ou faire le plein d'essence ne sont pas parvenus à la réveiller. Il était plus de vingt-trois heures lorsque nous sommes arrivés à Nantes. Malgré l'heure tardive, nous sommes allés présenter Pietroni et Pilost au procureur de la République Landrain. Les plaçant en examen sous des chefs d'inculpation différents, il a aussitôt signé les mandats de dépôt. Je me souviens qu'en nous dirigeant vers la voiture, Bertrand Piron a alors eu un trait d'esprit : « C'est fendard, ça ! Pilost et Pietroni ont quitté Aubagne pour les prisons de Nantes ! ». Se glissant entre Gwen et moi, il a passé un bras sous les nôtres et s'est mis à chantonner la chanson traditionnelle remise au goût du jour par les Tri Yann. Après cela, je n'ai plus beaucoup de souvenirs. Je me rappelle confusément que je suis rentré à Thouaré-sur-Loire. Il était une heure du matin, il n'y avait pas de lumière dans la maison. Comme convenu par téléphone en début de soirée, Yves avait laissé la porte de la maison ouverte. J'ai fermé à clé et, dans le noir, je suis monté me coucher. J'étais trop crevé pour manifester mon retour à Murielle dont j'entendais la respiration régulière. Quinze secondes plus tard, j'étais aux abonnés absents.

J'ai dormi jusqu'à midi. La tête dans le sac, je me suis contenté d'un café et d'un croissant pendant que Murielle, Lætitia et Yves se régalaient d'un poulet fermier. J'étais heureux de retrouver mon amoureuse, mais trop à plat pour être de bonne compagnie. La pauvre ne garderait pas un souvenir impérissable de son week-end à Nantes. Elle m'a raconté que, le samedi, elle s'était baladée en ville avec Lætitia. Les deux femmes avaient poussé jusque sur les bords de Loire où elles avaient vu l'éléphant mécanique, un monstre en bois et acier de douze mètres de haut et de quarante tonnes dont quatre d'huile hydraulique.

Lorsque nous l'avons ramenée à la gare vers dix-huit heures, Murielle s'est efforcée de faire contre mauvaise fortune bon cœur. Elle avait le sourire triste, sachant pertinemment que ce n'était pas de ma faute si on avait passé si peu de temps ensemble.

Le soir, il n'était pas vingt-deux heures quand je me suis mis au lit.

*

Ce lundi matin, j'ai emporté mes affaires en quittant le domicile de Lætitia et Yves car ma mission au commissariat de Nantes s'achève ce soir. Après avoir assurée Lætitia de ma reconnaissance éternelle et l'avoir embrassée chaleureusement, j'ai quitté la rue de la Cadaine.

En retrouvant Gwenaëlle Sidoine et Bertrand Piron, je devinai à leur visage que toute fatigue n'était pas effacée. Un seul était en pleine possession de ses moyens : Laurent Houssay. Après l'avoir chargé de faire route sur le quai de l'Horloge à Paris pour apporter à fin d'analyse à la Police Technique et Scientifique les balles prélevées dans le corps d'Alexandre Sauquin, le Lüger P 08 et le silencieux de Franck Pietroni, je lui en ai serré cinq car je ne le reverrais pas lorsqu'il rentrerait le soir-même.

J'ai passé la matinée à recevoir le détective privé Régis Tourny et Jeannot Pain-de-fesse, le tenancier du Sans-Culotte, afin de mettre à jour les procès-verbaux d'audition. À midi, Gwen et Bertrand ont déjeuné avec Yves et moi. Histoire de marquer le coup, on est allés à la Cigale, une brasserie du tonnerre. Comme le dit Jean-Louis Trintignant sur le dépliant publicitaire, c'est « sans doute la plus belle brasserie de France ».

Le festival de musique techno s'est terminé dans la nuit, la vie au commissariat reprend peu à peu son cours normal. En début d'après-midi, je suis en train de rédiger un rapport d'activité quand le commandant Jules Pernault et le capitaine Éric Balandier arrivent. En douce, je remets à sa place la photo des enfants Balandier et me lève pour les accueillir.

— Je sais tout, fait Pernault lorsque je vais pour ouvrir la bouche. Vous avez impressionné le procureur, Maxime ! Il se dit ébloui par votre travail. Tout à l'heure au téléphone, il m'a tout raconté : la rapide enquête pour découvrir l'assassin de Julie Sénéchal, et ensuite, comment vous avez embrayé pour une deuxième enquête qui vous a emmené jusque dans le Sud de la France. Ah, vraiment, c'est du bon boulot ! Sur le plan administratif, où en êtes-vous ?

— Pour clore le volet police des deux dossiers et les transmettre au parquet, il restera à joindre les rapports d'autopsie du légiste Carl Rappeneau et les rapports de la balistique.

— Parfait ! Vous voulez que je vous fasse unc confidence ? Je crois que vous êtes bien parti pour intégrer la PJ de Quimper. Landrain, le procureur, m'a fait comprendre qu'il allait appuyer votre demande.

— Sympa de sa part. J'ignore si ce sera suivi d'effet, mais c'est sympa !

Nous échangeons des banalités avant que Jules Pernault ne propose :

— Vous devriez vous préparer, Maxime… Je vous libère de toute obligation.

— Merci Commandant ! Je tiens à vous remercier pour la qualité de votre accueil. Je n'oublierai pas de si tôt mon passage en Loire-Atlantique. Avant de partir, je vais saluer le reste de l'équipe.

Nous nous serrons la main, Pernault, Balandier et moi-même, avant que je n'empoigne ma sacoche et me dirige vers le bureau voisin.

Bertrand et Gwen sont devant l'écran de leur ordinateur. Elle est en beauté, aujourd'hui. Comme toujours d'ailleurs, malgré ses yeux légèrement cernés.

— Et merde ! rage le lieutenant. Mon ordi s'est encore planté. Quelle daube !

— On se lâche, lieutenant Sidoine ? fais-je en simulant un air outré.

— J'en ai marre ! Si je m'écoutais, je…

— Chut ! Épargne-nous les détails.

Coinçant une mèche de cheveux derrière l'oreille, elle feint de se calmer et se consacre à la manipulation de la souris.

— Je suis venu vous annoncer mon départ, dis-je. J'ai été heureux de faire votre connaissance et de travailler avec vous.

— Tu nous abandonnes déjà ! s'étonne Bertrand en me tendant la main.

— Le patron m'a donné congé. Pour être franc, il me tarde de revoir la Ville Bleue* !

— Eh bien, bon retour, Max ! Et je l'espère, à une autre fois !

— Je l'espère également, Bertrand. Bonne continuation !

Je vais pour faire mes adieux à Gwen quand elle me dit :

— Je descends avec toi jusqu'à ta voiture, ça me calmera.

Dans l'escalier, nous descendons quelques marches quand elle m'arrête de la main après avoir constaté que nous sommes seuls. À voix basse, elle me dit :

— Je voulais te dire, Max, que j'ai apprécié de travailler avec toi. Je dois avouer que ton appel pour aller au Sans-Culotte et le voyage à Aubagne ont apporté un peu de relief à mon job. Et puis… et puis, tu n'es pas comme les autres mecs avec qui j'ai bossé jusqu'à maintenant. La plupart ne pensaient

*Surnom de Concarneau.

qu'à me sauter ou se comportaient comme des machos. Merci de m'avoir respectée !

Un peu gêné, le Maxime. Il est des mots gentils qui mettent mal à l'aise.

— Moi aussi, je suis fier d'avoir travaillé avec toi, Gwen. Tu es une fille… une femme formidable. Je te souhaite un brillant avenir. Et surtout, sois heureuse dans ta vie !

— Merci Max !

— Au fait, point de vue clope, tu en es où ?

— Je n'ai pas repris. Ça fait cinq jours maintenant.

— Bravo ! Tu es sur la bonne voie. Ne craque pas l'allumette fatale, ce serait dommage !

Une lueur passe dans son regard, sa bouche s'entrouvre sans délivrer de message. Elle va pour faire demi-tour, puis se ravise :

— Je ne craquerai pas, ou alors seulement si tu m'allumes…

Me laissant pantois, elle rebrousse chemin et disparaît rapidement de ma vue. Je ne prends pas ses derniers mots pour une déclaration d'amour mais comme un témoignage de complicité. On le sait elle et moi, qu'on n'est pas faits pour faire un bout de route ensemble, mais un moment d'intimité ne serait pas pour la fâcher… Songeur, je sors mon portable de ma poche et compose le numéro de mon copain Yves.

— Oui ?

— Yves, c'est Max. Si tu as cinq minutes, je passe te dire salut...

— Je ne suis pas dans mon bureau. D'ailleurs, je ne suis pas à Waldeck Rousseau. Les enquêtes sur la noyade du gosse et sur le double homicide de Couëron viennent de connaître des rebondissements et nous sommes en passe de procéder à des interpellations.

— Explique...

— Pour le petit garçon, c'est un de ses oncles qui l'a tué. Une sombre histoire de jalousie envers les parents. Et pour le double homicide, il s'agirait d'un règlement de compte sur fond de trafic de drogue.

— C'est bon, vous voyez la fin du tunnel...

— Disons qu'on aperçoit un point lumineux, mais tu sais aussi bien que moi qu'à cette affaire succédera une autre qui sera peut-être plus sordide encore...

— Oui. Je remarque surtout que l'esprit de vengeance anime nos semblables et les pousse à commettre l'irréparable. Jalousie, convoitise, cupidité : tout tourne autour de ces trois défauts. Faut croire que c'est dans la nature humaine que de ne jamais se satisfaire de ce que l'on a...

— Tu te rappelles de ce que disait Gainsbourg dans une de ses chansons : « Quand on n'a pas ce qu'on aime, il faut aimer ce que l'on a ? »

— Dans notre société, on en veut toujours plus. L'Homme ne sait plus se contenter de ce qu'il possède...

— Ce qui nous donne beaucoup de boulot ! Ce que je voulais te dire, Max, c'est qu'on ne va pas se revoir avant ton départ. Tu pars vers quelle heure ?

— Là, maintenant.

— Alors à plus, Max ! On se téléphone.

— Ciao, Yves. Et encore merci pour le séjour !

— Pas de souci ! Tu sais que tu es le bienvenu…

En me mettant au volant, des bribes de ce dialogue me reviennent avant que mon esprit ne vagabonde vers le mot « vengeance ». Pour l'avoir réclamée, Julie Sénéchal a perdu la vie. Pour avoir aidé son amie d'enfance à assouvir sa vengeance, Vincent Pilost devra rendre des comptes à la justice. Pour avoir, lui aussi, voulu laver son honneur, Franck Pietroni a commis l'irréparable. Il va connaître la prison pour un bon paquet d'années. Que de vies foutues, brisées à jamais ! Le pardon, l'arme des faibles ? Je n'en suis pas certain. On parie ?

FIN

Quadri Signe - Editions Alain Bargain
125, Vieille Route de Rosporden - 29000 Quimper
E-mail : editions.alain.bargain@orange.fr
Site Internet : www.editionsalainbargain.fr

Dépôt légal n°10 - 1er trimestre 2010
4e tirage - Dépôt légal n°19 - 3e trimestre 2018
ISBN 978-2-35550-061-9 — ISSN 1281-7813
N° d'impression : 808336
Imprimé en France